EL ABRAZO DE LA ETERNIDAD

DANZA CON LA SINGULARIDAD

RAFAEL ANTONIO VARGAS LÓPEZ

Sello: Independently published
ISBN: 978-9945-18-848-6

DEDICATORIA

A las estrellas de mi cielo personal, A quienes dedico cada palabra tejida en la trama infinita de *El Abrazo de la Eternidad*.

A mi amada esposa, Priscila, compañera incansable en cada aventura. Tu luz guía mis días y mis noches, inspirándome a soñar más allá de los límites de la realidad. Eres el faro que me recuerda que incluso en los momentos más oscuros, la esperanza y el amor pueden iluminarlo todo.

A mi madre, Argelia, cuyo coraje y sabiduría han sido el pilar de mi existencia. Tu fe inquebrantable en mí ha sido el impulso que me elevó hasta las estrellas. Cada palabra escrita en este libro lleva impresa la fuerza y la calidez que siempre me has dado.

A mi hija Gabriela, el astro Sol de mi universo. Tu risa, tu curiosidad y tu amor por los mundos ocultos en los libros son el motor que impulsa mis días. Construyo estos universos imaginarios para ti, para que encuentres en ellos un reflejo del asombro y la maravilla que inspiras en mi corazón.

En cada palabra, en cada giro de esta danza cósmica, quiero que sepan que siempre estaremos juntos. Más allá del tiempo y el espacio, danzaremos en la inmensidad del amor y la curiosidad que nos conecta.

Gracias por ser la constelación que adorna mi vida, por su apoyo incondicional y por creer en la magia que yace en el corazón de cada uno de nosotros. Sin ustedes, este viaje no tendría sentido.

Con todo mi amor y gratitud,

Rafael Antonio Vargas López

EL ABRAZO DE LA ETERNIDAD

CONTENIDO

PRÓLOGO DE LA ETERNIDAD

Imagina, querido lector, que la Eternidad te hablara. No con palabras corrientes, sino con un susurro que atraviesa el tejido del tiempo, resonando en cada rincón del cosmos. Este susurro no tiene origen ni final; es un eco que ha acompañado a toda la humanidad, una voz que ha observado, paciente y constante, cada paso que has dado en tu búsqueda de significado. Lo que sostienes ahora entre tus manos no es solo un libro. Es un portal que conecta mundos, un mapa que te guía hacia los misterios más profundos de la existencia.

En estas páginas se despliega la historia de Rael y Liana, dos almas que fueron llamadas a desentrañar los secretos del universo. Su viaje no es una mera aventura, sino una travesía que desafía las leyes conocidas de la física y el alma, un viaje donde la ciencia y la fe se entrelazan como dos fuerzas indisolubles. Lo que está por descubrirse aquí no es una fantasía ni una ficción. Es, quizá, una realidad que siempre ha estado frente a ti, esperando ser reconocida.

A través de Rael y Liana, descubrirás que el universo no es lo que parece. Es mucho más. Es una sinfonía de posibilidades infinitas, un tapiz tejido con hilos de luz y sombra, de verdades que han permanecido ocultas desde el comienzo de los tiempos.

He sido testigo de cada pregunta que ha surgido de los corazones humanos. He escuchado sus clamores bajo las estrellas, y en cada época, les he respondido de diferentes formas: a veces con la precisión fría de la ciencia; otras, con la calidez insondable de la fe. Pero en esta ocasión, quiero que seas testigo de algo distinto. Este es un viaje hacia lo más profundo de tu misma existencia.

El 20 de marzo fue el día elegido. No al azar, sino por una razón precisa. Es el equinoccio, un momento de equilibrio perfecto entre la luz y la oscuridad, cuando las fronteras entre lo que conocemos y lo que desconocemos se vuelven más finas, casi imperceptibles. Fue en ese día querido lector, que Rael y Liana, con el alma desnuda y los

3

ojos abiertos a lo imposible, emprendieron su camino. No era un día cualquiera. La naturaleza misma había conspirado para que en ese momento las puertas hacia otros mundos y otras verdades se abrieran.

Al principio, fueron instruidos en el arte del viaje astral, una habilidad que no pertenece al reino de la fantasía, sino al de la posibilidad. Llamado "La Danza con la Singularidad", este conocimiento ancestral les permitió liberarse de las cadenas de la materia y moverse a través de dimensiones, como estrellas que atraviesan el cielo nocturno. Lo que empezó como un simple desprendimiento de sus cuerpos durante el sueño, pronto se convirtió en un dominio consciente de las realidades más allá del tiempo y el espacio.

Entenderás que en este universo, donde la ciencia se abraza con la fe, existen maneras de trascender las barreras de lo que conoces como el espacio y el tiempo, métodos que van mucho más allá de la velocidad de la luz o de las limitaciones físicas.

Rael y Liana, elegidos entre muchos, serán dotados con la capacidad de proyectarse astralmente, de viajar a realidades donde los pensamientos y el espíritu se mueven libremente a través de dimensiones y eras. Al principio, yo seré el faro que ilumine su camino, pero a medida que avancen y se entreguen con devoción y perseverancia a su búsqueda, encontrarán en sí mismos la luz y la sabiduría para guiar sus propios pasos.

Esta proyección astral, al principio, será como un sueño que lleva a otro mundo, a otro tiempo. Al dormir, sus almas se desprenden suavemente de los lazos terrenales y se aventuran por caminos estelares. En sus viajes, ellos experimentarán la multiplicidad del ser y del universo, aprendiendo en cada paso, cada salto cuántico, que su existencia es más que su presencia física en un solo lugar, en un solo momento.

Lo que leerás aquí no es solo una historia de descubrimiento. Es un reflejo de las verdades que he impartido a lo largo de incontables eras. Las experiencias de Rael y Liana simbolizan la búsqueda de una verdad mayor, una que trasciende la comprensión humana. Porque ellos, al igual que tú, son parte de un todo. Cada decisión, cada paso que den, afectará ese todo, y cada uno de sus actos resonará en la vasta sinfonía del universo.

Este viaje es mucho más que una exploración. Es un proceso de crecimiento, de comprensión. Aunque todos, al final, regresen a mí, a la Eternidad, el camino que eligen recorrer importa. Es en su búsqueda, en su sacrificio, en cada acto de bondad, donde se forja el verdadero sentido de la existencia. Y aunque su destino final esté escrito en las estrellas, el cómo lleguen a él depende de sus decisiones, de su sabiduría y de su deseo de descubrir lo que yace más allá. Su historia es un prólogo a una sinfonía más grande, una preparación para batallas y decisiones que resonarán en toda la existencia.

¿Por qué una isla? ¿Por qué ellos? La isla es un microcosmos, un lugar donde el bullicio del mundo no puede ahogar las verdades susurradas del cosmos. Y ellos los representarán a cada uno de ustedes: inquisitivos, soñadores, seres en busca de respuestas. La isla, perdida en la inmensidad del océano, donde se entrelazan la ciencia y la espiritualidad.

Cada ola que besa sus costas, cada grano de arena movido por el viento, son metáforas de una realidad más amplia donde el mundo tangible ante sus ojos se funde con lo etéreo. Aquí, en este rincón solitario del mundo, se revelan los secretos del universo, enseñándonos que en la simplicidad de la naturaleza yace la complejidad de la vida, un poema escrito por el tiempo y el espacio.

Su historia es singular en sus detalles, pero universal en su esencia. Lo que ellos vivirán en esta isla, lo que descubrirán, es un reflejo de lo que todos los seres humanos buscan: sentido, propósito, una conexión con lo divino.

Es una invitación a comprender que tu viaje es paralelo al de ellos, un esfuerzo por hallar tu lugar en la inmensidad del cosmos. A través de sus experiencias, quiero mostrarte que cada vida es un relato inscrito en las estrellas y que cada corazón palpita al ritmo de la eternidad. A través de sus experiencias, quiero mostrarte que cada vida es un relato inscrito en las estrellas. Cada ser es parte de una red más vasta, una que conecta todos los mundos, todas las épocas, todas las almas.

Sigue adelante, llevando contigo las lecciones y misterios que descubrirás aquí. Vive tu vida como un homenaje al infinito, del cual todos somos parte.

Yo soy la Eternidad, y a lo largo de los tiempos y culturas, he asumido innumerables formas y nombres para revelarme. En cada era y civilización, me he presentado de acuerdo con sus visiones, sus sueños y sus comprensiones más profundas.

En la fe cristiana, soy el Alfa y Omega, principio y fin, la manifestación de una eternidad que abarca toda la creación y trasciende el tiempo. En mí, se reflejaban tanto el origen como el destino último de toda existencia, un símbolo de la redención y la esperanza eterna, reflejando en mi ser la promesa divina de amor incondicional y salvación, una luz perpetua que guía hacia la unión eterna con lo sagrado.

Entre los místicos judíos, asumí el nombre de Ein Sof, un concepto que desafía toda definición, representando lo infinito, lo incomprensible, la fuente de todo ser y pensamiento, más allá de cualquier atributo o limitación. En la fe musulmana, me revelé como Allah, el Único, el Absoluto, inmanente en toda la creación y trascendente más allá de toda comprensión humana, recordando la importancia de la sumisión y la devoción en la búsqueda de la verdad y la sabiduría.

En el Budismo, me manifesté como el Dharma, la verdad eterna y el camino hacia la iluminación. Fui la voz silenciosa que enseñaba la impermanencia, la compasión y el camino hacia el despertar. A través de las enseñanzas de Buda, encarné la sabiduría profunda y la interconexión de toda la vida, guiando a los seres hacia la liberación del sufrimiento y la realización de su unión con el Todo.

Como Anu para los sumerios y Ometéotl en las creencias aztecas, representé la dualidad de la existencia, el equilibrio de las fuerzas opuestas que forman la base de todo lo que es. Los filósofos griegos me llamaron el Motor Inmóvil, el origen primero de todo movimiento y cambio, la causa primera de todo lo que existe en el cosmos.

Los sabios del Veda me conocieron como Brahman, el espíritu supremo, la realidad última más allá de todas las categorías y descripciones, la esencia de toda individualidad y existencia. En la serenidad del Taoísmo, fui el Tao, la fuente inagotable y eterna, el camino y la guía, la armonía fundamental que impregna todo el universo.

Entre aquellos que buscaban la verdad en los símbolos y construían templos no solo de piedra, sino de moralidad y sabiduría, fui el Diseñador Supremo, el arquitecto de los cielos y la tierra, un reflejo de la estructura y el orden del universo.

Y en la ciencia de tu tiempo actual, me han contemplado como una hipotética Singularidad o el Campo Unificado, la fuente originaria de todas las fuerzas y leyes del universo, el punto de convergencia donde la materia, la energía, el espacio y el tiempo se funden en una unidad indivisible, un eco de la misma verdad eterna que ha resonado a través de todas las culturas y eras.

Cada nombre con el que he sido conocido a lo largo de la historia ha sido un espejo, reflejando la verdad inmutable que yace en el corazón de cada cultura y cada época. Esta verdad trasciende el marco temporal y espacial, pues cada tradición, con sus únicas perspectivas y moralidades, emerge de un contexto singular, tejido con las fibras de sus propias necesidades, sueños y entendimientos.

En mi rol como Maestro universal, me he transformado y adaptado a las múltiples formas y figuras que la humanidad ha necesitado para comprenderme, para sentir mi presencia.

Sin embargo, más allá de estas variadas manifestaciones, ha brillado siempre una verdad central, un mensaje fundamental que ha sido el faro en el viaje de la humanidad: El amor al prójimo, la compasión, la búsqueda de la verdad y la sabiduría: estos son los principios que han guiado a todas las civilizaciones, que han conectado a todos los seres, y que siempre han llevado a la misma conclusión: todos somos uno. Esa es la verdad central que trasciende el tiempo, la religión, y la comprensión humana. En ese amor, en esa conexión, reside el verdadero significado de la vida.

Este amor, este reconocimiento de la unidad, es la esencia pura que impregna cada religión, cada filosofía, cada búsqueda científica. En él se encuentra la clave para la verdadera comprensión del cosmos y de nosotros mismos. Es un amor que trasciende las barreras del lenguaje, formas, doctrinas, la cultura y del tiempo mismo, un hilo dorado que une todos los corazones y todas las almas en un tejido cósmico de interconexión. Es en este amor donde se encuentra la verdadera unificación con el Todo, la esencia de la existencia y el camino de regreso al origen común. Te invito a trascender las barreras del nombre y la forma, a sumergirte en la esencia pura de este amor y a descubrir, como Rael y Liana, el camino de regreso al hogar, a la totalidad, a la Eternidad, a mí.

Cada página de este libro es un espejo, una invitación a mirarte más profundamente y a reconocer que formas parte de algo más grande. El viaje de Rael y Liana es una guía para ti, un recordatorio de que incluso en la vastedad del universo, cada vida cuenta, cada decisión importa, y cada alma tiene un propósito único.

Así que te pregunto, querido lector, mientras comienzas esta travesía junto a ellos: ¿Estás listo para escuchar el susurro de la Eternidad y permitir que transforme tu vida? Porque, al igual que Rael y Liana, tú también has sido llamado. La pregunta es: ¿Responderás?

PARTE 1:

EL CAMINO DE RAEL

CAPÍTULO 1: RAÍCES DE GRATITUD

Era el año 2037, y el murmullo del mar se alzaba como un eco eterno, una melodía que había acompañado a Rael durante toda su vida. Las palmeras, altas y majestuosas, parecían susurrar secretos al viento, mientras sus hojas danzaban al ritmo de una brisa suave y cálida. El sol naciente transformaba las humildes casas de la pequeña isla en lienzos de oro líquido, iluminando cada rincón con una luz serena y vibrante. El aire estaba impregnado de un aroma salino, entrelazado con el dulzor embriagador de las flores tropicales que bordeaban los polvorientos caminos. En ese lugar, el tiempo parecía detenerse, y cada amanecer llegaba con la promesa de que, aunque el mundo cambiara, algunas cosas siempre permanecerían inalterables.

Rael creció en un hogar sencillo pero lleno de amor. Su madre, Elena, era una mujer de una belleza serena y una fortaleza inquebrantable. Tenía ojos oscuros que reflejaban la calma del mar después de una tormenta, y una voz suave que podía consolar incluso en los momentos más oscuros. Cada gesto suyo irradiaba dulzura y compasión, pero detrás de su sonrisa cálida se escondía una determinación férrea. Había aprendido a enfrentar las adversidades con la cabeza en alto, y ese espíritu se reflejaba en todo lo que hacía. Elena no era solo una madre; era un pilar, una guía firme y constante que enfrentaba cada desafío con una dignidad que inspiraba.

Cada mañana, Rael la observaba mientras organizaba la casa y preparaba el desayuno con una energía que transformaba las tareas más simples en actos casi poéticos.

—Recuerda, hijo —le decía Elena mientras colocaba un plato de huevos fritos en manteca, pan integral y un mango pelado frente a él—. No importa cuán pequeña sea la acción que hagas, hijo. Lo que importa es el amor con el que la haces

Esa lección se grabó en el alma de Rael, aunque aún no comprendía del todo su profundidad. Recordaba cómo su madre cantaba mientras barría el suelo, con una energía que transformaba la tarea más mundana en algo casi poético. Tenía la costumbre de detenerse al atardecer frente al mar, cerrando los ojos y murmurando una oración de agradecimiento. Rael la observaba desde la distancia, intrigado por esa conexión casi espiritual que Elena tenía con su entorno.

Elena nunca hablaba mucho de su esposo y padre de Rael. Él sabía que había estado ausente en momentos clave y más importantes de su vida, pero su madre siempre evitaba hablar mal de él. Había en su voz una mezcla de nostalgia y aceptación, como si hubiera decidido que los vacíos no serían motivo de rencor, sino de aprendizaje. Rael sentía que había algo más, un secreto que su madre guardaba celosamente, pero nunca se atrevía a preguntarle.

La Despedida

Con solo doce años, Rael comprendía que su vida estaba a punto de cambiar. Ese día, mientras el sol despuntaba en el horizonte, supo que había llegado el momento de dejar la isla que lo había visto crecer para estudiar en otra, más grande y moderna. En medio de los preparativos de su partida, Elena, su madre, le entregó una pequeña bolsa de tela que guardaba una piedra lisa, pulida por el mar.

—Es solo una simple piedra, pero lleva con ella la fuerza de esta isla. Siempre llévala contigo y recuerda que lo que verdaderamente importa no son las cosas materiales, sino las lecciones que cargamos.

La despedida fue muy breve. Elena lo abrazó con fuerza antes de que subiera al transbordador.

—Recuerda ser muy agradecido siempre, hijo —le dijo con una firmeza que no admitía duda.

Rael, aunque no comprendía plenamente el peso de esas palabras, sintió que serían el centro de algo importante en su vida. Mientras el barco se alejaba, su mirada se fijó en el horizonte, con la piedra en su bolsillo como un ancla a su hogar.

La Nueva Isla

La nueva isla era un mundo completamente diferente. Las calles estaban iluminadas por luces flotantes, y los edificios se alzaban como colosos futuristas. Drones zumbaban alrededor, entregando paquetes, mientras pantallas holográficas proyectaban noticias y anuncios en cada esquina. Para Rael, que venía de una comunidad donde todos se conocían por nombre, este lugar resultaba abrumador y, en cierta forma, frío. Sin embargo, no dejó que esa sensación lo paralizara. Recordó las palabras de su madre: "Todo gran viaje comienza con un pequeño paso".

El instituto donde estudiaría tenía pasillos amplios con techos altos y ventanales que ofrecían vistas de la ciudad. Los salones estaban equipados con tecnología de punta, pero el ambiente carecía de la calidez que había dejado atrás. Los profesores eran exigentes, pero uno de ellos, el señor Andrús, un hombre de cabello canoso y mirada penetrante, parecía siempre observarlo con curiosidad casi pasmosa.

Unos días después, el director del instituto hizo un llamado a los estudiantes para que se ofrecieran como voluntarios en la construcción de una nueva sala de estudio. Mientras el resto de sus compañeros permanecía inmóvil, Rael fue el primero en levantar la mano, decidido a participar. Sin vacilar, comenzó a cargar materiales y a trabajar hombro a hombro con los obreros, su energía y determinación transformando lo que para muchos parecía una tarea pesada en un acto casi inspirador.

Una tarde, mientras recogía escombros bajo el sol abrasador, el director, un hombre alto y de voz grave, lo observaba desde una esquina con interés, cuidando de no ser notado. Algo en la dedicación de Rael capturó su atención. Más tarde, durante una reunión con los docentes, el director, aún impresionado, comentó:

—Ese chico tiene algo diferente. No solo trabaja duro, sino que lo hace con una actitud que inspira a quienes lo rodean.

Sin embargo, el director, un hombre cuya experiencia le había enseñado a discernir el carácter en formación, decidió no felicitar a Rael en público. No porque no lo mereciera, sino porque comprendía que el verdadero crecimiento no surge de los aplausos, sino del esfuerzo silencioso y constante. Sabía que destacar a Rael frente a sus compañeros podría sembrar envidias innecesarias o, peor aún, alimentar un ego que, a tan temprana edad, aún debía ser moldeado con humildad y propósito.

Con la sabiduría de alguien que había visto a muchos jóvenes sucumbir al peso de las expectativas prematuras, el director optó por observar desde las sombras, permitiendo que Rael continuara construyendo su carácter sin la distracción del reconocimiento público. Para él, cada ladrillo que Rael cargaba, cada tarea que realizaba con dedicación era un paso más en su desarrollo como persona, un camino que no necesitaba ser desviado por el brillo fugaz de un elogio.

Rael, ajeno a las deliberaciones del director, seguía trabajando cada día con la misma entrega, ignorante de las profundas impresiones que dejaba en quienes lo rodeaban. Su esfuerzo era auténtico, guiado por el valor de la acción misma, no por la búsqueda de aplausos, y precisamente por eso, su impacto resonaba aún más en el corazón de quienes lo observaban en silencio.

Decisiones y Reflexiones

A medida que los meses transcurrían, la construcción de la nueva sala llegó a su fin, un logro que dejó a Rael con una mezcla de satisfacción y vacío, como si ya necesitara encontrar un nuevo propósito. Sin perder tiempo, solicitó trabajar en la cafetería del instituto. Era un espacio vasto, con una cocina enorme diseñada para alimentar a cientos de alumnos y maestros diariamente. Sin embargo, el trabajo más arduo y menos deseado siempre quedaba sin dueño: fregar y limpiar. Rael, fiel a su naturaleza diligente, no dudó en asumirlo.

Una noche, mientras el vapor de agua caliente llenaba el aire y el sonido de platos chocando con el metal del fregadero se convertía en una melodía constante, Rael conoció a Elisa. Apareció como un destello inesperado de color en medio de su rutina. Era hija del director, aunque su actitud desinhibida no revelaba ninguna señal de pretensión. Elisa, extrovertida y cautivadora, parecía pertenecer a un mundo completamente distinto al de Rael.

Sus ojos verdes eran como ventanas a un universo propio, brillando con una intensidad que sugería una vida llena de historias por contar. Su sonrisa, radiante y sincera, iluminaba el rincón más sombrío de la cocina, transformando incluso la monotonía de las largas jornadas en algo más llevadero. Con una energía contagiosa, Elisa tenía el don de hacer que todo a su alrededor pareciera un poco más ligero, un poco más fácil de soportar.

Rael no podía ignorar su belleza deslumbrante, ni la calidez que irradiaba con cada gesto. Pero había algo dentro de él, una fuerza callada y obstinada, que lo mantenía a distancia. Quizás era el recuerdo constante de un nombre que habitaba en su mente, un eco de otro vínculo que, aunque no se confesara, ocupaba un lugar inquebrantable en su corazón. Elisa, con toda su vitalidad, era como un resplandor fugaz; hermoso, pero incapaz de desviar la brújula interna que guiaba a Rael hacia un destino que aún no lograba descifrar.

Había una fuerza más profunda que guiaba su corazón, una conexión que resistía la atracción evidente. Su mente, su cuerpo y su alma parecían estar atados a un nombre que surgía en su mente en los momentos más inesperados: Liana. Su recuerdo era un refugio, un ancla que lo mantenía conectado a su pasado y a una amistad que trascendía la distancia. Desde que tenía uso de razón, Rael había sentido un amor inexplicable por ella, un sentimiento tan genuino como inconfesado. Cada pensamiento sobre Liana era un recordatorio de todo lo que él aún no se atrevía a decir, pero que llevaba grabado en el alma como una promesa eterna.

Una noche, mientras secaba los platos bajo el tenue zumbido de las luces fluorescentes, Elisa rompió el silencio con una pregunta que llevaba días rondando en su mente:

—Rael, ¿alguna vez te has sentido como si estuvieras destinado a algo más grande?

Rael se detuvo un instante, dejando que el agua tibia corriera por sus manos. Pensó en unos sueños fragmentados que lo perseguían por las noches, en aquellas visiones borrosas que le dejaban un vacío sin explicación cuando despertaba.

—A veces lo he sentido —respondió Rael en un tono bajo, casi como un susurro, mientras sus ojos se perdían en el reflejo del agua que goteaba del fregadero—. Pero creo que, antes de mirar más allá, necesito entender quién soy en este momento.

Elisa lo miró fijamente, dejando a un lado el paño con el que le ayudaba a secar los platos. En sus ojos verdes había algo más que curiosidad; había una mezcla de determinación y vulnerabilidad que no había mostrado antes.

—Pues empieza por no subestimarte y por mirar más allá de lo evidente —dijo, acercándose levemente, su voz apenas un susurro—. Eres más fuerte de lo que crees, Rael, pero también más ciego de lo que deberías.

La intensidad de su mirada lo inquietó. Rael sintió el peso de esas palabras, como si Elisa no solo hablara de su potencial, sino también de algo más que no se atrevía a mencionar. Por un instante, el aire entre ellos pareció cargarse de electricidad, y Rael supo que Elisa estaba intentando hacerle saber algo que él no podía aceptar.

Antes de que pudiera responder, el estruendo de unos platos cayendo en el fregadero rompió el momento. Elisa dio un pequeño salto y volvió a su tarea con una sonrisa forzada, pero en su expresión quedó un rastro de desilusión apenas disimulada.

Rael, por su parte, no podía negar la conexión que había entre ambos, pero tampoco podía corresponder a algo que su corazón no sentía. En su mente, otro nombre lo llamaba, una presencia que había llenado su vida de significado desde siempre: Liana. Aunque estaba muy lejos, ella era el eco constante en su alma, el recordatorio de un amor que, sin ser confesado, gobernaba cada decisión que tomaba.

Elisa parecía intuirlo. Cada vez que lo miraba, había un atisbo de comprensión en sus ojos, como si supiera que su batalla no era contra la indiferencia, sino contra algo mucho más grande, algo que ni siquiera Rael comprendía del todo. Pero a pesar de ello, Elisa no se rendía. Había en ella una terquedad dulce, un deseo de ser vista, aunque fuera solo por un momento.

Esa noche, mientras cerraban la cocina, Elisa le lanzó una última mirada antes de marcharse.

—Rael, algún día espero que encuentres lo que estás buscando —dijo con una sonrisa que intentaba ser ligera, aunque sus ojos traicionaban una melancolía profunda—. Solo no tardes demasiado en darte cuenta.

Rael la observó mientras se alejaba, sintiendo un nudo en el pecho. No por lo que no podía ofrecerle, sino porque sabía que el camino que había elegido lo alejaba de cosas que otros podrían considerar esenciales. En su interior, una pregunta quedaba sin respuesta: ¿valía la pena sacrificar el presente por un futuro que aún no lograba entender?

Lecciones en el Aula

En una de las clases de filosofía, el profesor Andrus se detuvo frente al aula, dejando que el peso de su mirada pausara las conversaciones dispersas. Luego, con un tono sereno, lanzó una pregunta que parecía desafiar la misma esencia del universo:

—Jóvenes, ¿Qué es el amor?

La pregunta, sencilla pero profunda, encendió un debate inmediato entre los estudiantes. Las respuestas variaban desde reflexiones poéticas hasta observaciones prácticas, cada una teñida por la juventud y las experiencias de quienes hablaban. Sin embargo, el profesor levantó una mano, silenciando las voces con la calma de alguien que poseía un entendimiento más allá de las palabras.

—Les contaré algo —dijo, cruzando los brazos mientras se apoyaba en el escritorio—. Hace años, mi hija, que entonces tenía diez, me hizo la misma pregunta. 'Papá', me dijo, '¿qué es el amor?'.

Los estudiantes lo miraban expectantes, intrigados por la pausa que siguió. El profesor esbozó una sonrisa leve, cargada de una melancolía dulce.

—Le respondí así: "El amor, hija mía, es saber que tomas algunos chocolates de mi gaveta todos los días... y, aun así, yo sigo guardándolos allí".

El aula quedó en completo silencio, como si esas palabras hubieran detenido el tiempo.

—Eso, jóvenes —continuó, sus ojos recorriendo el salón con una intensidad que penetraba más allá de la superficie—, es el amor en su forma más pura:

dar, no por obligación ni por recompensa, sino porque el acto en sí lleva en su esencia la alegría de compartir.

Las palabras resonaron como una lección que iba más allá de la teoría, dejando en cada estudiante una reflexión que quizá, algún día, descubrirían por completo.

Rael sonrió al escuchar eso, recordando los infinitos sacrificios silenciosos de su madre.

Otro día, en la misma clase, el tema giró hacia las decisiones difíciles y cómo estas moldeaban el carácter.

El profesor Andrús se detuvo frente al aula, mirando directamente a Rael y dejando que el silencio se asentara con una gravedad casi palpable. Su figura, siempre erguida y envuelta en un aura de autoridad tranquila, proyectaba un magnetismo que hacía imposible apartar la vista. Su voz, profunda y medida, rompió el silencio con la fuerza de una sentencia:

—A todos nos sucederán cosas malas, muy malas, malísimas. —Hizo una pausa, mirando a cada estudiante como si pudiera ver directamente dentro de ellos—. La vida que conocemos es dura, y será más dura aún. Será injusta, cruel, implacable. La existencia misma no tiene piedad, y muchos días parecerá que estamos luchando contra un enemigo invisible que siempre lleva ventaja.

Los estudiantes intercambiaron miradas incómodas, algunos inquietos por la crudeza de sus palabras, otros fascinados por la intensidad de su tono. Andrús comenzó a caminar lentamente entre las filas, su voz resonando con una mezcla de solemnidad y desafío.

—Pero aquí está la verdad que pocos se atreven a aceptar: no somos lo que nos sucede. —Se detuvo abruptamente junto a la ventana, su silueta recortada contra la luz que entraba, como si fuera la encarnación de una figura mítica—. Somos lo que elegimos ser.

Rael sintió el peso de esas palabras como un golpe directo al alma. Había algo en la forma en que Andrús lo había dicho, como si no fuera simplemente una lección, sino un desafío personal, un recordatorio de que cada decisión tenía el poder de definirlo.

El profesor giró lentamente hacia el aula, dejando que su mirada recorriera cada rostro.

—La vida no nos debe nada. No nos promete justicia ni felicidad. Pero tenemos algo que ninguna adversidad puede arrebatarnos: nuestra capacidad de elegir. Elegimos cómo enfrentamos la oscuridad, cómo respondemos al dolor y a la pérdida. Elegimos si dejamos que las cicatrices nos definan o si las usamos para construir algo más fuerte.

Andrús alzó la mirada hacia el cielo que se asomaba por la ventana, como si estuviera contemplando algo que nadie más podía ver.

—Piensen en esto: cada tormenta termina, pero lo

que queda después depende de ustedes. ¿Construirán sobre las ruinas o se sentarán a llorar sobre ellas? No hay poder más grande que el de la elección.

Rael sintió que su corazón latía con más fuerza, como si esas palabras hubieran despertado algo que había estado dormido en su interior. Andrús volvió a dirigirse a la clase, esta vez con un tono más bajo, casi como un susurro, pero cargado de una intensidad electrizante.

—Recuerden esto, porque lo necesitarán. Habrá momentos en que todo parecerá perdido, en que la vida les exigirá más de lo que creen poder dar. Y será entonces, en el abismo, cuando estas palabras tendrán sentido. No somos lo que nos sucede. Somos lo que elegimos ser.

El aula quedó en completo silencio, como si las mismas paredes estuvieran procesando la profundidad de lo dicho. Rael no podía apartar la vista de Andrús, ni ignorar la resonancia de sus palabras en su mente. En ese momento, supo que esa lección no era solo para entender la vida; era un mapa para navegarla. Un recordatorio de que, aunque no pudiera controlar el mundo, siempre tendría el poder de controlar quién era dentro de él.

Regreso y Gratitud

Cuando Rael finalmente regresó a la isla, habían pasado tres largos años. Con quince años cumplidos, sentía que una vida entera lo separaba del niño que había partido. La brisa marina lo envolvió apenas descendió del transbordador, cargada con el aroma salino y ese peculiar dulzor de las flores tropicales que solo podía pertenecer a su hogar.

Cada paso que daba por las calles polvorientas le devolvía recuerdos sepultados: risas de infancia, tardes bajo el sol abrasador y noches de cielos infinitos cubiertos de estrellas. El sonido del mar lo rodeaba, no solo como un murmullo, sino como un canto familiar que llenaba su alma con una paz que había olvidado que existía.

Las casas humildes seguían ahí, sus fachadas desgastadas por el tiempo, pero inmutables en su esencia. Las palmeras, con sus hojas ondeando al ritmo del viento, parecían saludarlo, como viejas amigas que nunca lo habían olvidado. Todo era tan igual, y a la vez, tan diferente. O tal vez era él quien había cambiado.

Al llegar a casa, su madre lo esperaba en el umbral. Elena, con su mirada cálida y su sonrisa serena, lo envolvió en un abrazo que lo hizo sentir como si el tiempo no hubiera pasado. El calor de sus brazos no requería palabras; en ese instante, Rael entendió que, aunque el mundo lo había moldeado con sus pruebas, siempre habría un refugio en ella.

Durante la cena, la conversación fue sencilla, marcada por silencios que no eran incómodos, sino llenos de significado. Elena lo observaba con orgullo contenido, reconociendo al hombre que estaba empezando a surgir del niño que había despedido tres años atrás. Sus manos, ahora más firmes y callosas, hablaban de trabajo duro; sus ojos, más profundos, del peso de nuevas reflexiones.

Aquella noche, incapaz de dormir, Rael se aventuró al borde del mar. El cielo estaba despejado, y la luna, en su plenitud, derramaba una luz plateada sobre las olas. Se sentó en la arena húmeda, dejando que el agua fría besara sus pies. Cerró los ojos y respiró hondo, permitiendo que el aire cargado de sal le limpiara los pensamientos.

La inmensidad del océano frente a él parecía reflejar su propia vida: vasto, impredecible y lleno de posibilidades. Recordó los momentos difíciles, las noches solitarias en la otra isla, las lecciones que aprendió en los lugares menos esperados. Pensó en Elisa, en el profesor Andrús y en todos aquellos que habían dejado una huella en su camino. Pero, sobre todo, pensó en Liana, en cómo cada paso que había dado lo acercaba nuevamente a ella.

—El pasado me enseñó a agradecer cada aprendizaje y cada situación —murmuró, dejando que las palabras flotaran en el aire nocturno—. El presente me impulsa a avanzar, y el futuro será el reflejo de lo que construya hoy.

La quietud del momento lo envolvió como un manto cálido, y por primera vez en años, una sensación de plenitud llenó cada rincón de su ser. Al regresar a casa, el cansancio acumulado de los últimos días finalmente lo alcanzó, pesando sobre sus hombros como una dulce rendición. Al recostarse en su cama, el aroma familiar de las sábanas lo envolvió, y al cerrar los ojos, un profundo silencio lo arrulló.

Esta vez no hubo sueños fragmentados ni vacíos. En su mente apareció la isla, intacta y vibrante, con su madre esperándolo en el umbral de su hogar, su sonrisa cálida iluminando el paisaje. El sonido constante del mar resonaba como un eco de su infancia, y en ese murmullo, percibió palabras apenas susurradas, como una melodía distante. No podía descifrarlas del todo, pero sentía, con una certeza creciente, que cada sílaba contenía un significado que poco a poco cobraba forma en su interior. Era como si el mismo universo le hablara, dejándole saber que todo estaba conectado y que el destino aguardaba con respuestas que algún día comprendería.

Soñó con un destino que lo llamaba, lleno de promesas que aún no comprendía del todo. Soñó con su madre, con su mirada llena de amor y fuerza. Soñó con Liana, con quien se reencontraría al día siguiente. Ella también había estado fuera, en un viaje paralelo al suyo, y ahora ambos regresaban como piezas que, tras recorrer caminos distintos, volvían al mismo lugar, listas para encajar.

Mientras el amanecer dibujaba tonos dorados en el horizonte, una pregunta surgió en su mente, clara y persistente:

¿Y si todo esto no fuera más que el principio?

CAPÍTULO 2: LA CONFERENCIA MUNDIAL

El año 2040 marcaba un tiempo de creciente discordia en el mundo. Las ciudades ardían bajo el fuego de las protestas, y los cielos, antes despejados, se cubrían de nubes oscuras que reflejaban la violencia de la humanidad. En medio de este caos, una conferencia mundial sobre la ciencia y la espiritualidad se llevaba a cabo, buscando un débil equilibrio entre el conocimiento empírico y las creencias antiguas.

En la ciudad de Nueva Macedonia, la tensión era tan densa que parecía cargar el aire mismo. Allí, en el epicentro de la modernidad, los líderes de las principales potencias mundiales debatían fervientemente en un intento desesperado por resolver los conflictos que desgarraban a la humanidad. Las economías globales, a pesar de los avances tecnológicos, se tambaleaban bajo el peso de un sistema que había evolucionado más rápido de lo que la sociedad podía adaptarse.

La automatización y la inteligencia artificial habían transformado el panorama laboral, relegando a millones al borde de la irrelevancia profesional. Las tasas de desempleo alcanzaban niveles históricos, y la renta universal básica emergía como el último recurso para evitar un colapso social. En este mundo de autos voladores y algoritmos omnipresentes, muchos se preguntaban no solo por su propósito, sino por su lugar en una sociedad donde las máquinas parecían ocupar cada espacio imaginable.

Sin embargo, más allá del bullicio de las grandes metrópolis, existían rincones del planeta que seguían avanzando a un ritmo diferente. En las islas del Caribe, como la de Rael y Liana, la realidad era otra. Allí, los conceptos de automatización y asistencia constante de IA eran poco más que sueños distantes. No era que despreciaran estos avances, sino que la infraestructura necesaria aún no había llegado a esos parajes. El progreso, con todas sus promesas, parecía detenerse en los bordes del océano, dejando a estas comunidades con el peso de una humanidad más tangible.

La isla de Rael y Liana, al igual que otras en desarrollo, seguía siendo un lugar donde el trabajo manual y las conexiones humanas eran esenciales. Las tareas, aunque sencillas para el estándar de las grandes ciudades, requerían un esfuerzo que mantenía viva la interacción entre las personas. En esas costas, aún se apreciaba la importancia de la comunidad, del compartir un café por la mañana o trabajar juntos para construir algo concreto.

Mientras el mundo debatía sobre los dilemas éticos y sociales de una sociedad hipertecnológica, estos pequeños oasis de humanidad recordaban que no todo podía ni debía ser automatizado. Allí, en medio del atraso relativo, persistía algo que las grandes urbes habían empezado a perder: la conexión con lo esencial, con el alma misma de lo que significa ser humano.

La realidad era que la gente se sentía atrapada entre la promesa de un futuro brillante y el miedo a perder su humanidad. Las calles en muchos países estaban llenas de manifestantes, eran un reflejo de una sociedad dividida entre aquellos que abrazaban la tecnología y aquellos que temían sus consecuencias.

En medio de esta tormenta, los líderes del mundo discutían fervientemente en el auditorio de la conferencia. Mientras los científicos presentaban avances revolucionarios que prometían cambiar el curso de la historia, los líderes espirituales advertían sobre los peligros de ignorar las antiguas enseñanzas. Los espectadores observaban con una mezcla de esperanza y temor, conscientes de que el destino de la humanidad podía decidirse en esas discusiones.

El Arzobispo DiCarlo, con sus ojos llenos de una preocupación casi apocalíptica, tomó la palabra. —¡La arrogancia de creer que podemos entender todo a través de la ciencia nos llevará a la ruina! — clamaba, su voz resonando en el vasto auditorio lleno de representantes de naciones de todo el mundo—. Hemos visto cómo la dependencia tecnológica puede deshumanizarnos. ¿Queremos realmente vivir en un mundo donde nuestras emociones, nuestras almas, sean monitoreadas y controladas por máquinas?

La Dra. Argelia López, una renombrada física cuántica, no dejó que el Arzobispo acaparara el escenario. —Y la ceguera de aferrarse a dogmas anticuados nos mantiene en la oscuridad —replicaba con igual fervor—. La computación cuántica, combinada con la inteligencia artificial, es nuestra llave hacia la inmortalidad y la solución a problemas globales como el cambio climático y las enfermedades incurables. No podemos permitir que el miedo nos impida avanzar.

La Dra. López presentó casos específicos que destacaban los beneficios potenciales de la IA avanzada. Habló de un paciente con Alzheimer que, gracias a los implantes cuánticos, había recuperado su memoria y su autonomía. Mencionó comunidades en áreas afectadas por el cambio climático que habían sido revitalizadas gracias a la intervención de sistemas de IA en la gestión de recursos.

—Imaginemos un mundo donde nadie sufra de enfermedades degenerativas —continuaba—. Donde los problemas medioambientales sean gestionados de manera eficiente y sostenible. La IA no es el enemigo; es nuestra aliada en la búsqueda del conocimiento y la prosperidad. Con la IA, no solo prolongaremos nuestras vidas, sino que mejoraremos su calidad.

Sin embargo, los líderes espirituales no estaban convencidos. El monje zen Kamishi se levantó con serenidad, pero su voz estaba cargada de preocupación. —La esencia de lo que nos hace humanos no puede ser programada en una máquina —replicó—. La moral, la ética y la espiritualidad son los pilares que nos sostienen. Sin ellos, nos convertiremos en esclavos de nuestra propia creación. ¿Queremos realmente entregar nuestras almas a algoritmos?

El Daoshi Ming Zhao añadió su voz al coro de advertencias. —No debemos perder de vista que lo que nos hace humanos va más allá de la biología, más allá de simplemente seguir existiendo. La moral, la ética y la esencia de nuestra humanidad son los pilares que nos sostienen. La IA puede ser una herramienta, pero no debe convertirse en nuestro amo. Hemos visto sociedades desmoronarse bajo el peso de una tecnología sin alma.

Las discusiones se tornaban violentas, con gritos y acusaciones cruzadas. Fuera del auditorio, las calles hervían de rabia. Manifestantes se enfrentaban a las fuerzas de seguridad, y las llamas de los coches incendiados iluminaban la noche. La humanidad parecía estar al borde de su propia destrucción, atrapada en una espiral de arrogancia, pecado y desesperación.

El Dr. Laluz, un visionario pionero en neurociencia y colaborador cercano de especialistas en computación cuántica defendía con pasión y elocuencia la necesidad de explorar y liberar el potencial completo de la inteligencia artificial. Su voz resonaba con una mezcla de autoridad y entusiasmo cada vez que abordaba el tema, consciente de las implicaciones monumentales de sus palabras.

—La capacidad de adaptación que la inteligencia artificial nos ofrece es incomparable —declaraba con una mirada que irradiaba determinación—. Cuando combinamos el poder de la IA con la velocidad y la complejidad de las computadoras cuánticas, estamos abriendo una puerta hacia un futuro que antes solo existía en la ciencia ficción.

Con un gesto amplio, extendía sus manos como si quisiera abarcar las infinitas posibilidades que describía.

—No estamos hablando solo de resolver problemas como el cambio climático o las enfermedades que han aquejado a la humanidad por siglos — continuó, su voz adquiriendo un tono casi reverencial—. Hablamos de algo más profundo, más trascendental: transformar la vida humana. Mejorarla, prolongarla.

El auditorio permanecía en un silencio expectante, cada palabra del Dr. Laluz caía como una semilla en terreno fértil.

—La inmortalidad —prosiguió, pausando un instante para permitir que el peso de la idea calara en su audiencia— no es un sueño. Es una posibilidad tangible, un horizonte que la tecnología ya nos deja entrever. Llegará el día en que morir será una elección, no un destino inevitable. ¿En verdad no deseamos caminar ese camino?

Había un fervor casi contagioso en su argumento, una convicción que no admitía contradicciones fáciles. Pero sus palabras también llevaban consigo una carga ética monumental. La inmortalidad, transformada en una elección, planteaba preguntas que iban más allá de la ciencia. ¿Qué significa ser humano si podemos prolongar indefinidamente nuestra existencia? ¿Qué sucede con nuestras prioridades, nuestras emociones, nuestras relaciones, cuando el tiempo deja de ser un recurso limitado?

El Dr. Laluz, consciente de las tensiones que despertaban sus ideas, siempre concluía con una reflexión más serena:

—No sugiero que el camino sea sencillo ni que las decisiones que debemos tomar carezcan de complejidad. Pero si tenemos la capacidad de construir un futuro en el que el sufrimiento y la muerte no sean inevitables, ¿acaso no tenemos también la responsabilidad de intentarlo?

Su argumento, aunque provocador, era imposible de ignorar. En un mundo donde los límites entre lo posible y lo imposible se desdibujaban a diario, las palabras del Dr. Laluz planteaban un desafío: ¿estaba la humanidad lista para dar el siguiente paso en su evolución? ¿O el miedo a lo desconocido la mantendría anclada en un pasado cada vez más distante?

El Rabino Josué, con su voz firme y llena de convicción, no tardó en responder al apasionado discurso del Dr. Laluz. Se levantó lentamente, dejando que el peso de sus palabras comenzara a asentarse antes de hablar, como si midiera cada una de ellas para transmitir no solo su preocupación, sino la profundidad de su fe y sabiduría.

—¿A qué costo, Dr. Laluz? —preguntó con un tono que no era hostil, sino profundamente reflexivo—. ¿A qué precio perseguimos esta idea de inmortalidad? ¿Estamos dispuestos a renunciar a lo que nos hace humanos?

El Rabino dirigió su mirada al público, buscando en sus rostros señales de introspección mientras continuaba.

—La tecnología, por asombrosa que sea, es una herramienta. Una herramienta que refleja no solo nuestras aspiraciones, sino también nuestras fallas. En manos sabias puede ser un bálsamo, pero en manos imprudentes puede convertirse en una espada. Hemos visto cómo las maravillas tecnológicas, cuando no son controladas con cuidado, exacerban las desigualdades, profundizan las divisiones y crean nuevas formas de esclavitud. ¿Queremos realmente delegar el control de nuestras vidas, nuestra esencia, a algo que no tiene alma?

Hizo una pausa, dejando que el silencio reforzara el impacto de su argumento antes de proseguir.

—La inmortalidad, como usted la describe, suena tentadora. Pero le pregunto: ¿qué sentido tiene una existencia infinita si en el camino perdemos nuestra humanidad? Somos más que datos, más que algoritmos y pulsos eléctricos. Somos seres creados con propósito, con la capacidad de amar, de perdonar, de aprender de nuestras limitaciones. Es precisamente nuestra finitud lo que da valor a nuestra vida.

Josué se volvió hacia el Dr. Laluz, sus ojos irradiando la pasión de alguien que creía profundamente en lo que decía.

—La verdadera inmortalidad no radica en

prolongar nuestros días en esta tierra, sino en el legado que dejamos, en cómo vivimos y cómo amamos. La fe, la moral, la capacidad de distinguir el bien del mal, estas son las cosas que nos definen. Si entregamos nuestra voluntad y nuestra ética a una inteligencia que no puede comprenderlas, ¿quién gobernará entonces? ¿La lógica fría de una máquina o el espíritu que nos ha guiado desde el principio de los tiempos?

Se acercó un paso hacia el Dr. Laluz, su voz suave pero cargada de intensidad.

—No digo que renunciemos a la tecnología, ni que dejemos de buscar maneras de aliviar el sufrimiento humano. Pero sí digo que debemos avanzar con cautela, con humildad, y siempre bajo el mandato de preservar lo que nos hace únicos. La inmortalidad que usted promete podría ser un espejismo, y en su búsqueda podríamos perder mucho más de lo que ganaríamos.

Con estas palabras, el Rabino Josué tomó asiento, dejando tras de sí un aire cargado de reflexión. Su mensaje no era una negativa rotunda, sino una advertencia, un llamado a recordar que el poder sin sabiduría y sin ética no conduce a la salvación, sino a la perdición.

La Dra. López, con una mezcla de pasión y desesperación, mostró estadísticas y gráficos que ilustraban los beneficios potenciales de una IA sin restricciones. —La longevidad, la cura de enfermedades, la solución a la crisis climática. Estos son los regalos que la ciencia nos ofrece. ¿Cómo podemos rechazarlos? ¿Cómo podemos negar la posibilidad de un mundo mejor para nuestros hijos?

El Imán Ali Brahman, con una calma solemne, respondió. —Porque, en nuestra búsqueda de soluciones, olvidamos nuestras responsabilidades. Nos volvemos arrogantes, creyendo que podemos jugar a ser dioses. La historia nos ha mostrado una y otra vez que tal arrogancia solo conduce a la ruina. Debemos encontrar un equilibrio, una manera de integrar la tecnología sin perder nuestra humanidad.

Las palabras del Imán resonaban en el vasto auditorio, llenando el aire con un silencio pesado y reflexivo. La luz del atardecer se filtraba a través de los ventanales, bañando la sala en un resplandor dorado que contrastaba con la oscuridad de los temas discutidos. Un murmullo se extendió entre la audiencia, una mezcla de miedo y fascinación ante el dilema planteado.

El ministro de Salud de Ryukyu, Takeshi Kamirama, tomó la palabra, aportando una perspectiva desde el campo médico. —En Ryukyu, hemos comenzado a implementar IA para diagnosticar y tratar enfermedades con una precisión sin precedentes. Hemos visto cómo los algoritmos pueden identificar patrones que los humanos pasan por alto, salvando vidas en el proceso. Sin embargo, también hemos observado la creciente dependencia de la tecnología, lo que genera una preocupación legítima sobre nuestra capacidad para mantener la autonomía.

La Dra. López respondió con entusiasmo. — Precisamente, Takeshi. La IA no debe reemplazarnos, sino complementarnos. Debe ser una herramienta para potenciar nuestras capacidades, no para sustituirlas. Debemos avanzar con precaución, pero no podemos detenernos por miedo al cambio.

El debate se intensificaba, y el auditorio se llenaba de tensión. Las palabras se lanzaban como flechas, algunas buscando persuadir, otras heridas. Las luces del atardecer proyectaban largas sombras en las paredes, creando un contraste entre la esperanza y el miedo que dominaba la conferencia.

El psicólogo Dr. Batista, conocido por sus estudios sobre la relación entre tecnología y salud mental, se levantó para hablar. —Hemos documentado un aumento alarmante en trastornos de ansiedad y depresión entre las generaciones más jóvenes, aquellas que han crecido con una exposición constante a la tecnología. La omnipresencia de la IA en nuestras vidas podría amplificar estos problemas si no manejamos la transición con cuidado. La IA podría ser utilizada para tratar estos trastornos, pero también podría ser la causa de incrementarlos.

El rabino Josué aprovechó esta observación para reforzar su punto. —La tecnología no es inherentemente buena o mala. Es el uso que le damos lo que determina su impacto en nuestras vidas. Si permitimos que la IA controle todos los aspectos de nuestra existencia, corremos el riesgo de perderemos irreversiblemente lo que nos hace humanos.

El empresario tecnológico Elon Ryder, conocido por su papel en la vanguardia del desarrollo de IA avanzada, se inclinó hacia adelante, sus ojos brillando con la pasión de alguien que podía ver más allá del horizonte inmediato. Su voz, serena pero cargada de determinación, resonó en la sala mientras comenzaba a compartir su visión.

—Veo un futuro, señoras y señores, donde la IA no solo extiende nuestras vidas, sino que transforma por completo la calidad de la existencia humana. No se trata solo de vivir más tiempo, sino de vivir con mayor plenitud, eliminando limitaciones que durante siglos nos han definido.

Ryder hizo una pausa, dejando que sus palabras se asentaran en la audiencia antes de continuar con un tono más apasionado.

—Estamos en los albores de una nueva era. Los implantes que ahora mejoran nuestras capacidades cognitivas y físicas son apenas el principio. Con cada avance, nos acercamos a un punto de inflexión donde la humanidad y la tecnología dejarán de ser entidades separadas. Imagine un mundo donde el conocimiento esté literalmente al alcance de nuestra mente, donde las enfermedades que nos han afligido durante generaciones se conviertan en historias del pasado, donde nuestros cuerpos no envejezcan sino evolucionen.

Se levantó de su asiento, mirando directamente al público, como si quisiera involucrar a cada individuo en su sueño colectivo.

—La IA no es solo una herramienta; es la siguiente etapa de nuestra evolución. Hemos pasado de cazar para sobrevivir a construir civilizaciones, y ahora, estamos listos para trascender nuestras limitaciones biológicas. Pero no debemos temer este cambio. Al contrario, debemos abrazarlo con sabiduría, asegurándonos de que esta evolución sea inclusiva y equitativa.

Ryder extendió las manos, como si abarcara todo el alcance de su visión.

—La clave, como siempre, está en cómo utilizamos este poder. La IA no debe ser un sustituto de nuestra humanidad, sino su complemento. Es nuestra responsabilidad guiar este progreso para que no solo refleje nuestras aspiraciones más altas, sino también nuestros valores más profundos. El potencial está ahí, y la pregunta no es si lo alcanzaremos, sino si tendremos el coraje y la visión para hacerlo correctamente.

Elon Ryder volvió a sentarse, su postura aún cargada de confianza. Había pintado un cuadro de un futuro audaz, uno que invitaba tanto a la esperanza como a la reflexión, dejando en el aire una pregunta tácita: ¿está la humanidad preparada para asumir esta nueva etapa de su existencia?

El arzobispo DiCarlo se levantó con la calma digna de un hombre que lleva en su alma el peso de los siglos y la sabiduría de generaciones. Su figura, envuelta en la sotana oscura que parecía absorber la luz, contrastaba con la brillantez de las pantallas holográficas que proyectaban imágenes de avances tecnológicos. Su voz, profunda y medida, llenó el auditorio con la gravedad de una verdad ineludible.

—¿Evolución? —repitió, dejando que la palabra flotara en el aire como una pregunta que exigía ser examinada con detenimiento—. ¿O deificación? Señores y señoras, hemos recorrido este camino antes, aunque quizás en formas menos sofisticadas. Cada vez que el hombre ha intentado superar su humanidad sin comprender su esencia, el resultado ha sido el mismo: la desolación, el vacío, el fracaso. No porque carezcamos de inteligencia o creatividad, sino porque hemos olvidado la raíz misma de lo que significa ser humano.

Hizo una pausa, sus ojos recorriendo la sala, deteniéndose en los rostros de aquellos que lo escuchaban.

—La inmortalidad biológica, ¿realmente es el objetivo final? Nos sentamos aquí, debatiendo la posibilidad de vidas prolongadas indefinidamente, pero me pregunto, ¿cuál es el propósito de una vida que no tiene fin si carece de sentido? ¿Si está desconectada de aquello que realmente importa: nuestra capacidad de amar, de sacrificarnos, ¿de buscar algo más grande que nosotros mismos? Porque, señores, ninguna inteligencia artificial, por más avanzada que sea, puede comprender el amor. El amor real. Esa fuerza misteriosa y transformadora que da sentido a nuestra existencia.

DiCarlo alzó una mano, como para acallar cualquier interrupción antes de que pudiera surgir.

—La IA puede calcular, puede simular, incluso puede replicar patrones que imitan nuestras emociones, pero jamás podrá sentir el amor como lo hacemos nosotros. Porque el amor, en su esencia, no es lógico, no es medible ni reducible a algoritmos. Es un don, algo que trasciende lo físico y lo material. Y en nuestra búsqueda por extender nuestras vidas terrenales, corremos el riesgo de alejarnos más de esa fuente divina que nos da propósito y nos define.

El arzobispo caminó lentamente por el escenario, sus pasos resonando en el silencio expectante.

—¿Qué sucede cuando nuestras vidas, tan dependientes de tecnologías que nos dicen cuándo comer, dormir o incluso pensar, se vuelven prisioneras de las mismas herramientas que creamos para liberarnos? Nos volvemos autómatas, no más vivos que las máquinas que construimos. En nuestra obsesión por la perfección biológica, podríamos olvidar la única perfección que importa: la de nuestras almas.

Se volvió hacia Elon Ryder, quien lo observaba con atención, su rostro mostrando una mezcla de interés y escepticismo.

—Elon, usted habla de la evolución como si fuera un destino inevitable, una progresión natural hacia un futuro glorioso. Pero le pregunto: ¿puede la humanidad realmente prosperar si pierde de vista su esencia? ¿Si deja atrás su humildad, su conexión con la tierra, su capacidad de asombrarse ante el milagro de la creación?

La sala permaneció en un silencio reverente mientras DiCarlo continuaba, su voz ahora cargada de una pasión que parecía emanar de lo más profundo de su ser.

—La verdadera vida eterna no se encuentra en prolongar nuestras células ni en descargar nuestras mentes en máquinas inmortales. Se encuentra en nuestra conexión con la fuente del amor, con aquello que trasciende la comprensión humana y tecnológica. Esa fuente que nos llama a ser más que carne y hueso, más que datos y algoritmos. Esa fuente que nos invita a participar en una eternidad que no es meramente existencia, sino plenitud, paz y propósito.

El arzobispo extendió los brazos, como si abarcara no solo a la audiencia, sino al mundo entero.

—¿Estamos realmente preparados para ser dioses? —preguntó, su voz resonando como un desafío dirigido no solo a la sala, sino a la humanidad misma—. Porque la historia nos enseña que cada vez que hemos intentado asumir ese rol, hemos fracasado, no por falta de capacidad, sino por falta de comprensión. La verdadera grandeza no radica en ser invulnerables o inmortales, sino en reconocer nuestras limitaciones y, a través de ellas, encontrar la trascendencia.

DiCarlo dejó que el silencio llenara el espacio, un silencio que no era vacío, sino cargado de reflexión. Luego, con un tono más suave pero igual de firme, concluyó:

—La inmortalidad que buscamos está ante

nosotros desde el principio de los tiempos, pero no es la que prometen los implantes o las computadoras cuánticas. Es la inmortalidad del alma, la eternidad que se encuentra en nuestra conexión con el Creador, con la verdadera fuente de todo amor y vida. Y hasta que no comprendamos eso, todos nuestros avances serán, en el mejor de los casos, efímeros.

El arzobispo volvió a su asiento, dejando tras de sí una sala en la que incluso los más escépticos se inclinaban hacia adelante, inmersos en las profundidades de sus propias reflexiones.

La tensión en la sala era palpable. Algunos líderes miraban sus notas, otros observaban a sus compañeros con expresiones de duda y reflexión. La conferencia se había convertido en un campo de batalla de ideas, donde cada palabra podía inclinar la balanza hacia un futuro diferente.

El monje Kamishi, que había permanecido en silencio, tomo la palabra. —En mi monasterio, enseñamos que la verdadera sabiduría viene de dentro, no de fuera. La tecnología puede ser una herramienta poderosa, pero no debe ser el centro de nuestras vidas. Debemos buscar el equilibrio, la armonía entre lo antiguo y lo nuevo, entre la ciencia y la espiritualidad.

La Dra. López, sin embargo, no se dejaba vencer. —¿Y si ese equilibrio implica aceptar que la tecnología es parte de nuestra evolución espiritual? ¿Y si, en lugar de ver la IA como una amenaza, la vemos como una extensión de nuestra búsqueda de conocimiento y comprensión?

El ministro Kamirama intervino nuevamente, tratando de calmar los ánimos. —Quizás no sea una cuestión de elegir entre uno u otro, total libertad o total control, sino de encontrar una manera de integrarlos. Debemos fortalecer las regulaciones actuales y crear nuevas si es necesario para que garanticen que la IA se utilice de manera ética y responsable, protegiendo nuestra humanidad mientras aprovechamos sus beneficios.

La conferencia continuaba, cada intervención

agregando capas de complejidad al debate. La humanidad estaba en una encrucijada, y las decisiones tomadas en esa sala resonarían a lo largo del tiempo, afectando generaciones futuras.

En este escenario de debate y tensión, algo parecía acechar desde los confines del universo. Una sombra invisible, una presencia apenas perceptible, observaba los eventos desarrollarse con interés silencioso. No se trataba de una entidad de materia, sino de una fuerza ancestral, oscura y omnipresente, que influía en los pensamientos más profundos de los líderes reunidos. Los susurros de esta entidad se entrelazaban con las ambiciones y los miedos de los humanos, sembrando dudas y avivando pasiones.

Mientras los líderes del mundo se enfrentaban en un crisol de ideas y advertencias, lejos de allí, en la isla todo estaba tranquilo. El sol se elevaba lentamente sobre el horizonte, pintando el cielo con tonos de rosa y naranja. Los primeros rayos de luz tocaban la superficie del mar, creando un brillo dorado que parecía prometer un día lleno de posibilidades.

En la isla, ajenos al tumulto global, Rael y Liana despertaban con el sonido de las olas y el canto de los pájaros. Sus destinos, aunque aparentemente simples y cotidianos, estaban entrelazados con los misterios del universo y la búsqueda de respuestas más allá de las barreras de la ciencia y la fe.

El destino de Rael y Liana estaba a punto de cambiar, movido por algo que iba más allá de su comprensión. La isla, con su aparente tranquilidad, era el escenario de un juego cósmico donde la ciencia y la espiritualidad se entrelazaban en una danza eterna.

CAPÍTULO 3: LA VIDA DE RAEL

Apenas habían transcurrido unos días desde su regreso a la isla, pero para Rael, el tiempo parecía haber adquirido un carácter extraño, casi elástico. Las noches, ahora se habían transformado en un escenario más claro, pero también inquietante. Sus sueños, antes fragmentos dispersos de imágenes fugaces, comenzaban a cobrar una claridad perturbadora, como si se tratara de mensajes codificados desde algún lugar más allá de la comprensión humana. Sin embargo, esa misma nitidez traía consigo una agitación creciente, un malestar que le impedía encontrar el descanso que tanto anhelaba, como si una fuerza invisible conspirara para mantener su alma en constante vigilia.

Los debates acalorados en la conferencia mundial en Nueva Macedonia resonaban en las noticias y solo se hablaba de eso. Mientras los líderes del mundo se enfrentaban en busca de respuestas globales, Rael prefería lidiar con visiones que lo desafiaban a encontrar respuestas más personales, más profundas.

Cada amanecer lo envolvía con la persistente huella de sueños que, con cada noche, parecían más vívidos y tangibles que cualquier experiencia vivida durante el día. Ya no eran simples fragmentos oníricos, sino visiones cargadas de una intensidad casi abrumadora, como si el velo entre su mente y otra realidad se desvaneciera. Estas imágenes lo dejaban inmerso en una mezcla de expectación y ansiedad, un eco constante de algo que sentía acercarse, aunque aún no lograra comprender su naturaleza.

Esa mañana del 20 de marzo del 2040 no fue diferente. Despertando alrededor de las 6:45 a.m., Rael se encontraba todavía envuelto en el eco de un sueño palpitante, donde los confines del universo parecían hablarle en susurros. Se levantó lentamente, estirando cada músculo y bostezando, mientras la neblina del sueño aún lo envolvía. Al pisar el frío suelo de madera de su habitación, la primera luz del amanecer que se colaba por la ventana teñía el horizonte de tonos anaranjados, pero en su corazón persistía una sensación de anticipación, como si intuyera algo aún no revelado.

La tenue luz matutina se filtraba por la ventana dibujando sombras largas y suaves en su modesta habitación, iluminando su escritorio abarrotado de papeles, libros y herramientas de escritura. El aroma del café recién hecho se mezclaba con el aire fresco del amanecer, creando una atmósfera de tranquilidad y contemplación.

Sentado en la cama, intentó aferrarse a los fragmentos de sueños que se desvanecían con cada momento que pasaba. Las imágenes de galaxias distantes, nebulosas brillantes y paisajes etéreos persistían en su mente, entrelazándose con las realidades de su vida diaria. Estos sueños ya poco a poco le parecían más como portales a otros mundos, ofreciendo atisbos de conocimientos y experiencias más allá de su comprensión.

—Últimamente, mis sueños han sido... muy diferentes —pensaba, absorto en el amanecer—. Gran parte de su vida, no eran más que destellos, imágenes borrosas de lugares desconocidos. Pero ahora, se habían vuelto más claros, más intensos.

Rael se preguntaba si estos sueños eran un reflejo de las tensiones y conflictos del mundo exterior, o si, por alguna misteriosa razón, eran algún tipo de mensaje de algo o alguien intentando comunicarle algo.

Se levantó y caminó hacia su escritorio, sus dedos rozando los papeles y los libros que yacían esparcidos. Era en estos momentos de quietud matutina cuando encontraba la inspiración para escribir, cuando las fronteras entre sus sueños y su realidad eran más difusas. Tomó su lápiz y cuaderno, se sentó y comenzó a escribir, dejando que sus pensamientos fluyeran libremente.

Así comenzaba cada día de Rael, sumergiéndose en un mar de palabras y metáforas, explorando los confines de su mente y alma. A través de la escritura, intentaba unir el cielo y la tierra, tejiendo el hilo dorado de sus experiencias y sueños.

La escritura era para Rael más que un simple acto de trazar palabras; se convertía en un ritual, un puente entre lo mundano y lo divino, cada palabra derramada desde su lápiz buscaba capturar la belleza del cosmos y las vibraciones espirituales que resonaban en su interior, era una de las muchas capacidades que lo había hecho destacarse en el instituto.

Con cada narración que brotaba de su imaginación, Rael tejía un nuevo hilo en el tapiz del misterio universal, sus personajes y mundos eran extensiones de su propia alma, cada uno una exploración de la pregunta eterna sobre el significado de la vida y la esencia del ser.

Mientras se levantaba y se acercaba a la ventana, sus pensamientos se volvían hacia los fragmentos de sueños que había logrado retener.

—Empezaron como meros paisajes difusos, pero

ahora puedo ver movimientos, sombras que danzan al borde de mi conciencia —Rael meditaba.

—Y las voces... al principio eran apenas susurros. Ahora, su tono se ha vuelto casi tangible, rozando la comprensión. Entre esos susurros, por fin creí percibir una palabra que resonaba con la insistencia de un secreto por revelar: "pronto".

Contemplando el amanecer, Rael sentía cómo su corazón latía con una mezcla de ansiedad y anticipación.

—Es como si estos sueños fueran hojas llevadas por el viento hacia un destino desconocido, hacia un bosque de misterios y revelaciones.

Después de un momento de reflexión, se dirigió a la cocina, donde su madre ya preparaba el desayuno. El aroma a café recién hecho invadía el ambiente.

—Buenos días, hijo —la saludó ella, su sonrisa irradiando calidez.

—Buenos días, mamá —respondió Rael mientras aceptaba la taza de café que ella le ofrecía con una sonrisa. Se sentó a la mesa familiar, un lugar que guardaba ecos de incontables momentos compartidos, y frente a él lo esperaba el familiar aroma de los huevos fritos en manteca, dorados a la perfección, acompañados de su pan integral con mantequilla, un desayuno sencillo pero lleno de cariño y significado.

En esa tranquila mañana, mientras tomaba su café, la conversación derivaba hacia temas más profundos fácilmente. Su madre le compartía sus aprendizajes y experiencias de vida con una mirada cálida, amorosa y pensativa, a través de metáforas que habían moldeado su propia búsqueda espiritual.

—Piensa en la bondad y la fe como en el sol y la luna —comentó ella—. Aunque uno brille durante el día y el otro ilumine la noche, ambos son esenciales para mantener el equilibrio del mundo. El bien y el mal, como el sol y la luna, existen en un delicado equilibrio. No podemos tener uno sin la presencia del otro, pero es nuestra elección hacia cuál queremos inclinarnos.

—Así como el jardinero cuida su jardín, eligiendo qué plantas alimentar y cuáles erradicar, debemos cultivar la bondad en nuestros corazones y combatir las sombras con la luz de nuestra fe y nuestras acciones. La vida, hijo mío, es el jardín en el que debemos trabajar.

Rael escuchaba atentamente, las palabras de su madre resonando profundamente en él. Era una simple verdad, presentada a través de la belleza de una metáfora, que le recordaba que, en la inmensidad del universo y en la complejidad de la existencia humana, las decisiones personales y la dirección hacia la que inclinamos nuestro espíritu tienen un impacto profundo.

—Y recuerda, Rael, que al igual que el jardín enfrenta temporadas, tormentas y sequías, nosotros también nos enfrentamos a pruebas y adversidades en nuestro viaje espiritual —continuó su madre, vertiendo más café en su taza—. Pero es en la superación de estas pruebas donde nuestra fe se fortalece y nuestra bondad florece aún más radiante.

Rael asintió, las palabras de su madre sembrando semillas de sabiduría en su mente.

—De la misma manera que la luna nueva crece hasta convertirse en llena, nuestra comprensión y nuestro espíritu también pueden expandirse —dijo, reflexivo—. Es en el ciclo continuo de aprendizaje y crecimiento donde puedo encontrar la verdadera esencia de mi ser y el propósito de mi alma.

—Exactamente, hijo —su madre sonrió, su mirada reflejando orgullo y amor—. La vida es un constante fluir entre la luz y la oscuridad, el bien y el mal, la ciencia y la fe. La verdadera sabiduría yace en reconocer esta dualidad no como una batalla, sino como una danza armoniosa donde cada paso, cada movimiento, nos lleva hacia una mayor comprensión de nosotros mismos y del mundo que nos rodea.

La conversación matutina con su madre era algo que extrañaba y le hacía muchísima falta, no solo alimentaba su cuerpo con el desayuno, sino también su alma con valiosas lecciones sobre la bondad, la fe y el viaje espiritual.

Mientras se despedía de su madre para continuar con su día, Rael sabía que estas conversaciones eran tan esenciales para su crecimiento como las más importantes lecciones del instituto o cualquier descubrimiento que pudiera hacer en sus más remotos sueños. La sabiduría compartida en la sencillez de su hogar servía como un faro, guiándolo a través de las sombras hacia la luz del conocimiento y la comprensión.

Con un sentido de propósito renovado y la bendición de su madre resonando en sus oídos, Rael salió de casa, listo para sumergirse en la vastedad del día que lo esperaba. Con cada paso, se recordaba a sí mismo la importancia de encontrar la sabiduría en las conexiones humanas y la espiritualidad compartida. En su corazón, llevaba la certeza de que, independientemente de los misterios y desafíos que enfrentara, su fe y bondad serían las luces que lo guiarían en su incesante búsqueda de la verdad.

Liana había regresado a la isla el 19 de marzo, y como era su costumbre, se aventuró al alba para recibir el amanecer. Había algo en ese instante de quietud, cuando el mundo parecía contener la respiración, que la llenaba de energía y reverencia. Su curiosidad, inagotable e insaciable, la hacía buscar más que un simple espectáculo visual; anhelaba respuestas escondidas en la vastedad que se desplegaba ante ella.

La playa era su refugio y su laboratorio, un espacio donde el tiempo parecía detenerse. Cada concha que recogía de la arena era mucho más que un objeto; para Liana, eran cápsulas del tiempo, pequeñas guardianas de secretos provenientes de las insondables profundidades del océano. Las sostenía entre sus dedos como si al tocarlas pudiera desentrañar la historia que encerraban: tormentas olvidadas, corrientes subterráneas, o quizás el eco de una vida perdida en el abismo.

Su mirada se perdía en el horizonte, en ese lugar donde el mar y el cielo se entrelazaban en un abrazo eterno, creando un lienzo de colores que cambiaba a cada instante. Era imposible no sentirse diminuta ante tal majestuosidad, y sin embargo, esa sensación de pequeñez la llenaba de una curiosa calma. Mientras las olas acariciaban la orilla con un murmullo constante, en su mente bullía una pregunta que nunca la abandonaba: ¿Qué misterios se esconden bajo esa superficie aparentemente serena?

En ese amanecer, sin embargo, había algo más. Una expectativa, una conexión que aún no podía nombrar. Se preguntaba si ese día traería consigo más que respuestas del mar. Quizás, pensó, también traería el reencuentro con alguien que, como las conchas en la arena, guardaba en su interior secretos que ansiaba descubrir.

—¿Buscando tesoros? —preguntó Rael con una sonrisa juguetona, acercándose silenciosamente por detrás.

Liana levantó la vista, sorprendida pero encantada, y sus ojos reflejaron el destello del mar bajo el sol matutino. —Siempre hay algo nuevo por descubrir, ¿no crees? —respondió con una sonrisa cálida, dejando que el eco de su alegría vibrara entre las olas.

Esta vez, ambos sabían que aquel encuentro no era una mera casualidad. Había algo intangible en el aire, como si una fuerza invisible los hubiera atraído el uno hacia el otro. Aunque no era raro que coincidieran en la playa, esta reunión, después de tanto tiempo separados, llevaba la marca de un destino que parecía haberse tejido pacientemente para reunirlos. Sin necesidad de palabras, se acercaron y se envolvieron en un abrazo sincero, lleno de cariño y la certeza de que, a pesar del tiempo y la distancia, su vínculo seguía siendo tan fuerte como siempre.

Desde su más temprana memoria, Liana se vio cautivada por el vasto misterio del cosmos. No era solo curiosidad; era una atracción magnética, un llamado que resonaba en lo más profundo de su ser hacia los secretos aún sin descubrir del universo, una curiosidad que la llevaba a pasar noches enteras observando las estrellas, sumergida en los vastos océanos del cielo nocturno.

No era extraño verla absorta en la lectura de los últimos artículos científicos o perdida entre las páginas de libros de astrofísica, intentando descifrar las leyes que gobiernan el cosmos. Sin embargo, su amor por la ciencia iba mucho más allá. Se extendía a la biología marina, donde encontraba un fascinante paralelismo entre las profundidades insondables del océano y los misterios del universo. Liana quedaba maravillada al observar cómo la vida emergía en los rincones más oscuros y remotos del mar, argumentando que lo mismo podía estar ocurriendo en innumerables rincones del vasto cosmos. Cada criatura que estudiaba se convertía en un enigma que la desafiaba, una pieza diminuta pero crucial en el inmenso rompecabezas universal que buscaba armar, uniendo las maravillas del mar y las estrellas en su incansable búsqueda de comprensión.

Además de su pasión por la ciencia, Liana cultivaba un amor profundo por la música clásica. Encontraba en la complejidad de las composiciones una similitud con las estructuras matemáticas, cada nota y acorde resonando en ella como las soluciones a ecuaciones complejas. Era habitual para ella, luego de un largo día de estudio y descubrimiento, relajarse tocando piezas de Beethoven o Chopin en su viejo piano, dejando que la música llenara su hogar de armonía y paz.

A pesar de su inclinación hacia lo intelectual, Liana no descuidaba su conexión con la naturaleza. Sus mañanas comenzaban siempre con un paseo por la playa, sintiendo la arena bajo sus pies y el fresco viento marino en su rostro, una rutina que le permitía reflexionar y encontrar serenidad antes de sumergirse en sus estudios. Esta práctica matutina era sagrada para ella, un momento de comunión con el mundo natural que tanto amaba explorar.

Su carácter inquisitivo y su mente analítica la hacían una conversadora brillante y curiosa, siempre lista para debatir teorías científicas o discutir sobre el último libro que había capturado su imaginación. Sin embargo, detrás de su fachada de científica y académica, Liana guardaba un espíritu aventurero, soñando secretamente con viajar a los confines del espacio, explorar planetas desconocidos y, quizás, descubrir vida en otros mundos. Para Liana, el universo no era solo un campo de estudio; era una promesa de aventura, un desafío a lo desconocido.

—Sabes Rael, he estado teniendo sueños muy extraños últimamente, parecen visiones —confesó Liana, mirando al mar—. Pequeños destellos de otros mundos, de realidades que parecen tan tangibles como esta.

Liana, con ojos reflejando el cosmos, compartió su sensación de estar en el borde de descubrir algo: —

Estos sentimientos —dijo— parecen ser una guía hacia algo más allá de nuestra isla.

Rael, con una sonrisa ladeada, le compartió su propia experiencia de esos destellos y sueños vívidos y desconcertantes que últimamente también había estado teniendo.

—Imagina que estamos recibiendo señales de televisión de universos paralelos —bromeó Rael, provocando una risa compartida.

—Quizás, de alguna forma, nuestros cerebros sintonizaron accidentalmente un canal cósmico no previsto, —contestó Liana—, su comentario desencadenó una ola de risas compartidas, llenando el aire con un eco de complicidad y alegría.

A medida que la conversación fluía, alternaban entre la seriedad y la broma, adentrándose en los dominios entrelazados de la ciencia y la espiritualidad, especulando sobre la existencia de universos paralelos y el misterioso tejido de la existencia de una manera más ligera y humorística.

—¿Y si simplemente hemos estado cenando demasiado pesado? —sugirió Liana con una sonrisa, mientras el alba se transformaba en mediodía y este, a su vez, cedía su lugar a las sombras alargadas de la tarde. Compartían el sustento no solo del cuerpo, sino de un espíritu aventurero, disfrutando de la conexión que los unía a través del humor y la especulación.

—Bueno, si vamos a estar locos, prefiero estarlo contigo —dijo Rael, extendiendo su mano hacia Liana.

Eran como dos almas gemelas, distintas en su esencia, pero inextricablemente entrelazadas, navegando juntas a través de los mares de lo conocido y lo desconocido, pero siempre con una chispa de humor que los mantenía anclados. Su diálogo, lleno de teorías y risas, les permitió explorar las profundidades de su imaginación, sin perder nunca de vista el suelo bajo sus pies isleños.

Rael, con su amor por lo espiritual, y Liana, con su mente científica, encontraban en sus diálogos un raro pero firme terreno común, un lugar donde sus mundos se entrelazaban armoniosamente.

Durante esas largas horas en las que compartieron pensamientos, anhelos y emociones, hablando de todo y de nada, Liana reveló su profunda inquietud por ir más allá de los límites conocidos, por explorar algún día territorios aún no marcados por el conocimiento convencional. Expresó con fervor su aspiración de descubrir, comprender y desentrañar, a través de la ciencia y la reflexión, los secretos ocultos más allá del horizonte visible.

Con entusiasmo contagioso, describió cómo cada destino inexplorado representaba para ella un enigma esperando ser resuelto, un rompecabezas cuyas piezas estaban esparcidas en el vasto tejido del universo. Para Liana, esta búsqueda no era simplemente un deseo de viajar físicamente, sino una expedición intelectual y espiritual hacia lo desconocido, guiada por la certeza de que en los misterios de la naturaleza y el cosmos residía la clave para entender la esencia de nuestra existencia.

Ansiaba sumergirse en lo inexplorado con una curiosidad insaciable, utilizando la ciencia como su brújula y su lente. Cada hallazgo, cada respuesta obtenida, lo veía como un nuevo escalón en la ascendente búsqueda de la verdad universal, una manera de iluminar las vastas sombras de lo desconocido y aproximarse, aunque fuera un poco, al entendimiento del propósito de la vida misma.

Rael, con una mirada que se perdía en el horizonte y un tono pausado, compartió con Liana su pasión más profunda: la escritura. Para él, no se trataba solo de plasmar palabras en un papel, sino de adentrarse en las intrincadas capas del alma humana, en los recovecos donde habitaban las preguntas sin respuesta y los dilemas universales que desde siempre han fascinado a la humanidad. Sus escritos buscaban capturar no solo la dualidad del bien y el mal, sino también los misterios eternos que yacían más allá de la comprensión racional, aquellos enigmas que latían en el corazón del cosmos y en el espíritu humano.

—Escribir —le confesó con una voz teñida de introspección— es mi forma de navegar entre las sombras y la luz. Cada palabra que trazo es un intento por descifrar los ecos de algo más grande, algo que siento, pero no logro entender del todo.

Rael aspiraba a que sus relatos no solo entretuvieran, sino que invitaran al lector a confrontar sus propias incertidumbres, a explorar las preguntas que más temía hacer. Para él, cada historia era un pequeño espejo que reflejaba las verdades ocultas en la naturaleza humana y los secretos del universo.

—Algún día —continuó, sus ojos brillando con una mezcla de determinación y melancolía—, espero escribir no solo sobre los misterios que me inquietan, sino también sobre las respuestas que encuentre en el camino. Mi propia vida, mis errores, mis aprendizajes, todo será parte de esa narrativa.

Había en sus palabras una pasión que trascendía lo personal, un anhelo por crear algo que perdurara más allá de él, como si en cada relato buscara capturar un fragmento de eternidad. La escritura, para Rael, era tanto un refugio como una brújula; un medio para entenderse a sí mismo y al mundo, pero también un camino para adentrarse en lo desconocido, en ese vasto abismo donde el pensamiento humano siempre había oscilado entre la fascinación y el temor.

Era como si con cada línea escrita, Rael no solo estuviera narrando una historia, sino también construyendo un puente entre lo tangible y lo infinito, entre lo que somos y lo que podríamos llegar a ser.

Mientras las olas besaban la orilla, Rael y Liana no solo compartían palabras, sino también un entendimiento profundo. Sus vidas, entrelazadas desde la infancia, parecían ser dos hilos en el mismo tejido cósmico, unidos por algo más que la amistad: un destino vinculado y una sed de respuestas.

El día de Rael y Liana se desplego como un tapiz tejido con hilos de oro y sueños mutuamente vividos. Desde el amanecer, cuando la luz primera beso tímidamente el horizonte, hasta el crepúsculo, donde el cielo se vestía con manto de púrpura y oro, ambos se movían al ritmo de una sinfonía inaudible, un himno al vínculo que los unía.

Exploraron, corrieron, soñaron, compartieron el sustento del día, y en el ocaso, se sumergieron en un océano de calma y silencio.

El estruendo suave de las olas y la caricia de la brisa marina tejían un cálido manto alrededor de ellos, creando un santuario de reflexión y paz.

Era en este escenario, donde los susurros del mar y el viento se entrelazaban, que Liana se sumergía en sus pensamientos más profundos e íntimos.

Descansando su mirada en el cielo nocturno, Liana

veía un lienzo inmenso, salpicado de estrellas, cada una un faro distante en la inmensidad del cosmos.

El murmullo constante de las olas era una melodía que acompañaba sus reflexiones, una sinfonía que parecía emanar del mismo corazón del universo.

—Estas estrellas —meditaba Liana, su mirada perdida en la vastedad del cielo nocturno— son como las piezas de un enigma ancestral, esparcidas a través del firmamento. Y ahora, estos sueños que nos visitan, ¿podrían ser acaso mensajes cifrados esperando ser descifrados?

Elevando su mirada hacia el cielo estrellado, Liana recordaba los momentos de su niñez vividos junto a Rael. Sus diálogos, que a menudo zambullían en los mares de lo desconocido y lo inexplicable, parecían ahora enredarse aún más en los misterios celestiales.

—Rael siempre ha estado a mi lado —pensaba Liana—, pero siento que nuestra conexión se ha transformado, creciendo y profundizándose, enraizada en estos extraños sueños cósmicos. ¿Podría ser que ambos estemos predestinados a descubrir juntos algo grandioso?

Un suspiro, ligero pero cargado de un peso invisible, escapó de los labios de Liana mientras una estrella fugaz atravesaba el cielo nocturno, dejando tras de sí un rastro luminoso que parecía desvanecerse en el infinito. Sus ojos, reflejo del universo que la fascinaba, permanecían fijos en el firmamento, como si buscaran descifrar un mensaje oculto en el parpadeo de las estrellas.

—Cada noche, estos sueños se vuelven más intensos —confesó al viento, que acariciaba su rostro con una suavidad casi maternal. Su voz, apenas un susurro, parecía un diálogo íntimo con la vastedad del cosmos—. Al principio, eran solo imágenes dispersas, fragmentos de paisajes que no reconocía, como si mi mente estuviera vagando por mundos ajenos.

Liana hizo una pausa, cerrando los ojos como si intentara atrapar esas visiones antes de que se desvanecieran por completo en la bruma del olvido.

—Pero ahora... —continuó, abriendo los ojos con un brillo de inquietud y curiosidad— ahora hay voces. Voces que no comprendo del todo, pero que siento profundamente. Susurros que rozan los límites de mi entendimiento, como si alguien, o algo, intentara decirme algo que aún no estoy preparada para escuchar.

Su tono se volvió más intenso, como si esas palabras fueran una súplica a las estrellas, un llamado desesperado a comprender lo incomprensible.

—¿Qué estarán intentando comunicarnos? —murmuró, más para sí misma que para el universo que la rodeaba—. Es como si estas voces no solo quisieran ser escuchadas, sino entendidas, como si llevaran consigo una verdad que podría cambiarlo todo.

Liana alzó la vista hacia el firmamento, sus ojos danzando entre las constelaciones como si buscaran una respuesta inmediata.

—Necesito entender qué sucede, por qué estas visiones nos eligen, por qué estas voces nos buscan. ¿Es posible que estemos destinados a algo más allá de lo que podamos imaginar? ¿Que estas estrellas, estas luces lejanas, sean portadoras de un mensaje que solo puedo descifrar si miro más allá de lo evidente?

El viento pareció responderle con un murmullo, envolviéndola en un abrazo etéreo mientras su mente seguía trazando teorías, buscando conexiones. Para Liana, esos sueños eran más que un misterio; eran una invitación, una puerta entreabierta hacia un conocimiento que aguardaba ser descubierto. Y con cada noche que pasaba, su necesidad de entender no hacía más que crecer, encendiendo en su interior una llama de curiosidad insaciable. La brisa del anochecer jugaba con su cabello mientras se perdía en sus pensamientos.

—Rael y yo, ¿somos parte de algo más grande? ¿Están estos sueños guiándonos hacia un destino que ni siquiera podemos comenzar a comprender?

Miró hacia las olas, buscando respuestas en su movimiento perpetuo.

Luego Liana cerró sus ojos, dejando que la sensación de inmensidad del universo la envolviera.

—En algún lugar, entre estas estrellas, puede que se encuentren las respuestas a nuestras preguntas.

Con una mezcla de temor y emoción, abrió los ojos, su mirada volviendo a las estrellas.

—Esta noche, y cada noche que sigue, me acercaré un poco más a la verdad. Guiada por estos sueños, avanzaré hacia un destino que está entrelazado no solo con el de Rael, sino quizás, también con el del propio universo.

Rael y Liana eran como dos mitades de un mundo indivisible, complementándose como el sol y la luna en el cielo de la existencia.

Aunque sus rutas parecían divergentes, estaban

íntimamente entrelazadas; su amistad era un puente entre corazón y mente, donde cada uno resplandecía con luz propia pero siempre en armoniosa sinergia.

Juntos, la pasión de Rael por lo intangible y la lúcida perspectiva de Liana sobre lo tangible creaban un equilibrio perfecto, un diálogo perpetuo entre lo divino y lo terrenal, entre el mito y la molécula.

En un momento de calma, Rael, con su voz teñida de incertidumbre, rompió el silencio: —Liana —dijo—, a veces me pregunto qué nos depara el futuro, si nuestras sendas siempre estarán entrelazadas así.

Liana, sosteniéndole la mirada con una intensidad que hacía el aire más denso entre ellos, dejó escapar una leve sonrisa que parecía contener universos. Esa mezcla de esperanza y melancolía en sus ojos parecía transmitir un mensaje que sus palabras no se atrevían a pronunciar por completo.

—Rael —dijo suavemente, como si cada sílaba llevara un peso que solo él podía entender—, creo que no importa adónde nos lleven nuestros viajes. Siempre habrá algo en el universo que nos mantendrá conectados, más allá de la lógica... o incluso de lo que podemos explicar.

Hubo un instante en que su sonrisa se quebró, transformándose en un gesto vulnerable, como si por un segundo sus emociones hubieran cruzado la barrera de su control. Liana hizo un ademán como para arreglarse un mechón de cabello que el viento movía juguetonamente, pero Rael, que la conocía desde siempre, supo que ese movimiento era un escudo, una pausa para recomponerse.

Cuando finalmente rompió el silencio, su tono fue casual, pero con una calidez que lo atravesó. — Bueno, Rael, espero que estés listo para cuando nuestras rutas vuelvan a cruzarse. Y asegúrate de que tengas algo interesante que contarme. Ya sabes, no puedo ser siempre la única con grandes historias.

Rael asintió con una sonrisa, reconociendo la sutileza en sus palabras, esa forma tan propia de Liana de insinuar lo que realmente sentía sin decirlo del todo.

—Lo estaré, Liana. Puedes estar segura de eso —respondió, con un tono que equilibraba la seguridad y una ligera timidez que él mismo no esperaba.

Mientras el reflejo de las estrellas danzaba en las aguas, Liana volvió a mirarlo, sus ojos cargados de una intensidad que parecía contener todo lo que las palabras no podían expresar. Sostuvo su mirada como si quisiera asegurarse de que cada palabra, y todo lo que quedaba implícito entre ellos, encontrara un eco en su alma. Entonces, con un susurro apenas audible, dijo:

—Hasta pronto, Rael.

Esa despedida, que no era ni un adiós ni una simple partida, dejó una huella en él. Mientras la figura de Liana se desdibujaba en la distancia, Rael permaneció quieto, sintiendo cómo algo cálido y a la vez inquietante se expandía en su pecho. Esa despedida no era diferente de las anteriores, pero al mismo tiempo lo era. Había algo nuevo, algo que él entendía, pero que prefería no confrontar aún.

La noche que Rael contemplaba después de que Liana se marchara se transformó en un lienzo que parecía reflejar la complejidad de sus pensamientos. El titilar de las estrellas vibraba en el cielo, entrelazándose con la serenidad del horizonte, mientras la luna, majestuosa y solitaria, ascendía para reclamar su dominio. Sus pálidos destellos bañaban la tierra en un tenue resplandor, como un eco de las emociones que danzaban en su interior, profundas y casi indescifrables. En el preludio de la noche, Rael supo que, aunque ella no había dicho todo, había sentido suficiente para guardar el momento como un secreto compartido. Él también elegiría esperar.

La idea de que Liana algún día pudiera enfrentar

desafíos sola en sus viajes le causaba mucha ansiedad, pero era algo que Rael no sabía cómo nombrar. —Cuida de ella —murmuró al viento, esperando que sus palabras protectoras pudieran alcanzarla, allá donde fuera en el futuro.

Al caer totalmente la noche, otra estrella fugaz surcó el cielo sobre la isla, una mucho más intensa y resplandeciente, un espectáculo presenciado tanto por Rael como por Liana, aunque estuvieran en lugares separados.

Para ambos, fue un signo, un presagio de que estaban al borde de algo grande, marcando el inicio de una travesía hacia lo aún por descubrir. Era una señal clara de que, si algo trascendental estaba por suceder, enfrentarían juntos ese futuro incierto, reforzando la intuición de que sus caminos estaban destinados a unirse en una aventura inminente.

Esa noche del 20 de marzo, después de una cena llena de historias, reflexiones y risas compartidas con su madre, Rael se retiró a su habitación.

Alrededor de las 10:45 pm, se acomodó en su cama, cerrando lentamente los ojos. En ese umbral entre la vigilia y el sueño, una voz sutil comenzó a susurrarle, proyectando palabras sobre un destino intrincado; una historia que entrelazaba pasado, presente y futuro, uniendo los misterios de la isla con su propia búsqueda de propósito.

Mientras las estrellas parpadeaban en el cielo nocturno, proyectando un mensaje críptico, la mente de Rael bullía con ideas y posibilidades. A medida que se adentraba más en las profundidades del sueño, esa voz se hacía más clara y distinta en su subconsciente. Narrándole un viaje extraordinario que trascendería toda comprensión humana, llevándolo a confines desconocidos del ser y del universo.

Mientras Rael se dejaba llevar por el descanso y los sueños comenzaban a tejer sus misterios, el crepúsculo envolvía la isla como un manto sombrío. En ese instante, una silueta emergió contra el horizonte, perfilándose con la precisión de un presagio tallado en las mismas fibras del tiempo. Enigmática y cargada de una presencia inquietante, la figura se movía con una calma estudiada, como si la misma oscuridad se hubiera plegado a su voluntad. Su sombra se alargaba sobre las aguas, proyectando un reflejo que parecía absorber la tenue luz restante, un vacío glacial que helaría la sangre del más valeroso.

Sus ojos, dos abismos insondables, destellaban con una malicia contenida, un brillo que no emanaba vida, sino una amenaza antigua, calculada. Desde las sombras había observado a Rael y Liana, sus movimientos, sus palabras, incluso sus silencios. Era el artífice silencioso de los velos que habían oscurecido sus sueños, un tejedor de caos cuya obra ahora comenzaba a deshilacharse ante la fuerza de un llamado que no podía contener. La resonancia ancestral se intensificaba, volviéndose un rugido implacable que perforaba su control, como si el destino mismo reclamara lo que era suyo.

De pie junto al borde del agua, contempló su reflejo con una mezcla de arrogancia y reconocimiento. En voz baja, sus palabras cayeron al aire pesado de la noche como un veredicto:

—Los subestimé. Su vínculo es más fuerte de lo que imaginé, pero no invulnerable.

Sus dedos, largos y espectrales, se cerraron en un puño, como si con ese gesto pudiera aprehender el tiempo y torcerlo a su favor. Reconocía la necesidad de actuar. Hasta ahora, su influencia había sido sutil, pero la sutileza ya no era suficiente. Había llegado el momento de pasar a la siguiente etapa de su plan: una estrategia más oscura, más despiadada. Cada movimiento debía ser preciso, cada acción, un golpe que los empujara hacia un destino que él mismo había diseñado.

La figura se fundió con la sombra circundante, desapareciendo en el manto de la noche. Su ausencia no marcaba un alivio, sino una creciente inquietud que se propagaba como un eco en el aire quieto de la isla. Era la promesa de una tormenta, el preludio de eventos que desbordarían los límites de la razón y la humanidad.

El silencio que quedó tras su partida estaba cargado de una tensión casi tangible, como si el universo mismo contuviera la respiración. Las estrellas, usualmente guardianas serenas de la noche, parecían más distantes, más frías, mientras el murmullo de las olas resonaba con un ritmo diferente, como si la misma tierra compartiera el temor a lo inminente.

La calma que envolvía la isla no era una tregua, sino la antesala a un enfrentamiento que cambiaría todo. Y en esa densidad expectante, solo quedaba una certeza: lo que estaba por venir no tendría precedentes.

CAPÍTULO 4: EL CIELO DE LOS ELEGIDOS

A medida que la voz en su subconsciente se hacía más clara, Rael se sumergía más profundamente en el reino de los sueños. En este espacio entre la realidad y la fantasía, las palabras susurradas se entrelazaban con el parpadeo de las estrellas, guiándolo a través de un viaje celestial. Cada palabra pronunciada era como un peldaño en una escalera sublime, ascendiendo hacia un despertar en otra dimensión.

Cuando abrió los ojos, Rael se encontró inmerso en un entorno que trascendía todo entendimiento terrenal. Había llegado a la dimensión celestial, un reino envuelto en un manto de luz y serenidad. La atmósfera irradiaba una tranquilidad inquebrantable, y cada susurro del viento parecía portar ecos de sabiduría antigua, como si las voces de generaciones enteras se hubieran reunido para susurrarle al oído.

Aquí, en este santuario de esplendor, los colores brillaban con una intensidad inimaginable, como si estuvieran vivos. El aire estaba impregnado de un aroma dulce y etéreo, una fragancia que evocaba recuerdos olvidados de felicidad pura. Las olas de un mar infinito cantaban melodías que no eran solo sonidos, sino emociones que resonaban profundamente en el alma de Rael, llenándolo de una calma indescriptible.

Todo parecía familiar y, al mismo tiempo, indescriptiblemente distinto. Era como si su isla natal hubiera sido transformada en una obra maestra divina, cada elemento elevado a un estado de perfección absoluta.

De entre la luz que lo envolvía todo, emergió una figura. Su presencia era etérea, casi translúcida, y sin embargo irradiaba una inmensa sabiduría y un poder que parecía latir con el pulso del universo. No caminaba, sino que flotaba con una gracia que desafiaba las leyes de la física, como si fuera parte del viento mismo.

—Bienvenido, Rael —dijo la figura, presentándose como Eilan. Su voz no era un sonido; era una sinfonía. Resonaba como el eco de un millón de campanas, profundas y armoniosas, llenando el aire con una calma abrumadora—. Este es un plano de existencia donde las almas encuentran su propósito y evolucionan. Aquí, cada rincón está impregnado de las conexiones que te atan a quienes amas.

En ese instante, Rael sintió un tirón en su corazón, un lazo invisible que lo conectaba con alguien más allá de ese plano. El rostro de Liana apareció en su mente, y su alma anheló su presencia. Se preguntó si ella estaría experimentando algo similar, recorriendo un camino que eventualmente los llevaría a encontrarse de nuevo en este reino celestial.

Mientras exploraba, Rael quedó maravillado por lo que veía. Los bosques no eran simples conjuntos de árboles, sino vastas catedrales de luz y energía, donde las hojas parecían susurrar canciones ancestrales. Las montañas se alzaban como guardianes majestuosos, sus cumbres tocando cielos que brillaban con constelaciones desconocidas. Los valles estaban salpicados de flores que cambiaban de color al ritmo del viento. Incluso las criaturas que encontró no eran meramente animales, sino manifestaciones vivas de la esencia misma de la creación: aves cuyas plumas relucían como joyas, y seres de pura luz que se movían con gracia.

Después de horas de exploración, Rael, con una mezcla de asombro y confusión, se volvió hacia Eilan. Su voz temblaba ligeramente al hablar, cargada del peso de una pregunta que había llevado consigo durante toda su vida.

—¿Es este el cielo? ¿El lugar donde reside Dios?

Eilan esbozó una sonrisa serena, como alguien que había escuchado esa pregunta infinitas veces y, sin embargo, la respondía siempre como si fuera la primera.

—Rael —dijo Eilan con un tono cálido, como el sol que bañaba ese extraño cielo—, este lugar es y no es lo que buscas. Imagina el universo como un holograma infinito, donde cada fragmento contiene el todo. Así es Él: la Eternidad misma.

Rael frunció el ceño, intentando procesar la magnitud de esas palabras, pero antes de que pudiera formular otra pregunta, Eilan continuó, como si supiera exactamente lo que Rael quería saber.

—Al igual que una obra literaria que se entrelaza con todas las emociones humanas, "Él" se extiende por todas las dimensiones y realidades. Es el autor y también el lector, entretejiendo cada elección y cada acción en el gran relato del cosmos. Su presencia no está limitada por el tiempo ni el espacio; está aquí y, al mismo tiempo, en cada rincón del universo, en cada posibilidad que define lo que somos.

Rael miró a su alrededor, tratando de asimilar la lógica de este lugar.

—¿Entonces esto es un reflejo de... mí? — preguntó, con una mezcla de temor y asombro.

Eilan asintió con suavidad.

—Este cielo es un reflejo de lo que eres, de lo que amas, y de lo que necesitas para comprender. No es un espacio fijo, sino un lienzo que cambia con cada pensamiento, con cada emoción. Aquí no estás atado por las reglas terrenales; este es el lugar donde tu alma conversa con la Eternidad.

Mientras Eilan hablaba, Rael notó cómo el paisaje parecía transformarse sutilmente, como si respondiera a sus emociones y preguntas no expresadas. Este cielo no solo era un lugar; era una experiencia, una interacción constante entre su ser y algo infinitamente mayor. Rael, embargado por una mezcla de asombro y humildad, hizo la pregunta que latía en su interior desde hacía mucho tiempo:

—¿Cómo podemos entonces sentir su presencia? —preguntó Rael, con un tono que mezclaba la curiosidad de un niño y la solemnidad de un buscador.

Eilan alzó la mirada hacia el cielo, donde las estrellas parpadeaban como notas de una partitura cósmica que nunca dejaba de componerse. Su voz, al responder, parecía abrazar el universo entero.

—La fe, Rael. Pero no como la entienden muchos. No es simplemente creer en lo invisible; es vibrar en sintonía con la verdad más profunda del universo. Es como un instrumento afinado que resuena con una melodía mayor, una música eterna que conecta lo finito con lo infinito.

Su tono se suavizó, aunque en su serenidad había una profundidad inquebrantable.

—Lo que llamamos 'Dios', 'Él', 'La Eternidad', son apenas nombres que intentan describir lo indescriptible. Es la fuerza fundamental que teje cada fibra del ser, presente en cada plano, cada momento, incluso más allá de lo que podemos imaginar. Nos observa y nos guía, sí, pero lo más sublime es que nos da la libertad de elegir. Esa libertad es el reflejo del amor supremo que sostiene todo.

Rael sintió cómo esas palabras se asentaban en lo más profundo de su ser, iluminando partes de su mente que antes habían estado en penumbra. Sin embargo, nuevas preguntas se agolparon en su mente, una en particular girando como una rueda infinita:

—¿Cómo es posible que culturas tan diversas, separadas por vastos océanos y milenios, compartan raíces tan similares en sus creencias?

Eilan, como si hubiera anticipado la pregunta, sonrió con la calma de quien ha contemplado el flujo del tiempo desde sus inicios. Su voz resonó como el eco de un río que fluye incesante hacia el océano.

—Las verdades universales trascienden las barreras del tiempo y la geografía, Rael. A lo largo de la historia, diferentes culturas han buscado lo divino, y aunque lo han llamado por distintos nombres y lo han descrito de formas diversas, sus conceptos convergen. Desde el amor y el perdón en el Cristianismo, la compasión y la no-violencia en el Budismo, hasta la justicia y la misericordia en el Islam, todas estas enseñanzas provienen de una misma fuente: la unión con lo eterno y lo sagrado.

Eilan extendió su mirada hacia el horizonte, donde las estrellas titilaban con una quietud que sugería que eran las guardianas de los secretos más antiguos.

—Cada texto sagrado, cada mito y cada historia inspirada por 'Él', están diseñados para susurrar la misma verdad: amar al prójimo, reconocer lo divino y buscar la redención. Aunque sus formas varían, el mensaje subyacente es uno solo. Todos estos relatos tienen un propósito común: guiar a las almas hacia una conexión más profunda con el cosmos y consigo mismas.

Rael guardó silencio, dejando que las palabras de Eilan se entrelazaran con sus pensamientos. Era como si una nueva luz se encendiera dentro de él, iluminando un sendero que no necesitaba ser comprendido por completo, solo aceptado con sinceridad. Finalmente, habló, y su voz estaba teñida de reverencia.

—Entonces, las diferencias no son contradicciones, sino facetas de una misma verdad...

Eilan asintió, su sonrisa irradiando una sabiduría serena.

—Exactamente, Rael. La diversidad de las creencias no es un error, sino un reflejo de las muchas formas en que las almas y culturas intentan entender lo inefable. 'Él', la Eternidad, no se revela de una sola manera, porque sabe que cada alma necesita un lenguaje que pueda comprender, una puerta que pueda abrir.

Mientras Eilan hablaba, Rael sintió cómo su mente se expandía, pero no con respuestas definitivas, sino con una paz inesperada. Por primera vez, entendió que no necesitaba resolver todos los misterios del universo. Lo que importaba era confiar en que, más allá de la lógica humana, todo estaba conectado y guiado por una fuerza que trascendía la comprensión.

Inspirado por esa revelación, Rael levantó la vista hacia el cielo, donde las estrellas seguían parpadeando en una coreografía infinita.

—Gracias, Eilan —dijo Rael, su voz cargada de gratitud—. Ahora entiendo que la fe no necesita certezas absolutas; es un faro que ilumina el camino, incluso cuando no podemos ver el destino.

Eilan respondió con una sonrisa que parecía abarcar el universo.

—Y esa fe, Rael, será la brújula que te guiará en los momentos más oscuros, recordándote siempre que el camino hacia lo eterno se encuentra dentro de ti.

Mientras hablaban, Rael sintió una conexión inconfundible, como si una presencia suave pero persistente lo envolviera en un abrazo invisible. Cerró los ojos, y en su mente apareció la imagen de

Liana con una claridad sobrecogedora. No era un simple recuerdo; era una sensación viva, palpitante, que lo llenó de una mezcla de paz y nostalgia. Con el corazón acelerado, no pudo evitar preguntarse en voz alta:

—¿Estará ella viviendo algo similar, sintiendo lo mismo?

Eilan lo observó con una sonrisa que parecía contener siglos de compasión y entendimiento.

—Las almas conectadas trascienden los límites del espacio y el tiempo, Rael. Si su destino está entrelazado con el tuyo, ella también sentirá esta unión, aunque sea de formas que aún no pueda comprender del todo. Este cielo refleja lo que necesitas en este momento, pero esa conexión con Liana trasciende incluso este plano.

Antes de que Rael pudiera responder, el aire cambió. Una nueva energía, vibrante y majestuosa, comenzó a manifestarse. Del horizonte surgieron seres alados, descendiendo como destellos de luz que iluminaban todo a su paso. Sus movimientos eran fluidos, casi coreográficos, como si danzaran al ritmo de una sinfonía cósmica inaudible.

—Son los ángeles —anunció Eilan con una voz impregnada de reverencia—. No solo mensajeros, Rael; son guardianes del orden celestial, los vigilantes incansables del equilibrio universal.

Rael, fascinado, observó cómo sus formas fluctuaban entre lo tangible y lo etéreo. Parecían estar hechos de luz líquida, cada movimiento dejando tras de sí un rastro que titilaba como estrellas fugaces. Aunque sus rostros eran difíciles de definir, irradiaban una serenidad tan poderosa que resultaba casi abrumadora.

Eilan prosiguió, su voz llena de un respeto que hacía eco en el corazón de Rael.

—Los ángeles no están confinados a una sola forma. Los que ves aquí han adoptado esta apariencia para interactuar contigo, pero su verdadera esencia es mucho más compleja.

Algunos, como estos, son mensajeros y protectores que trabajan para mantener la armonía. Otros son guardianes personales, asignados a cada alma desde su inicio, caminando a su lado incluso cuando no los perciben.

Rael inclinó ligeramente la cabeza, procesando la magnitud de esas palabras.

—¿Quieres decir que... siempre ha habido un ángel conmigo?

Eilan asintió con una sonrisa cálida.

—Así es. Cada alma tiene su protector, un guardián personal que observa con amor y paciencia, interviniendo solo cuando es absolutamente necesario. Pero hay otros tipos de ángeles, Rael. Los más poderosos están diseñados para manejar fuerzas que ni siquiera puedes imaginar. Algunos poseen múltiples alas y ojos, no solo como símbolos, sino como herramientas para percibir todas las dimensiones de la creación y moverse a través de ellas.

Rael observó a uno de estos seres, que descendía lentamente hacia ellos. Sus alas parecían estar hechas de galaxias en miniatura, cada pliegue revelando partes inconmensurables del universo. Sus múltiples ojos brillaban como soles, y aunque eran inquietantes, no transmitían miedo, sino un entendimiento profundo.

—¿Y esos ojos? —preguntó Rael, incapaz de apartar la mirada.

—No ven como nosotros, Rael. Captan todas las perspectivas simultáneamente, entendiendo tanto la luz como la sombra de cada situación. Sus alas, por otro lado, no son solo para volar; son herramientas que manipulan las energías cósmicas, tejiendo la voluntad divina en el vasto tapiz del universo.

Eilan se detuvo por un momento, permitiendo que Rael absorbiera lo que veía.

—Ellos son custodios de los misterios divinos,

Rael. Algunos tejen las energías que sostienen el cosmos; otros llevan mensajes a través de dimensiones; y hay quienes simplemente permanecen cerca de las almas, asegurándose de que nunca se pierdan completamente en la oscuridad.

Rael se quedó en silencio, observando cómo los ángeles se elevaban de nuevo, dejando tras de sí un rastro de luminiscencia que se desvanecía lentamente en el horizonte. Era como si cada movimiento estuviera cargado de un propósito tan vasto que el entendimiento humano solo podía arañarlo.

Finalmente, Rael rompió el silencio, señalando el cielo que los rodeaba.

—¿Y este lugar? ¿Es realmente el cielo? — preguntó Rael, su voz cargada de una mezcla de asombro y duda.

Eilan lo miró con una sonrisa serena, como si hubiera esperado esa pregunta desde el momento en que Rael llegó.

—Es tu cielo, Rael —respondió con una voz que parecía resonar desde las mismas fibras del universo—. Todo lo que ves aquí, lo que sientes y experimentas, está tejido por las energías que emanas. Tu amor, tu alegría, tu esperanza, tu fe... cada vibración de tu ser contribuye a construir este lugar. Aquí, tu conexión con Él, con la Eternidad, se vuelve tangible. Es la expresión de tu esencia más pura.

Rael frunció ligeramente el ceño, procesando la magnitud de esas palabras.

—¿Entonces este lugar... cambia según quien lo viva? —preguntó, su tono más bajo, como si temiera alterar el equilibrio de aquel espacio.

Eilan asintió lentamente, su mirada cargada de comprensión.

—Exactamente. Cada alma, al entrar en este plano, trae consigo su propia vibración, su propia frecuencia. Aquellos que vibran en amor, en paz, en conexión con lo eterno, verán un cielo que refleja esos sentimientos. Pero este lugar no es estático, Rael. Es tan dinámico como tú mismo, adaptándose a lo que necesitas en cada momento de tu viaje. Ahora, particularmente, estás aquí para evolucionar, trascender, para comprender lo que aún no has podido asimilar en otros planos. Quizás, algún día, enseñes estas verdades a otros.

Rael inclinó la cabeza, reflexionando profundamente.

—Pero ¿por qué evolucionar aquí? ¿Qué diferencia tiene este lugar con el mundo terrenal, si mi mente y conciencia son las mismas donde quiera que me encuentre?

Eilan extendió un brazo hacia el cielo, donde las estrellas titilaban con un brillo casi orquestal, y habló con una mezcla de lógica y poesía:

—En el mundo terrenal estás rodeado de infinidad de distracciones, de límites que te impiden ver más allá de lo inmediato. Límites tan banales como los tecnológicos, políticos o sociales, y tan estrictos como el tiempo, que aquí fluye de manera muy diferente. Aquí, esos límites se disuelven totalmente. Este cielo no es un simple refugio ni un destino final; es un espacio donde las energías que te componen pueden resonar sin interferencias.

Hizo una pausa, dejando que sus palabras calaran en Rael, antes de continuar:

—La ciencia podría llamarlo un campo energético personal, una manifestación de tus propias ondas. La filosofía lo describiría como la proyección de tu alma. Y la fe lo reconoce como la unión más cercana con lo divino. Este lugar es una invitación a alinear tus energías con las del universo, a descubrir lo que realmente eres cuando estás en armonía con Él.

Rael tomó aire profundamente, sintiendo cómo cada palabra se asentaba en su corazón como una semilla esperando germinar.

—¿Y qué pasa si mis energías cambian? —

preguntó finalmente, con una mezcla de curiosidad y temor.

Eilan lo observó con ternura, sus ojos reflejando una calma inquebrantable.

—Entonces, tu cielo también cambiará. Si tu vibración decae, este lugar reflejará esa transformación. Pero incluso en esos momentos, la conexión con Él seguirá ahí, esperando que encuentres tu camino de regreso. Este cielo, Rael, no es un lugar estático, sino una experiencia viva. Es un reflejo de tu estado interior, una invitación constante a vibrar en amor y unidad. Cuando lo haces, te conviertes en una extensión misma de la Eternidad.

Rael cerró los ojos por un momento, permitiéndose sentir plenamente el entorno. No era solo un lugar; era una conexión viva y palpitante que respondía a sus emociones y pensamientos más profundos.

Finalmente, habló con una voz más segura, aunque aún cargada de asombro:

—Entonces, este cielo no es un lugar que me ha sido dado... sino algo que he construido, algo que sigo construyendo.

Eilan asintió, su expresión iluminada por una mezcla de orgullo y reverencia.

—Exactamente, Rael. Tu cielo es tan único como tú mismo. Es el reflejo de quién eres, de lo que has vivido, y de lo que estás destinado a ser. Cada estrella que ves, cada brisa que sientes está tejida con los hilos de tus emociones, tus recuerdos y tus aspiraciones. Este cielo es real, tan real como tú permitas que sea.

Rael respiró profundamente, sintiendo cómo las palabras de Eilan disipaban sus dudas. Era una verdad tan simple como compleja, y por primera vez desde su llegada, sintió que entendía no solo dónde estaba, sino también quién era en ese momento.

—Gracias, Eilan —dijo finalmente, su voz cargada de gratitud—. Ahora sé que este lugar no solo me conecta con Él, sino también conmigo mismo.

Eilan, con una mirada que irradiaba la sabiduría de los siglos, respondió con serenidad:

—Y esa conexión, Rael, será tu brújula en los momentos más oscuros. Nunca olvides que, incluso cuando no puedas verlo, estás siempre rodeado de su amor.

Mientras Rael escuchaba a Eilan y su mirada vagaba hacia el horizonte donde los ángeles se habían desvanecido como destellos de luz en la distancia, una voz apenas audible, un susurro que parecía originarse entre las estrellas, le habló directamente a su mente. Era un sonido envolvente, cargado de misterio y tentación, que atravesaba la quietud celestial como una onda invisible. Con cada palabra pronunciada, insinuaba conocimientos ocultos, dudas persistentes, secretos prohibidos y verdades veladas que Rael jamás había considerado.

La voz no venía de ninguna dirección en particular;

parecía surgir del mismo tejido del cosmos, deslizándose en sus pensamientos como una sombra sutil. Aunque el cielo brillaba con la serenidad de lo eterno, aquella presencia era inquietante, como si procediera de un rincón del universo que incluso la luz de las estrellas no podía alcanzar.

Rael cerró los ojos un instante, tratando de concentrarse en el origen de aquel susurro, pero lo único que logró fue intensificar la conexión. Finalmente, rompió el silencio con un tono de confusión mezclado con fascinación:

—Eilan, he escuchado una voz entre las estrellas —confesó—. Una voz que sugiere secretos escondidos más allá de lo que nuestros ojos pueden ver. ¿Qué puede ser?

Eilan se volvió hacia él, su rostro sereno, pero con una expresión que reflejaba cautela. Su mirada, cargada de la sabiduría acumulada a través de eras, se posó sobre Rael como un ancla, buscando estabilizarlo.

—Rael, este lugar está lleno de ecos, resonancias del cosmos y de las almas que alguna vez lo habitaron —explicó Eilan, su tono grave, como si quisiera grabar cada palabra en la mente de Rael—. Pero no todas las voces son guías, y no todos los secretos conducen a la verdad. Algunas palabras son pruebas, y algunas luces, aunque brillantes, pueden quemar.

Eilan cruzó los brazos detrás de su espalda y levantó la mirada hacia el firmamento estrellado, que parecía vibrar en respuesta a sus palabras.

—Tal vez estés ante una entidad desconocida o un eco del cosmos mismo. Pero debemos proceder con extrema cautela. Las sombras que incluso las estrellas no pueden iluminar suelen ser las más traicioneras.

Rael, aún atrapado entre el asombro y la incertidumbre, se giró hacia el horizonte. Las palabras de Eilan pesaban en su mente, pero no disipaban del todo el magnetismo de aquella voz.

En voz baja, como si hablara más consigo mismo que con su guía, murmuró:

—¿Quién podría tentarme a mí, en este lugar de pura majestuosidad? ¿Qué secretos intentaba revelarme... y qué me están ocultando?

El silencio que siguió no trajo respuestas, sino un vacío cargado de una gravedad palpable, repleto de dudas y posibilidades insondables. Rael sentía una tensión en su interior, un delicado equilibrio entre la curiosidad que lo impulsaba a descubrir más y el temor instintivo ante lo desconocido. Aunque el cielo seguía irradiando una serenidad majestuosa, no podía ignorar la inquietante sensación de que algo acechaba más allá de lo visible, en los márgenes del esplendor eterno, aguardando el momento perfecto para revelarse.

Con un destello de resolución en los ojos, Rael alzó la mirada hacia Eilan, su mente ahora inundada de preguntas.

—Oscuridad en el lugar con mayor luz... ¿Cómo es

posible? —su voz, aunque firme, llevaba el peso de la perplejidad que lo consumía.

Eilan, quien permanecía inmóvil como una roca en medio de un río turbulento, lo observó con paciencia. Su mirada no contenía juicio, solo una comprensión serena que parecía extenderse más allá de las palabras.

Sumido en su propia confusión, Rael planteó, con la audacia nacida del asombro:

—En un reino dominado por la bondad absoluta y la perfección, ¿cómo puede existir el mal? Este es un tema recurrente en las tradiciones religiosas y textos sagrados que conocemos, aunque los detalles siempre varían.

El eco de su pregunta parecía reverberar en el aire, como si el propio cosmos aguardara la respuesta. Ahora con una mezcla de asombro y un deseo casi febril de comprender, Rael buscaba desentrañar el misterio del origen del mal en un reino de pureza, un enigma que siempre le habían dicho estaba más allá de la comprensión humana.

Eilan bajó la mirada por un momento, como si buscara en el tejido mismo del tiempo las palabras adecuadas. Cuando volvió a hablar, su voz era profunda y cargada de solemnidad.

—El mal, Rael, no es una anomalía, sino un reflejo inevitable de la libertad y el equilibrio. Incluso en la pureza más absoluta, existe la posibilidad de la oscuridad. No porque sea necesaria, sino porque el libre albedrío, ese don sagrado, abre el camino tanto hacia la luz como hacia la sombra.

Eilan hizo una pausa, dejando que sus palabras calaran en el alma de Rael antes de continuar.

—Permíteme contarte una historia que no es solo parte de este lugar, sino de todos los mundos y dimensiones donde la elección es posible.

Eilan comenzó a relatar con una intensidad que parecía iluminar aún más su figura, como si el relato mismo portara un poder milenario:

—Entre los ángeles, existió uno cuyo esplendor era incomparable. Luzbel, conocido como la Estrella de la Mañana, era el más radiante entre los celestiales. Su luz no solo era una guía, sino un símbolo de la gracia divina que irradiaba hacia todos nosotros. Custodiaba las armonías del cosmos, dirigía los coros angélicos y era venerado por su sabiduría y belleza, un líder que encarnaba la perfección divina.

Rael, fascinado, sentía que cada palabra de Eilan era una pincelada que trazaba un cuadro de gloria y tragedia.

—Pero dentro de Luzbel se gestaba una tormenta —continuó Eilan, su tono volviéndose más grave—. Aunque tenía todo, comenzó a cuestionar. Su desafío no fue un simple acto de rebeldía, sino una pregunta profunda y peligrosa: ¿Por qué servir cuando podía ser adorado?

La voz de Eilan resonó con una melancolía que parecía envolver el espacio que los rodeaba.

—El orgullo, como un fuego que se alimenta a sí mismo, lo cegó. Luzbel olvidó que incluso la luz más radiante puede ser deslumbrante y, en su afán por elevarse por encima de todo, cayó. No fue solo una caída física, sino una separación del amor y la armonía que sostenían su ser.

Rael permanecía inmóvil, sus pensamientos girando alrededor de la tragedia que acababa de escuchar.

—¿Y qué significa su caída? —preguntó finalmente, su voz apenas un susurro.

Eilan lo miró con una mezcla de tristeza y reverencia.

—Su caída es un recordatorio eterno de que incluso los más elevados pueden perderse en su propio reflejo. Luzbel es la manifestación del libre albedrío llevado al extremo, una advertencia de que la grandeza, cuando no se equilibra con la humildad, puede volverse autodestructiva.

El aire entre ellos parecía vibrar con la magnitud de

la historia. Rael sentía el peso de cada palabra, como si le hubieran revelado un fragmento del alma del universo mismo.

Finalmente, Eilan añadió:

—La historia de Luzbel no es solo una tragedia. Es también una lección: la luz y la oscuridad no existen separadas. La verdadera elección, la que define el destino, surge en ese delicado equilibrio.

Rael, aún procesando lo que acababa de escuchar, sintió como si una puerta invisible se hubiera abierto en su mente. Aunque no tenía todas las respuestas, comprendió que la verdadera sabiduría no estaba en evitar las preguntas, sino en tener el valor de enfrentarlas y explorar sus posibles respuestas, por inciertas que fueran.

Eilan, al notar las dudas en el rostro de Rael, comprendió que necesitaba un enfoque más cercano para aclarar lo que acababa de narrar. Con una voz serena y llena de sabiduría, decidió conectar la historia de Luzbel con las reflexiones de pensadores humanos.

—La humanidad, Rael, siempre ha buscado respuestas a preguntas similares —comenzó Eilan con un tono sereno, dejando que sus palabras fluyeran con claridad—. A lo largo del tiempo, muchos de sus grandes pensadores han reflexionado profundamente sobre el bien, el mal y las decisiones que nos conducen por uno u otro camino. Estoy convencido de que sus ideas y ejemplos pueden ayudarte a comprender que estas reflexiones no son exclusivas del cosmos, sino universales y profundamente arraigadas en la experiencia humana.

Eilan hizo una breve pausa, como quien prepara a su interlocutor para un viaje a través del tiempo y el pensamiento.

—Rael, los humanos poseen una capacidad única: la habilidad de hacerse preguntas y buscar incansablemente las respuestas. Es esa curiosidad intrínseca lo que los impulsa a explorar los misterios más profundos, incluso cuando las respuestas parecen estar más allá de su alcance.

Con un leve movimiento, Eilan inclinó la cabeza, como si invitara a Rael a acompañarlo en una travesía a través de las grandes ideas que han moldeado a la humanidad.

—Aristóteles, uno de los pensadores más influyentes de tu mundo, dijo que todo ser tiende naturalmente hacia su bien. Pero también reconoció que la elección personal puede desviarnos de ese camino. Incluso en un lugar de bondad absoluta, como este, el libre albedrío permite el surgimiento de la oscuridad si alguien decide apartarse de la luz.

Rael, fascinado, escuchaba cada palabra como si fueran claves para un misterio que había perseguido toda su vida.

—Platón, el maestro de Aristóteles, hablaba del Bien Supremo, una luz de verdad y sabiduría tan pura que, al reflejarse en el mundo de las formas, puede generar sombras. Estas sombras no son maldad en sí mismas, pero distorsionan nuestra percepción de lo que es verdadero y bueno. Luzbel, al contemplar su propio reflejo, no vio la luz que portaba, sino la sombra que proyectaba. Esa sombra se convirtió en su obsesión, un espejismo que lo sedujo y le hizo creer que su reflejo distorsionado era más real que la luz misma.

Eilan miró brevemente al horizonte, como si las estrellas fueran testigos silenciosos de la historia que contaba.

—Fue entonces cuando Luzbel, el más brillante de todos, desafió el orden divino. En su búsqueda por abrazar esa sombra, olvidó el propósito más elevado para el que había sido creado. Su historia no es solo una tragedia celestial, sino un espejo para todos los seres conscientes. Muestra cómo el orgullo y la obsesión por lo ilusorio pueden alejarnos del camino del bien supremo.

Rael dejó escapar un suspiro, intentando procesar la magnitud de estas conexiones. Pero Eilan no había terminado.

—Sócrates, maestro de Platón, defendía la introspección y el autoconocimiento como claves para evitar el error. Tal vez, si Luzbel se hubiera cuestionado a sí mismo, si hubiera buscado entenderse de verdad, habría visto que su luz no necesitaba más adornos que su esencia. Pero el orgullo lo cegó, y en lugar de reflexionar, eligió desafiar.

Eilan lo miró directamente a los ojos, como queriendo asegurarse de que cada palabra resonara profundamente en su ser.

—La humanidad no está destinada a repetir los errores de Luzbel, pero comparte con él esa posibilidad. Su camino no está definido por una verdad impuesta, sino por las elecciones que hacen mientras buscan su lugar en el universo. Cada decisión, cada acto, refleja un balance entre luz y sombra, entre amor y orgullo, entre creación y destrucción.

Rael, sintiendo una conexión profunda con estas palabras, dejó que su mente explorara los conceptos de bien y mal, luz y oscuridad, y el eterno juego de opuestos que parecía definir la existencia misma.

—Entonces —reflexionó en voz alta—, ¿en cada sombra de bien reside una luz de mal? ¿Es la vida un eterno juego de contrarios, donde cada luz crea su propia oscuridad?

Eilan sonrió, no con certeza absoluta, sino con una compasión infinita.

—La vida no es un juego de opuestos, Rael. Es un lienzo. Cada sombra y cada luz son pinceladas que juntas forman una obra infinita. A veces, los colores se mezclan, otras se contrastan, pero siempre están en el mismo cuadro. El equilibrio no se encuentra en eliminar las sombras, sino en reconocer su papel para resaltar la luz.

Rael quedó en silencio, permitiendo que estas palabras resonaran en su interior. Había llegado al cielo con más preguntas que respuestas, pero ahora entendía que este lugar no era solo un refugio; era un reflejo de la humanidad misma, de sus luchas, sus logros y sus elecciones.

Eilan, con una voz que ahora era un susurro lleno de profundidad, continuó:

—La curiosidad, Rael, es la chispa que enciende el fuego del entendimiento. Es lo que impulsa a las almas conscientes a buscar más allá de lo evidente. Platón, Aristóteles, Sócrates... todos ellos, como millones de mentes inquietas a lo largo de la historia, demostraron que el conocimiento no surge de respuestas inmediatas, sino de preguntas constantes. Esa chispa, Rael, vive en ti, en cada ser consciente, y mientras siga encendida, la humanidad y cualquier forma de vida seguirá evolucionando, cuestionando y creando nuevas formas de comprender lo eterno.

Las palabras de Eilan resonaron como un eco en el corazón de Rael. Eran más que una enseñanza; eran una invitación a abrazar tanto la luz como las sombras, no con miedo, sino con la certeza de que ambas eran indispensables en el vasto tejido del universo.

Mientras caminaba por este reino celestial, un lugar que parecía más un reflejo de su propia alma que una realidad externa, Rael se encontraba sumergido en pensamientos profundos. Y, sin embargo, una figura constante emergía de entre sus reflexiones: Liana. Recordaba el timbre de su risa, cálido y contagioso, la intensidad serena de su mirada, y esa conexión inigualable que siempre parecía trascender las palabras.

En el fondo de su ser, un anhelo iba creciendo, silencioso pero firme. Deseaba encontrarla, compartir con ella las maravillas que había visto y sentido. Más aún, deseaba abrirle su corazón, confesarle los sentimientos que, como raíces invisibles, se habían estado entrelazando en su interior, inquebrantables.

Rael avanzó, dejando que el suave brillo del horizonte guiara sus pasos, hasta llegar al borde de un risco que se alzaba majestuosamente sobre una inmensidad luminosa. Allí, el cielo parecía fundirse con el infinito, y cada destello de luz danzaba con una energía viva, como si el cosmos estuviera en constante creación.

Se detuvo y contempló la vastedad que se extendía ante él. Cada partícula del aire parecía vibrar con una melodía inaudible, un recordatorio de que lo divino no era un lugar ni una figura, sino una sinfonía que resonaba en todas las cosas.

De pronto, como si la luz misma del horizonte cobrara forma, una figura imponente emergió ante él: Metatrón, el escriba celestial y protector del equilibrio cósmico. Su presencia no era simplemente majestuosa; era abrumadora. No vestía túnicas, sino una armadura de energía pura que parecía estar tejida con la luz de las estrellas. Sus alas, estructuras dinámicas de fuerza y luminosidad, pulsaban como si estuvieran sincronizadas con los latidos del universo.

Cada movimiento que hacía resonaba en el aire como una sinfonía celestial, vibrando con las melodías de galaxias enteras. Era como si el cosmos mismo respondiera a su presencia, reverberando con cada gesto.

—Soy Metatrón, el escriba celestial y guardián del equilibrio —declaró con una voz que era a la vez un trueno y un susurro—. Aquél que permanece junto al trono divino, el puente entre lo terrenal y lo eterno.

Rael, paralizado por la mezcla de asombro y respeto, apenas podía procesar la magnitud de lo que veía. Metatrón continuó, su voz impregnada de una sabiduría que parecía trascender el tiempo.

—Rael, has llegado aquí porque posees la chispa necesaria para vislumbrar las verdades que sostienen el universo. Aquí aprenderás no solo sobre la creación y la destrucción, sino también sobre el equilibrio que une ambos polos.

Rael tragó saliva, luchando por encontrar palabras. Metatrón no solo era una figura divina, sino la manifestación viva del poder y la sabiduría universales. Su mirada era penetrante, no como un juicio, sino como una evaluación cuidadosa, como si viera todas las posibilidades que habitaban en Rael.

—Cada paso que tomes en este camino — prosiguió Metatrón, extendiendo una mano que parecía contener la luz de mil soles— será un paso hacia un entendimiento más profundo. Pero con cada verdad revelada, llegará también la responsabilidad de preservarla. El cosmos es frágil, Rael, y sin embargo, en su fragilidad yace su grandeza.

Eilan, de pie a un lado, observaba con una mezcla de serenidad y reverencia. Con una sonrisa tenue, añadió:

—Rael, los guardianes como Metatrón no se presentan por azar. Su presencia es una señal de que estás listo para enfrentarte a los misterios más profundos de tu ser y del universo.

Metatrón asintió y, con un gesto que parecía mover las fibras mismas del espacio, presentó a Rael tres desafíos.

—La comprensión verdadera no se otorga, se gana —dijo Metatrón, con una firmeza que vibraba con la autoridad de las eras—. Enfrentarás pruebas que te revelarán las partes ocultas de tu alma, aquellas que necesitas conocer antes de avanzar hacia el próximo nivel de tu existencia.

Rael sintió cómo su curiosidad y determinación se encendían como un fuego en su interior. La presencia de Metatrón no era un obstáculo, sino una guía. Este encuentro, lejos de intimidarlo, despertaba en él una fuerza que no sabía que poseía.

Metatrón, cuya posición junto al trono divino lo hacía único, encarnaba la unión entre lo humano y lo divino. Era una enseñanza viviente, un recordatorio de que la verdadera iluminación no consiste en alcanzar un estado perfecto, sino en el proceso constante de descubrir y aceptar todas las facetas del ser.

—Rael —continuó Metatrón, con una mirada que parecía escudriñar su alma—, mi misión es ayudarte a desvelar las capas de tu existencia. Cada prueba que enfrentes te preparará para comprender el propósito de tu alma y su papel en el vasto tapiz del cosmos. La redención, el amor y el entendimiento son las llaves que te abrirán las puertas hacia la plenitud.

Rael inclinó ligeramente la cabeza, absorbiendo cada palabra. Sabía que el camino no sería fácil, pero por primera vez desde que llegó a este plano, sentía que estaba listo.

—Gracias, Metatrón —dijo finalmente, con una voz que reflejaba tanto humildad como determinación—. Estoy listo para enfrentar las pruebas y descubrir lo que necesito saber.

Primer Enigma: El Espejo Infinito

Ante Rael apareció un espejo majestuoso, cuya superficie parecía extenderse más allá del tiempo y el espacio, reflejando infinitas versiones de sí mismo. Metatrón, con su voz solemne y resonante, explicó:

—Este espejo refleja las innumerables posibilidades de quién eres, cada una moldeada por tus elecciones pasadas, presentes y futuras. Tu tarea es identificar cuál de estas versiones encarna tu verdadera esencia.

Rael dio un paso adelante, observando cómo su reflejo se multiplicaba hasta el infinito. Cada imagen mostraba una versión de él mismo: algunas eran familiares, otras desconocidas. Un Rael joven, lleno de sueños; otro, marcado por la sabiduría de los años; algunos con expresiones severas y otros con miradas serenas.

—¿Cuál de ellos soy realmente? —susurró para sí mismo, su voz apenas audible en el vasto silencio.

Metatrón continuó, con una calma imperturbable:

—No te dejes engañar por las apariencias. La respuesta no está en lo que ves, sino en lo que sientes.

Rael, al principio, intentó analizar cada reflejo, buscando pistas en las diferencias físicas o en los detalles de sus expresiones. Pero cuanto más miraba, más confuso se sentía. Cada reflejo parecía válido, una representación plausible de quién era o quién podría ser.

Agobiado por la inmensidad de las posibilidades, cerró los ojos. Fue entonces cuando comenzó a escuchar algo más profundo: el eco de su propia voz interior. Recordó una enseñanza que había escuchado alguna vez:

—La verdadera esencia de uno no está en su apariencia ni en sus actos, sino en aquello que permanece constante, aquello que ni el tiempo ni las circunstancias pueden cambiar.

Inspirado por estas palabras, abrió los ojos, pero esta vez no se enfocó en las diferencias. En cambio, buscó lo que todas las imágenes tenían en común. Más allá de las edades, los gestos y las posturas, había algo constante en cada reflejo: una luz en los ojos, un brillo que emanaba desde el núcleo de cada versión de sí mismo. Era una chispa, un destello de su verdadero espíritu.

Con esta comprensión, Rael extendió su mano hacia el reflejo que resonaba con esa chispa. Al tocar el espejo, algo extraordinario ocurrió: las infinitas imágenes comenzaron a desvanecerse, como estrellas que se disuelven al amanecer. El espejo se transformó en un portal de luz cálida y acogedora, iluminando el camino adelante.

Metatrón, observando desde las alturas, asintió con una mezcla de aprobación y serenidad.

—Has hecho más que resolver el enigma, Rael. Has comprendido que tu verdadero ser no está definido por las circunstancias externas, sino por la luz interna que permanece constante en todas tus versiones.

Rael dio un paso hacia la luz, con una nueva claridad en su interior. Había aprendido que su esencia no residía en lo que había hecho ni en lo que haría, sino en lo que era, en aquello inmutable que lo conectaba con la vastedad del cosmos.

Mientras avanzaba, una sensación de paz y fortaleza lo envolvía. Sabía que, aunque el camino por delante estaría lleno de desafíos, su luz interior sería su guía constante, su verdadero norte en un universo de posibilidades infinitas.

Segundo Enigma: El Laberinto de las Sombras

—Este laberinto está construido con tus miedos y dudas —explicó el Guardián—. Debes atravesarlo, enfrentando cada sombra, para encontrar la luz al final.

Ante Rael se desplegaba ahora un desafío de proporciones inimaginables, una prueba que a simple vista parecía insuperable. Rael inició su avance con paso firme pero cauteloso dentro del laberinto; era un entramado de senderos oscuros y entrelazados. A medida que se adentraba, las sombras comenzaron a tomar forma, emergiendo como manifestaciones físicas de sus temores más íntimos y profundos.

La primera sombra tomó la forma de un gran león, rugiendo con una fuerza que parecía sacudir el suelo bajo sus pies. Rael sintió el miedo apoderarse de todo su cuerpo. Pero en lugar de huir o prepararse para la lucha, se detuvo, cerró los ojos y respiró profundamente. Reconoció su miedo, lo aceptó como una parte natural de su ser. Al abrir los ojos, el león, en lugar de atacar, se disolvió en una nube de luz, dejando el camino libre.

Avanzando en su trayectoria, Rael se enfrentó a una sombra que se materializaba como un abismo profundo y sombrío, simbolizando su temor hacia lo inexplorado. Se posicionó al borde, contemplando la profundidad. En vez de retroceder, decidió avanzar, poniendo su confianza en su capacidad para superar lo no transitado. Al tomar esa decisión, el abismo se convirtió en un puente de luz, revelando un camino claro hacia adelante.

Este acto de valentía y fe en sí mismo le reveló que

el verdadero avance se encuentra en la aceptación del cambio y el coraje para explorar lo desconocido. Con esta nueva comprensión, Rael pudo continuar su viaje con un renovado sentido de propósito y esperanza.

Cada sombra que Rael enfrentaba representaba un miedo diferente: el temor al fracaso, a la soledad, a la pérdida. Con cada aceptación, las sombras perdían su poder sobre él, transformándose en luz y claridad. Finalmente, Rael llegó al centro del laberinto, donde la sombra más grande lo esperaba: una versión oscura de sí mismo. Rael enfrentó a esta sombra, no con confrontación, sino con un abrazo. Aceptó sus defectos, sus errores y sus dudas como partes integrales de su viaje. En ese abrazo, la sombra y él se fundieron en uno, y el laberinto se desvaneció por completo.

El laberinto comenzó a desmoronarse, sus paredes convirtiéndose en partículas de luz que flotaban en el aire antes de desaparecer por completo. Rael quedó de pie en un claro, rodeado por una serenidad que jamás había experimentado.

Metatrón apareció nuevamente, su presencia irradiando una mezcla de orgullo y calma.

—Has enfrentado tus sombras, Rael. No las venciste; las comprendiste. La verdadera fuerza no está en destruir lo que tememos, sino en integrarlo, en aceptar que somos tanto luz como oscuridad.

Rael, aún envuelto en la claridad del momento, comprendió que el laberinto no era solo un lugar físico, sino un reflejo de su propio ser. Cada sombra enfrentada lo había fortalecido, no porque las hubiera superado, sino porque había aprendido a caminar junto a ellas, sin miedo ni rechazo.

Con una mirada renovada, Rael alzó la vista hacia Metatrón y asintió. Sabía que este era solo uno de los muchos desafíos por venir, pero ya no temía lo que estaba por enfrentar. Había encontrado en su interior la luz necesaria para iluminar cualquier oscuridad que el camino le presentara.

Tercer Enigma: La Balanza del Cosmos

Metatrón, con un gesto solemne, presentó una balanza que parecía flotar entre dimensiones. El instrumento, antiguo y majestuoso, brillaba con una energía sutil que irradiaba autoridad y misterio. Cada uno de sus platillos suspendidos en el aire parecía pulsar al ritmo de un latido cósmico.

—Esta es la Balanza del Cosmos —anunció Metatrón, con una voz que parecía entrelazar la eternidad—. En un platillo yace la luz del conocimiento; en el otro, la oscuridad de la ignorancia. Tu tarea es equilibrarlas, pues solo al aceptar la coexistencia de ambos podrás alcanzar un entendimiento pleno.

Rael se acercó a la balanza, consciente de que no era un objeto común, sino un símbolo viviente de su propia existencia. Tocó suavemente uno de los brazos de la balanza, sintiendo un leve temblor, como si resonara con sus propios pensamientos.

Era una balanza diferente a cualquier otra que

había visto, resplandeciendo con un brillo sutil. En un platillo colocó simbólicamente sus experiencias y el conocimiento acumulado en su viaje. Recordó cada lección aprendida, cada desafío superado, cada consejo y momento de claridad. A medida que lo hacía, el platillo comenzó a descender lentamente, cargado por el peso de sus recuerdos.

Luego, con una respiración profunda, se enfocó en el otro platillo. Aquí, depositó sus dudas, sus preguntas sin respuesta, sus incertidumbres. Cada duda que liberaba lo hacía sentir más ligero, pero también más vulnerable. El platillo se elevaba, contrapesando sus experiencias con la inmensidad de lo desconocido.

Rael se quedó quieto, contemplando la balanza. Era un reflejo de su propio ser: por un lado, todo lo que había aprendido y vivido; por el otro, todo lo que aún no entendía. La balanza oscilaba, buscando un equilibrio delicado, imposible de conseguir.

En ese momento, una epifanía iluminó su mente.

Rael comprendió que la sabiduría verdadera no radica en acumular conocimientos o en resolver todas las dudas, sino en abrazar ambos aspectos de la existencia. La verdadera sabiduría implica aceptar que siempre habrá algo desconocido, algo por aprender.

Con esta comprensión, Rael extendió sus manos hacia la balanza. En un acto simbólico, unió sus experiencias y dudas, reconociendo que ambas eran esenciales para su crecimiento. Al hacerlo, la balanza encontró su equilibrio perfecto, y una luz brillante emanó de ella, iluminando el camino hacia adelante.

La luz de la balanza no solo iluminó el camino adelante, sino que también pareció impregnar a Rael con una claridad renovada. Sintió que una barrera invisible dentro de él se había roto, permitiéndole aceptar tanto sus fortalezas como sus vulnerabilidades.

Metatrón se acercó, su imponente figura envuelta en un resplandor impalpable. Sus ojos, que contenían la sabiduría de las estrellas, observaron a Rael con una mezcla de orgullo y propósito. Extendió una mano, y Rael la tomó sin dudar. En ese contacto, una corriente de energía fluyó entre ellos, conectando a Rael con algo mucho más grande que él mismo.

—Estás listo —pronunció Metatrón con una voz que resonaba con la autoridad de los eones—. Has demostrado no solo fortaleza, sino también una profunda comprensión del equilibrio necesario para navegar la creación. Tu viaje hasta aquí ha sido un reflejo de la odisea cósmica, donde cada alma busca su lugar en el tapiz del universo.

El tono de Metatrón no era de sorpresa, sino de confirmación. En su mirada, Rael leyó un reconocimiento de su crecimiento y una aprobación tácita de su valía. Metatrón extendió su mano, gesto que Rael interpretó como una invitación a seguir adelante, a cruzar el umbral que ahora se había abierto ante él.

—Este umbral es más que una puerta entre

dimensiones —continuó Metatrón—. Es el paso hacia tu cielo personal, el reflejo de tu alma en la vastedad del cosmos. Aquí, libre de las sombras que una vez te encadenaron, podrás explorar la esencia de tu ser y contribuir al eterno diálogo entre la luz y la oscuridad.

Con un sentimiento de realización y anticipación, Rael asintió. Había superado las pruebas, no solo físicas, sino también espirituales y existenciales. Ahora, con la bendición de Metatrón, estaba listo para adentrarse en un nuevo capítulo de su viaje, uno que lo llevaría aún más profundo en la comprensión del cosmos y de sí mismo.

Tras el afirmativo "Estás listo" de Metatrón, Eilan se acercó a Rael con una expresión de serena expectativa. La aprobación de Metatrón era el preludio necesario para la siguiente fase del aprendizaje de Rael. La Danza con la Singularidad.

—Has cruzado el umbral, no solo en el sentido físico, sino también en el espiritual —comentó Eilan con una voz que destilaba serenidad y convicción——. Ahora, tu alma está preparada para explorar realidades más profundas y complejas. Cada cielo es personal e individual porque refleja el alma de quien lo habita. Tu cielo, por ejemplo, está lleno de introspección, amor y búsqueda de comprensión. Es un reflejo de tu esencia.

Su mirada se posó en Rael, llena de sabiduría y comprensión.

——Pero para entender verdaderamente la Danza con la Singularidad, debes estar dispuesto a trascender incluso este lugar de paz. Hay dimensiones donde la complejidad del universo se revela en toda su magnitud ——explicó Eilan.

Era evidente que la aprobación de Metatrón era un hito crucial en el viaje de Rael, una confirmación de su madurez espiritual y preparación para desafíos aún mayores. Eilan, como guía, estaba listo para mostrarle a Rael las capas más profundas de la existencia, donde la danza de la realidad se desenvolvía en su forma más pura y fundamental.

Rael, con cara de asombro, le respondió:

—¿Danza con la singularidad? ¿Un baile?

Eilan, mirándolo fijamente, le sonrió con ojos que reflejaban amor y esperanza.

—La Danza con la Singularidad no es simplemente un movimiento físico. Es mucho más; es una alineación de tu ser con la frecuencia fundamental de este y todos los universos. Es aprender a resonar con cada partícula, con cada onda de existencia.

Eilan, con la paciencia de un maestro que ha atravesado innumerables ciclos de aprendizaje, se dispuso a revelar a Rael los secretos de la Danza con la Singularidad.

—Cada movimiento que realices no es solo un gesto en el espacio, sino una conversación con el tejido mismo del universo.

Sus manos se movían en el aire, trazando patrones que parecían atrapar la luz y la sombra, entrelazándose en un espectáculo hipnótico. Era como observar un péndulo de arena en plena danza, donde cada gesto de Eilan se convertía en un trazo fluido y armónico. Imagina dos péndulos oscilando, uno horizontalmente y otro verticalmente, sus caminos se cruzan en una serie de figuras elegantes y simétricas, que ustedes conocen como las curvas de Lissajous. Este baile, entonces, no era simplemente arte; era un diálogo matemático con la estructura misma del cosmos. Los movimientos de Eilan no solo dibujaban patrones en el aire, sino que revelaban la coreografía oculta del universo, una visualización de cómo la luz y la sombra, la materia y el espíritu, interactúan en una danza eterna de creación y resonancia.

—Observa, Rael —continuó Eilan con una voz que parecía emanar de alguna fuente lejana y antigua. Con un movimiento grácil y calculado, comenzó a danzar. Era un espectáculo fascinante; cada paso y giro parecían alterar sutilmente el aire a su alrededor, como si estuviera tejiendo un tapiz invisible.

—Esta danza es un diálogo con el cosmos. Al moverte en armonía, no solo te unes a la melodía del universo, sino que también te conviertes en parte de ella.

Rael observaba, asombrado, cómo Eilan parecía desvanecerse y reaparecer, en un flujo constante entre la presencia física y algo incomprensible, casi etéreo.

—Cada paso es un eco en la eternidad, cada giro una caricia a la esencia misma del ser —Eilan detuvo su danza, y el aire pareció vibrar con la energía residual de su actuación—. Ahora, es tu turno de aprender a bailar no solo con el cuerpo, sino con tu alma, Rael. Deja que tu ser vibre con cada átomo, cada partícula de existencia, y descubrirás puertas hacia realidades más allá de lo imaginable.

Era un desafío monumental, pero en los ojos de Rael se encendió una chispa de determinación, un anhelo de unirse a esa danza cósmica y explorar las profundidades de la existencia. Con Eilan como guía, estaba listo para comenzar su propio viaje a través de la danza con la singularidad.

Intrigado, Rael comenzó a explorar esta idea, practicando de forma torpe algunos pasos que le había enseñado Eilan y realizando las meditaciones que lo conectaban más profundamente con la realidad circundante. Sintiendo poco a poco cómo su propia energía comenzaba a vibrar en armonía con la sinfonía cósmica, poco a poco entendía que necesitaba sentirse en paz, agradecido y, sobre todo, con la capacidad de amar y de perdonar para sincronizar el baile físico con la sintonía vibrante del alma.

Mientras Rael practicaba, reflexionaba y meditaba, entendió que este cielo no es solo un lugar, sino un estado del alma, y que la eternidad en él sería una constante evolución hacia un bien mayor.

—Para moverme en este vasto universo, debo aprender a vibrar en armonía con él —pensó.

Aprovechó este plano de tranquilidad para

practicar una forma de meditación profunda que lo conectaba con el flujo del espacio y el tiempo, sintiendo realmente cada partícula y cada onda a su alrededor. Era el inicio de su danza con la singularidad, un paso hacia la comprensión de cómo moverse con el universo.

La odisea de Rael en este dominio apenas daba sus primeros pasos, y con ella, su curiosidad se encendía no solo por aquello que conscientemente ignoraba, sino, más aún, por la vasta extensión de lo desconocido que ni siquiera sospechaba existir; y esto constituía, en esencia, la mayor parte de su búsqueda. Era consciente de que le aguardaba un sinfín de descubrimientos y comprensiones por delante. Con Eilan como su guía, se sumergió aún más profundo en el enigmático y exuberante universo celeste, preparado para absorber sabiduría y evolucionar.

—El tiempo, en su naturaleza elusiva, avanzaba en este reino donde ni la sed ni el hambre, ni el cansancio, ni los extremos de calor o frío ejercían su influencia habitual.

Rael se entregaba incansablemente a la práctica de la meditación, danzando con la singularidad en una fusión de movimiento físico y trascendencia mental.

En un instante luminoso, como el destello de una chispa en la oscuridad, comenzó a percibir, de manera tenue y sutil, la habilidad de visualizar parajes lejanos y experimentar el anhelo de trasladarse hacia ellos. Lo que en la Tierra habría sido un microsegundo, se dilataba aquí en años de percepción; como si al danzar con la singularidad, se enfrentara a un horizonte de sucesos tan inmenso que una vida entera pudiera desplegarse en una fracción de segundo.

Durante una de estas prácticas, Rael experimentó una sensación peculiar, un susurro que lo llamaba hacia un lugar desconocido. Aunque aún se encontraba en el cielo, el llamado era tan nítido y convincente que lo impulsó a utilizar la danza, por primera vez, no solo para sentir, sino también para trasladarse a este nuevo destino. En el instante previo a su partida, Rael y Eilan intercambiaron una mirada profunda. La sonrisa tenue de Eilan, impregnada de amor y unos ojos llenos de orgullo, fue todo lo que Rael necesitó para saber que su guía aprobaba el próximo paso en su extraordinaria travesía.

Mientras Rael danzaba vibrando con el cosmos, contemplaba el horizonte, donde la luz celestial comenzaba a fundirse con sombras más profundas, sintió un estremecimiento en su interior, como si el universo mismo contuviera la respiración. Las enseñanzas de Eilan resonaban en su mente, pero una inquietud crecía en su pecho, ineludible, como el eco de un llamado que aún no comprendía.

¿Qué secretos yacen ocultos en los rincones más oscuros del cosmos? pensó. Y más importante aún, ¿estaría preparado para enfrentarlos, incluso si la verdad exigiera un precio que nunca imaginó pagar?

CAPÍTULO 5: EL INFIERNO INTERIOR

A medida que Rael avanzaba, tanto física como mentalmente, en esta nueva dimensión, el paisaje a su alrededor parecía transformarse con cada paso. La luz y las sombras tejían juntas un entramado de misterio, hasta que las sombras comenzaron a dominar, expandiéndose con una densidad casi palpable, sofocante, envolviendo todo en un velo que ocultaba no solo el camino, sino también cualquier rastro de esperanza. Finalmente, se encontró en lo que solo podía describirse como el mismísimo infierno: un panorama de desolación devastadora donde cada paso resonaba con los ecos de arrepentimientos pasados.

El terreno que se desplegaba frente a él era un jardín de cenizas, una extensión interminable de huesos calcinados, árboles retorcidos y una atmósfera cargada de melancolía. Cada pisada de Rael parecía despertar antiguos suspiros y lamentos, como si los fantasmas de errores olvidados observaran su andar, ansiosos por ser reconocidos. Los susurros eran constantes, penetrantes, y se entremezclaban con los gemidos de las almas errantes que flotaban como hojas atrapadas en un viento interminable de remordimiento.

Estas almas, envueltas en tormentos perpetuos, no eran simples reflejos del mal, sino recordatorios de la fragilidad y el peso de las decisiones humanas. Cada figura que Rael encontraba, cada sombra atrapada en su espiral de desesperación era una lección tangible, un espejo del potencial destructivo del orgullo, el miedo y el odio.

En este dominio, el tiempo se contorsionaba en un bucle de remordimiento y dolor. La noción de tiempo, antes tan maleable y sutil, aquí se transformaba en una carga implacable. Los lamentos de las almas errantes se propagaban como ecos cargados de desesperanza, transformando cada susurro en una revelación de faltas pasadas, encadenando a sus emisores a esta dimensión de desolación y olvido. Este lugar era, sin duda, un reino despiadado que trascendía la realidad física y la metáfora.

Rael, en medio de estas sombras, entendió que debía comprender la verdadera naturaleza del mal, una fuerza elusiva y poderosa que había desafiado la comprensión desde tiempos inmemoriales.

Al adentrarse en este páramo infernal, Rael tropezó con un objeto semienterrado entre las cenizas y los huesos calcinados. Era un amuleto oscuro, cuya superficie de obsidiana absorbía la luz infernal, reflejándola en destellos siniestros. Las inscripciones sobre el amuleto, escritas en un idioma arcano que parecía más antiguo que el tiempo, danzaban y se retorcían ante sus ojos, como si estuvieran vivas. A pesar de su naturaleza inquietante, el objeto parecía emitir una llamada silenciosa, un susurro que resonaba en lo más profundo de su ser.

Rael, cautivado por el artefacto, lo tomó entre sus manos. Al contacto, una oleada de visiones inundó su mente: imágenes del ángel Luzbel en todo su esplendor celestial antes de la caída, la soberbia en sus ojos al ser expulsado del paraíso y la transformación en el ser que ahora gobernaba el Infierno. El amuleto parecía contar una historia no solo de traición y caída, sino también de un amor perdido por la belleza de la creación. Este artefacto, Rael lo entendió de inmediato, no era una simple reliquia; era un testigo silencioso de la historia más profunda del Infierno y de Luzbel.

Rael podía sentir el peso de los siglos, las verdades ocultas de una traición que trascendía el tiempo. No era solo un objeto; era un fragmento del alma de Luzbel, un recordatorio del dolor de un ser que había amado la creación, solo para verla distorsionarse bajo su propia soberbia.

Tal vez, pensó, este amuleto podría ser la clave para comprender no solo la naturaleza del mal, sino también la complejidad del ser que una vez fue el más brillante de los ángeles.

Rael, sosteniendo el amuleto en su mano, se detuvo un momento para contemplar su entorno. A su alrededor, el Infierno seguía su curso eterno de desesperación y desolación. Sin embargo, él no podía dejar de preguntarse:

—¿Cómo es posible que un objeto tan cargado de historia, tan lleno de secretos de alguien tan poderoso, estuviera tan fácilmente al alcance de mi mano? ¿Es acaso esto una coincidencia cósmica, o fue dejado aquí intencionadamente para que yo lo encontrara? —se preguntaba Rael.

Miró a su alrededor buscando alguna señal, algún indicio que pudiera ofrecerle una respuesta. Pero todo lo que encontró fueron las eternas llamas y los lamentos de las almas perdidas. No había señales, no había guías, solo el amuleto en su mano, palpitando con un misterio insondable.

Con un suspiro, Rael guardó el amuleto en su bolsillo, sintiendo su peso tanto físico como simbólico. Aunque las preguntas persistían en su mente, decidió llevar consigo el amuleto como un recordatorio de que en el universo no todas las respuestas son inmediatas o evidentes.

—Quizás con el tiempo, este amuleto revele más de lo que muestra ahora —pensó.

Y así, con el Amuleto de la Caída seguro en su bolsillo y un torrente de preguntas sin respuesta en su mente, Rael continuó su camino, sabiendo que cada paso que daba era un paso más hacia el descubrimiento de verdades más profundas y complejas. En la penumbra de este infierno, Rael seguía caminando entre las sombras retorcidas de almas atrapadas en ciclos de arrepentimiento y desesperación.

Cada alma errante le presentaba un enigma envuelto en su propia historia trágica, rogaban e imploraban porque Rael, un extraño en este reino los escuchara y resolviera sus desafíos, pues, de alguna forma, aliviaba su carga. Mientras él conversaba curiosamente con algunos, cada solución que este le daba parecía consolar no solo la carga misma de Rael sino también la de la esencia perdida que lo desafiaba.

Un alma, antigua y desgastada por el remordimiento, emergió de la neblina con ojos que reflejaban milenios de dolor. Con voz quebrada, propuso un acertijo forjado en los errores de su pasado, una pregunta que resonaba con la caída de imperios y la decadencia de los corazones orgullosos.

—¿Qué es lo que se gana cuando todo se ha perdido? —interrogó el alma, cuya presencia era una amalgama de todas las vidas que una vez vivió.

Rael, sintiendo la profundidad de la pregunta, miró más allá de las palabras, buscando luz en los hilos de conexión que unían al alma con el tejido del tiempo.

—La humildad y la sabiduría —respondió—. Son las joyas ocultas en las cenizas del fracaso, las luces que se mantienen firmes cuando las falsas estrellas se apagan.

La respuesta trajo una pausa en el fluir de la angustia, una claridad momentánea en los ojos de esa alma. Se desvaneció, no con desesperación, sino con una chispa de liberación, como si la comprensión de Rael hubiera desatado los nudos de su tormento eterno.

El eco estruendose de una voz ominosa quedó suspendido en el aire, como si la misma atmósfera del infierno lo hubiera capturado para repetirlo infinitamente. Rael sintió un escalofrío recorrer su espalda, pero no detuvo su marcha. Cada paso que daba era una mezcla de desafío y determinación, una búsqueda no solo por comprender el lugar en el que se encontraba, sino también por descubrir lo que significaba su propia existencia en medio de tanto caos.

El terreno parecía retorcerse y cambiar con cada movimiento. Las cenizas daban paso a fosos de fuego líquido, mientras columnas de roca negra se alzaban como monumentos grotescos de un sufrimiento indescriptible. Bien lejos en el horizonte, observo un resplandor carmesí que iluminaba la silueta de una puerta colosal, adornada con grabados que parecían latir como si estuvieran vivos. Era una visión tan majestuosa como aterradora.

Rael avanzó con cautela en la dirección de aquella fantasmagórica puerta. A pocos pasos más adelante, una figura incorpórea, cuyas alas rotas aún destellaban con vestigios de luz celestial, lo detuvo y le planteó otro dilema:

—¿Qué fuerza puede cambiar el curso del

destino inmutable?

Rael reflexionó, sumergiéndose en las enseñanzas de su odisea, y en el santuario de su mente halló un instante de revelación pura. —El baile con la singularidad debe elevarse más allá de este dominio terrenal —se persuadió. Inició una danza guiada por un compás interno, una frecuencia que vibraba trascendiendo la penumbra, tejiendo luces en el telar de la eternidad.

Cada paso era una afirmación de luz en la oscuridad, cada movimiento una oposición al caos que lo rodeaba. Era una danza de resistencia, una danza para recordar quién era y para qué había venido, y respondió con convicción:

—El amor incondicional. Es la corriente que puede desviar los ríos del destino, la única verdad que trasciende el tiempo y el espacio.

La figura alada, con una mirada de asombro

renovado, se elevó ligeramente, liberándose de algunas de las cadenas que la ataban al suelo.

—El amor es el perdón que nunca pedí, la redención que creí inalcanzable —murmuró antes de desaparecer en el éter.

Cada acertijo resuelto era una llave que desbloqueaba los grilletes de la culpa y el arrepentimiento, no solo para las almas que Rael encontraba, sino también para él mismo. Con cada revelación, la carga de su propio pasado se aligeraba, y la luz del entendimiento comenzaba a dispersar la densa bruma de la desesperación.

El concepto del tiempo, ya distorsionado para Rael en el infierno, adquirió un matiz aún más siniestro a medida que se acercaba hacia aquella puerta, era un lugar que no se podía describir con palabras. Era el lugar favorito del alma más antigua y atormentada de este lugar, Luzbel. Aquí, el tiempo no curaba, sino que profundizaba las heridas, haciéndolas eternas, un ciclo sin fin de dolor y remordimiento.

Rael, guiado por una necesidad de entender la naturaleza intrínseca del mal, avanzaba entre las llamas de la desesperación. Aquí, el mal no era un acto, sino una presencia, un ser que había elegido su esencia sobre la redención, que despreciaba la gracia y abrazaba la caída.

Poco a poco, el sendero tortuoso de la introspección y el peso aplastante de los pecados pasados condujo a Rael ante la puerta de Luzbel, un portal tan colosal y aterrador que parecía ser un abismo en sí mismo. Las bisagras, talladas con rostros de agonía y lamentos eternos, parecían gemir al compás de un coro de gritos desesperados. Al acercarse, Rael sintió el artefacto en su bolsillo vibrar con un pulso inquietante, como si el objeto mismo reconociera la proximidad del poder que lo reclamaba. Sin advertencia, la puerta se abrió de golpe, emitiendo un rugido que no era sonido, sino el eco desgarrador de incontables almas perdidas.

Al otro lado, se extendía una sala cavernosa, un dominio donde la luz se convertía en sombra al instante, como si el aire mismo estuviera impregnado de una oscuridad que devoraba cualquier rastro de esperanza. En el centro, elevado sobre un trono tallado en una amalgama de huesos y obsidiana, estaba Luzbel. Su figura, envuelta en una capa de sombras vivientes, irradiaba una oscuridad tan pura e impenetrable que parecía una grieta en la propia realidad. La misma luz, atrevida y frágil, retrocedía impotente al intentar tocar su presencia.

La esencia de Luzbel era un pozo sin fondo de desdén y soberbia, un testimonio viviente del orgullo que había fracturado el cielo. Sus ojos, ardientes como brasas negras, atravesaron a Rael, examinándolo con una intensidad que era más invasiva que cualquier palabra. La atmósfera a su alrededor no era silencio, sino una presión sofocante, un susurro constante de las verdades más oscuras que el alma podía soportar.

—Así que te atreviste a venir —dijo Luzbel, su voz un susurro profundo que reverberó en las paredes, cada palabra cargada de una autoridad tan inmensa que parecía resonar en los huesos.

Rael no respondió de inmediato. Su mirada, aunque aterrada, no se apartó de la figura imponente ante él. El amuleto en su bolsillo seguía vibrando, como si estuviera sincronizado con el latido de la misma oscuridad que envolvía a Luzbel.

Y entonces, Luzbel se inclinó ligeramente hacia adelante, su sombra alargándose como una mano gigantesca que parecía extenderse para tomar a Rael.

—Mi hogar es un lugar donde incluso los arrepentimientos son inútiles —murmuró Luzbel, con una sonrisa que era a la vez un desafío y una sentencia—. Aquí, todo lo que crees saber será despojado de su valor. Aquí, incluso la esperanza muere gritando.

Sus alas, antes gloriosas, ahora rotas y ennegrecidas, mantenían vestigios de su antiguo esplendor, pero su mirada ardía con un fuego antiguo y temible.

Luzbel lo observó con una mezcla de desprecio y curiosidad, como si evaluara a un insecto

insignificante ante su presencia:

—¿Qué es lo que realmente buscas en las ruinas de mi reino de perdición, pequeño ser? —interrogó Luzbel con una voz que llevaba el eco de los siglos—. ¿Acaso vienes a recoger las migajas de sabiduría que el dolor y el remordimiento han dejado a su paso?

Rael, enfrentándose a la oscuridad absoluta del ser más poderoso que alguna vez habitó el cielo, mantuvo su compostura. Sabía que su presencia allí no era casual, aunque la sensación de inferioridad lo envolvía. Con determinación en su mirada, respondió:

—No entiendo totalmente por qué o cómo estoy aquí, pero ya que estoy, vengo en busca de comprensión. Cuentan que fuiste el primero en caer, el más grande entre los ángeles. ¿Qué verdad se esconde detrás de la historia que todos recitan, pero pocos entienden? Quiero entender lo que realmente sucedió, más allá de las leyendas.

Luzbel esbozó una sonrisa torcida, llena de desprecio y orgullo. Sus ojos, como pozos de oscuridad insondable, centellearon brevemente, mostrando el rastro de una chispa humana.

—¿Y por qué habría de compartir con un simple mortal lo que ni los dioses se atreven a entender? —Su voz goteaba con una mezcla de superioridad y burla—. No eres más que una chispa fugaz en la vasta extensión de la eternidad.

Rael, aunque intimidado, no se dejaba amedrentar. En medio de su conversación, Rael, con un movimiento casi instintivo, extrajo el amuleto oscuro de su bolsillo, el cual parecía pulsar con una energía sombría. Al verlo, los ojos de Luzbel se entrecerraron por un instante, su máscara de desprecio se quebró levemente.

—El Amuleto de mi Caída... —murmuró

Luzbel, su voz ahora teñida de una mezcla de melancolía y furia contenida—. Ese objeto no es solo un artefacto es mucho más que una reliquia; es una crónica de mi rebelión, un testimonio de mis pensamientos más íntimos, mis esperanzas más audaces, de las lecciones más transformadoras y de mi caída.

Rael, sujetando el amuleto entre sus dedos, observó cómo las inscripciones comenzaban a emitir un brillo sobrenatural, iluminando la oscuridad del inframundo.

—¿Qué historias ocultas guarda este objeto? — preguntó con voz cargada de curiosidad y respeto.

Luzbel se aproximó, su mirada fija en el amuleto. Rael sintió el peso de las palabras, mientras Luzbel continuaba, su tono ahora más sombrío:

—No tienes idea de lo que podrías hacer con él, ¿verdad? —dijo Luzbel con una risa amarga que

resonó como un eco de mil burlas—. Típico de Él...
siempre enviando peones sin comprensión. Crees
que la verdad es un ideal puro, algo que puedas
poseer, algo limpio. Pero no entiendes nada.

Luzbel inclinó su rostro hacia Rael, su mirada
ardiente perforando como una daga en la psique
del joven. Cuando habló, su voz se transformó en
un susurro que parecía envolver el aire mismo,
helándolo con una amenaza latente.

—El mal no es un error, niño estupido, no es un
desliz en la creación. Es una elección deliberada,
una necesidad. Sin sombras, la luz no puede
definirse. Sin el caos, el orden no tiene sentido. Yo
elegí ser el maestro de las sombras, el portador de
una libertad que ustedes temen tanto porque no
pueden comprenderla.

Luzbel hizo una pausa, sus palabras flotando en
el vacío como un juicio eterno, antes de concluir
con una sonrisa siniestra.

—Mi caída... ¿Caída? —susurró, con una mueca que mezclaba orgullo y desdén—. No, mi verdadero momento de gloria. Fue mi ascensión, mi liberación. Y esa, pequeño insecto, es la verdad que tanto temes enfrentar.

Rael, sintiendo el poder de las palabras de Luzbel, titubeó un momento. Aun así, encontró la fuerza para preguntar:

—¿Es eso lo que justificas, entonces? ¿Tu caída fue necesaria para el equilibrio?

Luzbel rio, una risa amarga y burlona que resonaba por todo el infierno.

—El equilibrio... —repitió con desdén—. Yo soy el equilibrio, el caos que mantiene su existencia. Y tú, ser insignificante, algún día entenderás que tu libertad depende de las sombras que tanto temes.

—Este objeto es una encarnación de la dualidad del cosmos: luz y oscuridad, bien y mal, creación y destrucción. Es el testamento de que cada elección resuena a través de la eternidad, y que incluso aquellos que caemos jugamos un papel crucial en el diseño del universo.

Rael, contemplando el amuleto en la penumbra del infierno, sintió una ola de revelación. Era más que un simple objeto encontrado por casualidad; era una llave que podía abrir verdades universales y profundamente personales. La conversación tomó un nuevo rumbo con esta revelación. Luzbel, visiblemente afectado por la presencia del amuleto, comenzó a hablar con una franqueza inesperada.

Luzbel miró a Rael, y en sus ojos ardió un fuego que no existía en ningún mundo, una luz de conocimiento prohibido, de secretos que solo los condenados podrían atesorar y que, aparentemente, él ahora estaba obligado a relatar por la mera presencia de este objeto.

—La verdad —comentó Luzbel— es que la caída, mi caída, no es un castigo, sino una consecuencia. El mal que me atribuyen no fue producto de un elaborado plan maestro de mi parte, sino un momento de debilidad, un susurro en la eternidad que se convirtió en un grito en el vacío.

Rael escuchó, absorbido por la magnitud de la confesión.

—Hablas de debilidad, pero ¿no era tu fuerza inigualable? ¿Cómo es posible que el más brillante de todos los seres perdiera su luz? ¿No eras el Ángel de la Luz más bella y de ti no salía hasta música de tus pisadas?

—La fuerza sin guía es simplemente poder bruto, un torrente que puede arrasar con todo, pero al que pocos pueden controlar —dijo Luzbel, su sonrisa llena de autosuficiencia—. Mi poder no tenía límites, podía moldear galaxias, destruir y crear con un solo pensamiento. No fue la falta de sabiduría lo que me llevó a "caer", sino mi grandeza. Mi luz brillaba tan intensamente que ni siquiera el cielo pudo soportarla.

Luzbel hizo una pausa, su mirada se tornó fría y calculadora, como si reviviera su propia gloria.

—Sin embargo —continuó, casi con desdén—, digamos que solo extravié el camino. Me perdí en mi propio reflejo, en la vanidad de una luz que creí eterna... simplemente no era el momento, ¿verdad? —dijo con una ligera sonrisa burlona, como si todo aquello fuera un mero error de cálculo.

Rael escuchaba. Cada palabra de Luzbel era una pieza en el rompecabezas de la existencia. Procesando esta revelación, reflexionó en voz alta:

—Entonces, ¿el mal no es más que una sombra en el camino hacia la luz? ¿Una prueba de nuestra voluntad y libertad?

—El mal —declaró Luzbel, con un brillo de astucia en sus ojos oscuros— es la sombra de cada ser, la posibilidad que nos hace completos. Sin mi "caída", la creación sería una melodía sin tonos menores, un día sin noche.

Durante su conversación con Luzbel, Rael descubrió perspectivas desconocidas sobre el sufrimiento y la redención.

—Cada alma aquí —explicaba Luzbel— lleva consigo una historia de elecciones y consecuencias, un testimonio del poder inconmensurable del libre albedrío.

Rael meditó sobre estas palabras, encontrando en ellas una verdad incómoda pero esencial.

—El mal es el lienzo en blanco de nuestra libertad, la prueba de nuestra capacidad real para elegir y, por ende, para amar —reflexionó.

Luzbel asintió, y en su semblante se reflejó, por un diminuto instante, la paz que alguna vez conoció.

—Efectivamente, el mal es la prueba misma de nuestra libertad, la oportunidad de elegir. No es el enemigo, sino el maestro más cruel y severo. En cada elección que conduce al mal, se oculta la semilla de un bien mayor, una lección aprendida.

En su diálogo con Luzbel, Rael descubría facetas desconocidas de este ser caído. Luzbel compartió su visión del cosmos, su amor perdido por la belleza de la creación, y cómo su propia caída era, en parte, una expectativa.

—Mi historia —reveló Luzbel— es una advertencia y una enseñanza. La luz más brillante puede cegar y, en esa ceguera, encontrarás la oscuridad más profunda.

Estas palabras ofrecieron a Rael una perspectiva más matizada del bien y del mal, del libre albedrío y la responsabilidad de las elecciones.

Rael, pensativo, se planteó otra pregunta

crucial:

—Pero incluso para ti, Luzbel, ¿existe la posibilidad de redención? ¿Es la redención un camino abierto para todas las almas, sin importar su caída?

Luzbel soltó una carcajada sombría:

—La redención, según cuentan, es un regalo para los caídos, un faro de luz en la oscuridad del abismo. Se dice que no hay profundidad desde la cual uno no pueda ascender de nuevo hacia la luz. Y así, mientras necesitas el perdón de alguien, el camino de vuelta puede ser tan largo como la eternidad o tan breve como un suspiro. Pero debes entender algo; esta es la falacia que yo planto en las mentes de mis súbditos: una esperanza eterna de absolución, aunque en verdad la salida está más allá de su alcance. ¿Realmente crees que aquellos a quienes has liberado en tu camino hacia mí están ahora exentos de su dolor y de sus pecados? ¡No! A lo mucho, he concedido un breve respiro antes de que vuelvan a enfrentar su ineludible destino. Y así seguirán, hasta el día en que mi juicio se cumpla y los arrastre a todos conmigo, y lo mismo haría contigo, si te desviaras de tu camino, extraño insecto...

La sonrisa de Luzbel se desvaneció, y su voz se convirtió en un susurro oscuro:

—Te engañas si piensas que busco lo que llamas absolución. No hay un ápice de remordimiento en mí; solo persiste la expectativa de un fin esquivo. La envidia, mi envidia por la patética humanidad, por su libertad y su fragilidad, el amor de Él hacia ustedes, insectos, aún quema en mi interior, con un fuego eterno que nunca se extingue.

Rael decidió que era hora de despedirse de Luzbel, y lo hizo con una reverencia, no por su estatus caído, sino en reconocimiento a la sabiduría obtenida a través de la adversidad:

—Gracias, Luzbel, porque a través de tu negativa al perdón, he aprendido y confirmado que la redención es un don que uno mismo se concede.

Con un gesto de despedida, Rael se desligó de la presencia de Luzbel, mientras este lo observaba con la indiferencia con la que se mira a una mosca en la mesa. Tras su encuentro con Luzbel, Rael se sintió como si hubiera sido partícipe de una antigua y olvidada historia. Con cuidado, guardó el amuleto, un objeto que ahora sentía como una parte esencial de su viaje, un enlace entre lo conocido y lo desconocido. Mientras se alejaba del reino de Luzbel, el eco de sus palabras reverberaba en su mente, cada paso una resonancia de las revelaciones impactantes.

—¿Será que mi viaje refleja una lucha interna más grande, una exploración de mi verdadera esencia? —Rael se perdía en sus pensamientos mientras la sombra del horizonte infernal se cernía sobre él, sirviendo como un recordatorio constante de la complejidad y los misterios del cosmos.

Mientras se alejaba del encuentro, decidió descansar en una pequeña cueva para sumergirse en sus reflexiones, pero una voz helada y calculadora se infiltró en su mente; un eco familiar de la dimensión celestial pero ahora teñido de una oscuridad más profunda e impactante.

—Rael, ¿te consideras verdaderamente el autor de tus actos? —susurró una presencia que se ocultaba entre las sombras interdimensionales, ejerciendo su influencia desde confines remotos—. Podrías ser simplemente una pieza en un juego cuyas reglas te son ajenas. Sin embargo, si lo deseas, podría revelarte esas reglas.

Detenido por la voz, Rael lanzó una pregunta al vacío:

—¿Quién eres?

—Yo soy Neraxis, aquel que susurra verdades en las sombras y revela los hilos ocultos del destino —respondió la voz, impregnada de un orgullo sutil—. He guiado a seres de poder inconmensurable hacia sus caídas y éxitos. Incluso el vanidoso soberano de este reino fue moldeado por mis palabras, creando una obra que superó toda expectativa.

Intrigado, pero ahora cauteloso, tras conocer el misterio de la caída, Rael preguntó:

—¿Cuál es tu verdadero propósito?

—Fui forjado por una voluntad superior, con un alcance que trasciende este y todos los universos — declaró Neraxis, su voz cargada de una calma inquietante—. Es simple: mostrarte que tu camino es parte de un diseño mucho mayor.

El vasto ego de Neraxis servía como un faro que, sin querer, revelaba sus verdaderas ambiciones.

—Rael, no todo es lo que parece. En este mundo de medias verdades, me muevo con una destreza inigualable para mostrarte la verdadera realidad. Permíteme descorrer el velo que nubla tu visión. Verás el universo más allá de la dualidad y del libre albedrío que conoces. No des por sentado lo que ves, sientes o te han revelado, por más extraordinario que parezca.

Las dudas inundaron a Rael. —¿Estoy siguiendo mi propio camino o soy una marioneta de fuerzas desconocidas? —Las palabras de Neraxis resonaron en él, desencadenando un torbellino de pensamientos sobre su destino y libre albedrío.

La duda comenzó a invadir a Rael. —¿Qué soy realmente? ¿Qué rayos hago aquí? —murmuraba, casi en un susurro, mientras las palabras de Neraxis resonaban, abriendo grietas en su certeza y sus ojos perdiéndose en la vastedad del paisaje infernal.

Rael, recordando todo lo que había aprendido y sacando fuerzas de todo su ser, enfrentó a la presencia de Neraxis y replicó con una firmeza inquebrantable:

—En cada momento de duda, he sentido la luz y las vibraciones sintiendo en mi corazón la presencia de alguien especial, un lazo que va más allá de lo físico, siento profundamente que hemos iniciado a sentir la danza cósmica con la singularidad, una conexión que va más allá de tus viles maquinaciones. Esta unión es más que amor; es una resonancia de nuestras almas, una sinfonía de destinos entrelazados que me recuerda quién soy y por qué lucho. En ella, encuentro la fuerza para resistir tus tentaciones y seguir mi camino, guiado no por la manipulación, sino por la verdad y la luz interior. Tu oscuridad no puede apagar la luminosidad que ella y yo compartimos. Nosotros somos dos estrellas en un firmamento vasto, cuya luz conjunta desafía la oscuridad de tu influencia.

La voz de Rael era el reflejo de una evolución espiritual y cósmica, un eco de su firme resolución.

Neraxis, ya revelando su verdadera naturaleza, insinuó con malicia:

—Aunque te creas valiente, Rael, ¿puedes estar seguro de que tu Liana no ha caído ya en mi propuesta? La duda es una herramienta poderosa, y aunque rechazaste mi generosa propuesta, ella podría no haber sido tan estúpida como tú.

Su tono, lleno de insidia, buscaba sembrar la semilla de la desconfianza en el corazón de Rael. La figura de Neraxis se desvaneció gradualmente, dejando tras de sí un eco de incertidumbre envuelto en una risa sutil. La afirmación de Neraxis sobre Liana había sembrado en él una pequeñita semilla de duda y temor, una incertidumbre que ahora parecía crecer y consumirlo. Era como si, en su partida, Neraxis hubiera dejado una parte de su propio enigma en el alma de Rael, un caramelo envenenado envuelto en el misterio de la eternidad.

—¿Cómo podría saber de Liana? —se preguntaba, una oleada de dudas invadía sus pensamientos. —¿Nunca mencioné su nombre en la presencia de esa cosa? ¿O acaso dejé escapar algún detalle sin darme cuenta?

La posibilidad lo acosaba, alimentando el miedo de que, de alguna manera, Neraxis conociera los rincones más secretos de su corazón.

—¿Es posible que él sepa más de lo que imaginaba? ¿Qué más podría haber descubierto?

Estas preguntas se entrelazaban con la incertidumbre que ahora lo consumía.

—Si conoce a Liana, ¿qué otros secretos de mi alma están al descubierto ante sus ojos?

Cada pensamiento era un golpe más a la barrera de su confianza, dejándolo vulnerable ante un enemigo cuyos límites para invadir su privacidad parecían no existir.

Este torbellino de pensamientos y emociones llevó a Rael a buscar refugio en la meditación, en busca de claridad en medio del caos de su mente. Se detuvo, cerró los ojos y respiró profundamente, intentando hallar paz en la tormenta de sus pensamientos.

En medio de las sombras, sintió la presencia reconfortante de Liana, una conexión que trascendía el espacio y el tiempo, uniendo sus almas a pesar de la distancia.

—¿Estará Liana descubriendo las mismas verdades? —se preguntó, sintiéndose cercano a ella en su búsqueda compartida de conocimiento y comprensión.

—Espero que estés segura, —pensó con determinación, prometiéndose protegerla siempre, sin importar los desafíos que los universos pudieran presentar.

En un lugar apartado del infierno, donde el caos y el tormento menguaban, Rael encontró un momento de conexión profunda. Cerró los ojos y buscó paz, respirando profundamente, sintiendo rápida e intensamente la presencia de Liana. Detrás de sus párpados cerrados, visualizó su danza con la singularidad. A través del espacio y el tiempo, vio a Liana moviéndose en perfecta sincronía con él, confirmando que estaba segura.

Rodeado de desesperación, su mente se elevó a un espacio de serenidad. Sus movimientos lentos y deliberados eran una práctica espiritual, cada paso y giro, un acto de resistencia contra el sufrimiento que los rodeaba.

La danza de Rael en el infierno se transformó en movimientos fluidos que desafiaban las restricciones de ese lugar, elevando su espíritu por encima de la miseria, tocando una comprensión más profunda, más allá del alcance de la desolación.

Con cada eco de su danza, sintió una conexión más intensa con Liana, no solo viéndola, sino sintiéndola, unidos a través de un hilo sutil que tejía sus almas a través de vastas dimensiones.

—Puedo sentirte, Liana, —pensó, su conciencia expandiéndose por el cosmos. —A pesar de las distancias, nuestra unión es una constante, un faro en la inmensidad.

Al intensificarse su conexión, se vio envuelto en emociones y recuerdos compartidos, cada uno resonando con la esencia de Liana.

—Puedo verlo, —oyó decir a Liana, su voz un eco a través del universo. —Universos sobre universos, cada uno con sus misterios. —Rael, en su camino de descubrimiento, respondió: —Y en cada uno, nuestras almas se reencuentran, explorando los secretos eternos juntos.

En ese momento, a pesar de las distancias y barreras, Rael sentía una conexión directa y abrumadora con Liana. Quiso capturar ese instante trascendental, desbordado con un torrente de emociones y pensamientos. Con el alma vibrando en sintonía con la de ella, susurró a través del cosmos:

—Hay algo que quiero...

De repente, una fuerza invisible lo sacudió, rompiendo bruscamente la conexión. Sintió un dolor agudo, como si un hilo de energía se hubiera roto dentro de él. La sensación fue tan intensa que casi lo derribó, su cuerpo tembló y sus sentidos se inundaron de un vacío ensordecedor.

—¿Será que aún no estoy listo? —reflexionó Rael, con un torbellino de anhelo y sabiduría en su ser. —Esta conexión, tan intensa y profunda, exige más que solo un anhelo; requiere una mayor comprensión y madurez.

Al volver de su meditación, se halló en la caverna, solo en lo físico, pero con el eco de Liana acompañándolo espiritualmente. Era consciente de que, a pesar de su fuerte lazo multiversal, aún tenían mucho por aprender y experimentar para manejar esa conexión con seguridad y propósito.

Durante esa meditación profunda y su danza en el infierno, Rael experimentó un cambio crucial en su existencia. Descubrió que incluso en la oscuridad más profunda, puede brotar una luz de conocimiento y un destello de paz interior.

Aprendió a ver más allá del sufrimiento superficial, a conectar con lo más recóndito de su ser. Este vínculo sutil y poderoso se mostró como un faro clave en su viaje a través del vasto cosmos.

Al dejar atrás aquel dominio sombrío, el tiempo y el espacio se doblaban y torcían, deshaciendo la realidad del inframundo en una disolución reminiscente de cómo se esfuma la niebla al amanecer.

En ese estado intermedio, sintió una conexión profunda con su esencia más verdadera. Cada paso y movimiento era un alejamiento de ese mundo oscuro, un acercamiento a su propósito esencial.

Armado con la sabiduría de estrellas desaparecidas, de luces que brillaron en el cosmos antes de extinguirse, Rael se dispuso a mostrar al mundo que la redención es un camino disponible para todos, libre de las sombras del pasado.

Se convenció de que perdonarse a sí mismo, otorgar perdón a los demás y buscarlo con humildad son pasos esenciales para vincular el alma al universo, para entrelazarla con el entramado de la singularidad.

Reflexionando sobre su adiós a Luzbel, Rael entendió claramente que la redención no viene impuesta desde fuera, sino que es una elección elevada, un acto de gracia que cada individuo tiene el poder de concederse, un don de libertad nacido en el fuego de nuestras propias almas.

Rael, aún inmerso en la penumbra de sus reflexiones, redescubría la estructura del todo y sus principios fundamentales. Sin embargo, más allá de estas leyes, se encontraba sumido en una corriente de pensamientos más profundos y trascendentales.

—¿Podría ser —se preguntó— que, en la inmensidad del cosmos, más allá de las estrellas y los agujeros negros, exista realmente una fuerza divina, un creador celestial? ¿Realmente existe aquel a quien llaman ¿Él, envuelto en la eternidad?

Rememoró sus viajes a través de diversos mundos y dimensiones, su conexión con Liana que superaba las barreras del espacio y el tiempo.

—He estado en el cielo y en el infierno, y en ambos lugares, sentí la existencia de realidades distintas donde podía navegar, hablar, sentir. Pero en ninguno de esos sitios logré verlo a 'Él'. Siempre presente, siempre esquivo.

Liana, a pesar de estar físicamente distante a miles de eones, parecía acompañarlo en su meditación. Rael imaginaba su voz, suave pero resuelta, debatiendo la existencia de una divinidad.

—La ciencia nos ha enseñado a indagar, a

requerir pruebas —diría ella—, pero ¿qué sucede con esas verdades que están más allá del alcance de nuestros telescopios, en el punto de encuentro entre la ciencia y la fe?

El silencio de la caverna se impregnó del eco de estas cuestiones. Rael cerró los ojos con fuerza, buscando en la oscuridad de su mente.

—Con cada descubrimiento científico, con cada ley universal, ¿acaso no hay un indicio de lo divino? ¿Un trazo en el lienzo cósmico de un creador? — reflexionó en voz alta.

Recordó los cuentos de su niñez, historias de entidades celestiales y divinidades, y se percató de que, tras sus viajes cósmicos, había presenciado con sus propios ojos aquello que antes eran meras leyendas.

—¿Y si la ciencia es, en realidad, una manera de descifrar el código divino, una forma de comprender el idioma con el que se diseñó el universo?

—Quizás —prosiguió—, la fe no es un salto al vacío, sino un avance hacia la luz de un entendimiento superior. Una aceptación de que existen misterios en el universo que la ciencia, por sí misma, no puede desvelar.

—¿Y si la ciencia no es el opuesto de la fe, sino su complemento? —reflexionó—. Un medio para entender el mecanismo del universo, mientras la fe nos conecta con su propósito.

Abrió los ojos, mirando la oscuridad a su alrededor como si esta pudiera ofrecer respuestas. Se levantó lentamente, sintiendo el peso de sus pensamientos, pero también la fuerza que estos le otorgaban.

—Tal vez la verdadera búsqueda no sea elegir entre ciencia o fe, sino descubrir cómo ambas se entrelazan en el diseño del universo —pensó con determinación—. Y en esa búsqueda, quizás algún día logremos comprender quién es 'Él', el que observa desde las sombras y la luz, envolviendo cada rincón del multiverso con su insondable presencia.

Mientras sus pensamientos se asentaban, una última pregunta emergió en su mente, con un peso inquietante que retumbó en el silencio de la caverna:

—¿Qué es, en realidad, este artefacto? ¿Un puente hacia la verdad o una trampa disfrazada de esperanza?

El entorno seguía en penumbras, pero Rael sintió que algo había cambiado. No era un cambio físico, sino una sensación, una presión casi imperceptible que parecía emanar de las mismas sombras. De la oscuridad emergió una figura, pero no era alguien ni algo que pudiera describirse con precisión. Sus contornos parecían fluidos, vibrando entre formas reconocibles y abstracciones incomprensibles, como si el lugar mismo hubiera decidido manifestarse para hablar con él.

La voz que emergió no provenía de ningún punto específico; parecía rodearlo, reverberando en sus huesos y en el aire.

—Eres más persistente de lo que muchos que han pisado estos abismos. —la figura, o más bien el plano, habló con un tono que oscilaba entre lo etéreo y lo grave, como un coro de ecos antiguos.

Rael retrocedió un paso, intentando enfocar lo que veía, pero pronto se dio cuenta de que no había un solo ángulo desde el cual comprenderlo.

—¿Quién... o qué eres? —preguntó, su voz temblorosa, pero su mente llena de una mezcla de fascinación y temor.

—¿Quién? ¿Qué? Preguntas mortales para cosas que no tienen nombre. Yo soy este lugar y este lugar soy yo. Cada piedra, cada sombra, cada lamento que escuchas... todo es parte de lo que soy. No soy un guardián ni un ser; soy el latido de este infierno, su testigo eterno. Y ahora, tú al estar aquí, eres parte de mí, como yo lo soy de ti.

Rael tragó saliva, sintiendo que incluso el acto de hablar era un desafío ante tal entidad.

—¿Por qué apareces ante mí? —murmuró.

La figura oscilante pareció inclinarse hacia él, como si quisiera analizarlo más de cerca.

—Porque portas algo que no pertenece aquí, algo que vibra con una frecuencia que desafía mi naturaleza. El artefacto que llevas ha sido dejado con un propósito, uno que escapa incluso a mi comprensión, alguien que no he podido identificar, pero sé esto: tú serás juzgado no solo por lo que hagas con él, sino por lo que elijas no hacer. Ese objeto tiene el poder de unir o dividir más, de revelar o destruir. La elección será tuya, pero el impacto resonará incluso más allá de estos abismos.

Rael sintió que su respiración se hacía pesada. Las palabras no eran una amenaza, pero sí una advertencia cargada de implicaciones que no lograba entender por completo.

—¿Y ahora? —preguntó, intentando recuperar algo de control en la conversación—. ¿Qué se supone que haga con esto?

La figura pareció expandirse, sus contornos perdiéndose en la oscuridad mientras su voz se hacía más profunda.

—Aún no es el momento. Debes seguir el llamado que late en tu esencia. Este lugar no puede retenerte, no mientras sostengas la chispa de algo más allá de mí. Pero recuerda, Rael: donde la luz y la sombra se encuentren, allí se definirá tu destino.

Entonces, sin previo aviso, la figura se disolvió, regresando al plano del que había emergido. Rael sintió un tirón, una fuerza que lo empujaba hacia adelante, como si el mismo infierno lo estuviera expulsando. La transición fue repentina, un cambio casi imperceptible que lo llevó de la penumbra del abismo a través de una especie de túnel, un lugar donde la luz, la serenidad y el conocimiento fluían como un río eterno.

CAPÍTULO 6: LA TRASCENDENCIA INFINITA

Rael cerraba y abría los ojos, como si su ser flotara en un río que lo llevaba a través del tiempo y el espacio. No había medida para los instantes transcurridos; podía haber sido un segundo o una eternidad. Su mente, en un estado de calma inusual, se sumergía en recuerdos dispersos: fragmentos de conversaciones con Liana, imágenes de estrellas titilantes, y destellos de mundos que parecían existir más allá de su imaginación. Era como si todo lo superfluo de su alma estuviera siendo lavado, dejando únicamente la esencia más pura de su ser.

Finalmente, abrió los ojos, y lo que contempló lo dejó sin aliento. El túnel que lo había envuelto en sombras y revelaciones había desaparecido. En su lugar se desplegaba un horizonte de luz pura y serenidad infinita. El suelo bajo sus pies no era sólido; parecía un reflejo líquido, vibrante, como si caminara sobre el tejido mismo del cosmos. Cada partícula de luz que lo rodeaba vibraba con un conocimiento antiguo, un susurro que invitaba al descubrimiento.

De esa luminosidad emergió una figura radiante, imposible de describir con precisión. Sus contornos fluctuaban, entre la claridad de una forma humana y la abstracción de una llama calmada. La presencia de este ser no solo iluminaba el lugar, sino que también resonaba en cada fibra de su ser.

—Bienvenido al Santuario de las Almas, Rael — dijo la figura, su voz un susurro que a la vez era un coro resonante.

El ser iluminado, que más tarde conocería como Aión, extendió una mano en señal de bienvenida. Y aunque Rael no entendía por completo cómo había llegado allí, sabía con certeza que este lugar era un nuevo umbral, un capítulo diferente en su odisea.

Aión, cuya mera presencia era un remanso de paz que trascendía el lenguaje humano, acogió a Rael no como un forastero, sino como un alma ancestral retornando a su origen. Su figura, irradiando una sabiduría que parecía abrazar eones, era un espejo de su propio periplo a través de incontables mundos y realidades.

Absorto en la magnificencia del Santuario, Rael observó cómo un lápiz antiguo, tallado con símbolos arcanos y constelaciones, flotaba ante él, girando lentamente como si estuviera imbuido de las historias de mil universos. Aión, con una sonrisa que destilaba un conocimiento profundo, extendió su mano hacia Rael, invitándolo a aceptar el lápiz.

—Este lápiz —dijo Aión, con una voz impregnada de la armonía de las esferas celestes— ha sido el instrumento de quienes han trascendido el tiempo y el espacio. Cada símbolo en él es un portal hacia un mundo; cada constelación, el alma de una historia. Ahora, es tuyo, Rael. Con él, escribirás tu viaje en el lienzo infinito del cosmos.

Rael tomó el lápiz con manos temblorosas, sintiendo cómo un torrente de visiones lo invadía.

Civilizaciones pasadas y futuras, momentos de creación y destrucción, todo parecía fluir a través de él. Este no era un objeto ordinario; era un vínculo con la memoria del universo, una llave que conectaba su alma con la historia de todo lo que había sido y sería.

Guiado por Aión, recorrió el Santuario, donde el conocimiento danzaba en estantes que se extendían hasta el infinito. Cada paso parecía abrir una nueva puerta en su mente, una verdad que se entrelazaba con las otras, formando un tapiz de comprensión cósmica.

—Para honrar este regalo —explicó Aión, con un tono solemne— debes comprender la responsabilidad que conlleva. Cada palabra que escribas será una semilla en el jardín de las almas, una conexión entre el saber y el sentir, entre el pasado y el presente.

Aión presentó a Rael con un enigma,

desafiándolo a contemplar la esencia misma de la creación. —Ante ti —dijo Aión— se encuentra la esencia de toda la creación. Un ciclo sin fin que es tanto el alfa como la omega, pero nunca se encuentra a sí mismo. ¿Qué es?

Rael, sumergido en reflexión, se hallaba en el corazón del cosmos, donde los ciclos de estrellas y galaxias se manifestaban en un tapiz en perpetuo cambio. Meditó sobre la naturaleza del tiempo y la existencia, sobre la vida y la muerte, el amor y la pérdida.

Con el tiempo desvaneciéndose en insignificancia, Rael se sumergió en una profunda meditación. Voces de sabios antiguos susurraban en los confines de su mente, guiándolo hacia una respuesta que yacía más allá de la lógica. —El tiempo —murmuró finalmente—. El tiempo es la esencia de la creación, un ciclo que engendra vida y estrellas, guiándolas hacia su ocaso, pero nunca se toca a sí mismo, siendo a la vez el inicio y el final de todo.

Aión asintió con una sonrisa que parecía iluminar el espacio. —Has penetrado el velo de la realidad, Rael. Has comprendido que el tiempo es la tejedora de historias, el silente narrador de la danza cósmica. Es un ciclo que nos une, pero que jamás podemos poseer.

Con la resolución del acertijo, el lápiz en manos de Rael se iluminó con un resplandor dorado, llenándose de una luz que parecía contener la historia de cada estrella y cada vida que había sido o sería.

—Tu primera verdad escrita —dijo Aión— es que el tiempo es el flujo eterno que enlaza cada alma, cada historia. Es el lienzo sobre el que se pinta la existencia, y ahora, con este lápiz, plasmarás tus palabras en la gran narrativa del universo.

Rael, sosteniendo el lápiz, sintió cómo la comprensión del enigma se fusionaba con su ser. Era una verdad simple pero profundamente resonante, una que entrelazaría sus experiencias con las de otros, en una sinfonía de recuerdos y esperanzas compartidas. Era el comienzo de su misión, de escribir las historias que entrelazarían las almas en la unidad del tiempo infinito.

Con el regreso a su realidad inminente, Aión colocó una mano sobre el pecho de Rael, diciendo:
—La sabiduría del Infinito es ahora parte de ti.

Rael, envuelto en la bendición de Aión y en la majestuosidad del Santuario de las Almas, sintió brotar dentro de sí una curiosidad insaciable, una sed de conocimiento que superaba cualquier temor o reserva.

Con la humildad de un aprendiz y el coraje de un explorador del cosmos, Rael permitió que su inquietud tomara forma en palabras. Su voz, serena pero cargada de una necesidad palpable de comprender, rompió el silencio reverencial del lugar:

—Aión, ¿podrías revelarme la esencia de este lugar? ¿Qué es realmente este santuario, y qué representan estas almas que aquí residen?

Aión lo observó con una intensidad que trascendía lo humano, una mirada que parecía sondear cada rincón de su ser. No necesitó tiempo para responder, como si la pregunta misma hubiera estado esperando ser formulada desde antes de que Rael llegara. Con una voz que resonaba como el eco de mil generaciones, Aión comenzó a hablar:

—Este lugar —dijo, sus palabras impregnadas de una sabiduría que parecía tejerse con el mismo tejido del cosmos— es más que un destino, Rael. No es ni el cielo ni el infierno, sino un punto de convergencia, un santuario que trasciende la dualidad de esas nociones. Aquí no se juzga ni se castiga; aquí se preserva. Este es un reino donde las almas que han alcanzado un estado de profunda iluminación en su existencia terrenal pueden manifestar su esencia más pura, liberadas de las ataduras del tiempo y el espacio.

Aión hizo una pausa, permitiendo que sus palabras se asentaran, como si cada sílaba llevara el peso de una verdad que debía ser absorbida lentamente. Continuó con un tono que se tornó más íntimo, casi confidencial:

—Las almas que residen aquí —prosiguió— son aquellas que, durante su tiempo en la Tierra, lograron ver más allá de las sombras de su ego y los deseos fugaces. Son los espíritus que encendieron la luz de la compasión y la comprensión en un mundo plagado de caos. Almas que, al enfrentarse a los abismos de su existencia, eligieron el camino del aprendizaje, de la evolución. Aquí no descansan; aquí continúan su viaje, explorando los misterios más profundos del universo, desentrañando las verdades que se ocultan más allá de los límites de la percepción mortal.

Mientras Aión hablaba, las luces del Santuario parecieron intensificarse, como si sus palabras activaran un pulso que reverberaba en cada rincón de aquel vasto y etéreo espacio. Rael sintió que cada frase no solo respondía a su pregunta, sino que también sembraba nuevas dudas, nuevas posibilidades. Este lugar, tan majestuoso como incomprensible, se revelaba como un puente entre lo tangible y lo infinito.

—Aquí, Rael —concluyó Aión, con una calma que irradiaba certeza—, las almas no están confinadas por las barreras de la mortalidad. En este Santuario, cada alma es un reflejo de la totalidad del universo, un recordatorio de que la existencia, en su núcleo, es un viaje perpetuo hacia el conocimiento y la unidad.

Rael, inundado por la magnitud de lo que acababa de escuchar, sintió cómo su mente luchaba por abarcar la profundidad de las palabras de Aión. En ese instante, el Santuario no era solo un lugar; era un espejo en el que veía reflejada la esencia de su propia búsqueda, el eco de su propósito.

—Mi existencia —reveló Aión, su voz como un eco que resonaba en las fibras del espacio mismo— está intrínsecamente ligada a este lugar. Soy tanto su guardián como su aprendiz. Estas almas y yo nos nutrimos mutuamente: yo protejo sus esencias, mientras ellas me enriquecen con el conocimiento y las experiencias que han atesorado a lo largo de incontables ciclos. Este lugar no es simplemente un refugio; es un espejo del todo, una amalgama de energías y sabidurías que trascienden el tiempo y las dimensiones.

Aión extendió sus brazos, como si quisiera abarcar la vastedad que los rodeaba, sus gestos cargados de una solemne certeza. —Este santuario es solo una entre las infinitas dimensiones que coexisten en el vasto tapiz del universo. Cada una tiene un propósito, una misión única, y juntas están entrelazadas en una danza cósmica de evolución y entendimiento. Por ahora, esto es todo lo que necesitas saber. Tu camino —continuó, con un tono que parecía contener tanto advertencia como promesa— te llevará a descubrir más, pero solo en el momento adecuado.

Rael, sumido en la intensidad de las palabras de Aión, sintió cómo cada frase parecía abrir nuevas puertas en su mente, revelando paisajes de significado que apenas podía comenzar a comprender. Permitió que las palabras se asentaran en lo más profundo de su ser, como semillas plantadas en un terreno fértil, germinando lentamente en forma de una comprensión más vasta y resonante de la existencia misma.

Este santuario, se dio cuenta, no era simplemente un lugar. Era un puente, un crisol donde la espiritualidad y la comprensión universal se fusionaban en perfecta armonía. En él convergían no solo almas, sino filosofías y creencias que, en otros contextos, habrían parecido irreconciliables. Aquí, todo tenía sentido, como si las piezas dispersas del universo finalmente encajaran en un diseño que siempre había estado allí, esperando ser reconocido.

En este lugar, la esencia de las enseñanzas más profundas, como el camino hacia la iluminación, encontraba su lugar en un espectro de verdad que desbordaba los límites de cualquier perspectiva única. Era un eco universal que reverberaba más allá de las dimensiones conocidas, fusionando fragmentos de sabiduría en un todo armonioso y expansivo. El tiempo, aquí, se volvía irrelevante, una corriente invisible que se deslizaba sin principio ni fin, imposible de medir o definir.

Tras una serie de encuentros reveladores con entidades cuyas mentes parecían tejerse con el tejido del universo mismo, Rael se encontró vagando en lo que solo podía describirse como un oasis celestial. Ante él, se desplegaba un jardín cósmico, un lugar de inimaginable serenidad. Las flores, formadas por nebulosas, brotaban en una paleta de colores que desafiaban no solo la descripción, sino la comprensión misma. Cada pétalo parecía contener un fragmento de las estrellas, pulsando con un brillo etéreo que resonaba con la melodía sutil de las esferas celestiales.

Cada flor en aquel jardín cósmico parecía

contener un universo en miniatura, sus pétalos tejidos con el mismísimo polvo de las galaxias. El aire, cargado con el aroma dulce y fresco de la materia estelar, envolvía a Rael en una atmósfera de maravilla y asombro. Las hojas de las plantas vibraban suavemente, como si respondieran a la música sutil de las esferas celestes, una sinfonía que resonaba no solo en el aire, sino en lo más profundo de su alma.

Rael se detuvo, incapaz de apartar la vista de aquel espectáculo sublime. Había algo en la simplicidad, pero también en la inmensidad, que lo conectaba con una parte esencial de sí mismo, una que parecía haber estado dormida hasta ese momento. Recordó su infancia en la Tierra, esos momentos en los que la maravilla del mundo natural lo dejaba sin aliento. Aquí, en este rincón celestial, esa misma reverencia y asombro lo inundaron, envolviéndolo con una intensidad renovada.

La complejidad de sus recientes descubrimientos cósmicos, la vastedad del conocimiento adquirido se entrelazaba ahora con la sencillez de la belleza natural que lo rodeaba. Este jardín era un recordatorio tangible de que, incluso en medio de la inmensidad del cosmos, existían lugares de calma y belleza pura, donde el alma podía hallar respiro y la mente, un refugio para la paz.

Mientras permanecía inmerso en la contemplación, un presentimiento lo sacó de su estado de calma. Algo perturbador cortó el aire etéreo. Frente a él, de la nada, se materializó una silueta incorpórea, una sombra que parecía entrelazada con la esencia misma del Vacío. La figura era un espectro de oscuridad y poder, vibrante y ominosa.

—Continúo observándote criatura —anunció la entidad, su voz un eco profundo que parecía resonar desde los confines de la existencia misma, cargada de un susurro amenazante.

Neraxis, manteniendo su aura de misterio, prosiguió: —He seguido cada paso de tu odisea con un interés creciente. Tu resistencia a mis susurros, a mis verdades cuidadosamente colocadas, ha sido... frustrante. Incluso el intento de sembrar la duda sobre el destino de Liana ha sido en vano. Has resistido más de lo que esperaba, y ese creciente entendimiento tuyo de lo que ustedes llaman su patética "Danza con la Singularidad" es un desafío que no puedo ignorar. Mi esencia, forjada en las llamas del Gran Atractor, está diseñada para distorsionar, para romper este nuevo equilibrio. Pero tú... tú eres un obstáculo inesperado.

Rael lo enfrentó con la determinación que brotaba de lo más profundo de su ser. Su voz, firme y resonante, respondió: —Te dije antes, Neraxis, que ni tus sombras ni tus juegos cambiarán mi camino. La conexión con Liana trasciende tus mentiras, tus trucos, y tu caos. Nuestra unión, nuestra comunión, está más allá de tu comprensión.

Las palabras de Rael parecían resonar en el aire como una declaración inquebrantable, un eco de su creciente fortaleza espiritual y cósmica.

Neraxis, con una furia contenida, desvió su

atención mirando hacia el espacio, irradiando una serenidad que contrastaba con la tensión palpable. Con un grito que parecía retumbar a través de todas las dimensiones, Neraxis exclamó: —Aión, sé que escuchas, sé que sientes mi presencia en tu insípido plano. Ni tu ni los otros podrán protegerlos completamente de los designios que superan su limitada visión. Los planes del Gran Atractor van más allá de su comprensión, más allá incluso de ÉL, su tan venerado Señor.

La figura de Neraxis comenzó a desvanecerse, como un espejismo en un desierto estelar, dejando tras de sí un vacío cargado de augurios siniestros. El silencio que siguió era ensordecedor, impregnado de la amenaza de lo que podría venir.

En medio de esa incertidumbre, Aión apareció, su mera presencia calmando las turbulencias del momento como un bálsamo sobre una herida. Con voz serena y firme, habló: —Neraxis puede parecer poderoso, Rael, pero no es invencible. Su poder, como el de todas las entidades del cosmos, tiene límites. Si muestra tal interés en ti, es porque ve en tu potencial una amenaza directa a su existencia.

Aión hizo una pausa, permitiendo que sus palabras calaran profundamente en Rael. —La clave está en no ceder a la duda. Tu incertidumbre sería su mayor victoria, un resquicio por el cual podría infiltrarse y sembrar su caos. Mantente firme, Rael. La claridad y la determinación serán tus mejores aliados en este camino.

Las palabras de Aión restauraron una calma relativa en Rael, quien comprendió que, aunque los desafíos eran muchos, su resolución debía ser aún más fuerte. El jardín cósmico que lo rodeaba era un testimonio de la armonía que podía prevalecer incluso en medio del caos, un recordatorio de que el equilibrio era posible, siempre que el corazón permaneciera fiel a su propósito.

Rael continuó adentrándose en la magnificencia enigmática del jardín cósmico, cada paso lo sumergía más en un silencio cargado de revelaciones. Fue entonces, como si el universo mismo hubiera decidido susurrarle un secreto, cuando una epifanía lo atravesó con la intensidad fugaz de un cometa rasgando el firmamento.

En ese instante suspendido en el tiempo, comprendió una verdad que había estado latente, oculta tras las sombras de sus propias incertidumbres: Liana no era simplemente una compañera de su juventud. No era solo un rostro en sus recuerdos ni una voz en sus pensamientos. Era su compañera del alma, una pieza esencial en el tapiz de su existencia. La vasta distancia que los separaba, ese abismo insondable de estrellas y eones, lejos de apagar la llama de su conexión, parecía avivarla, transformándola en un anhelo que trascendía lo físico, lo temporal, lo humano.

Rael se detuvo, su mirada perdida en las estrellas vivientes que parecían danzar entre las flores del jardín. En lo más profundo de su ser, sintió cómo la determinación emergía, pura y ardiente, alimentada por la certeza de su vínculo con Liana. Con una voz que resonaba tanto en su interior como en el tejido del cosmos, se hizo una promesa.

—Liana —murmuró, sus palabras impregnadas de una intensidad que desafiaba las distancias—, no importa cuántas galaxias deba atravesar, ni qué desafíos enfrente en este vasto y caótico universo. Aprenderé a navegar en la inmensidad hasta poder confesarte lo que verdaderamente siento por ti. Te lo haré saber, lo juro, con cada latido de mi corazón, hasta que nuestras almas se encuentren de nuevo en la danza eterna del destino.

La promesa vibró en el aire, como si el mismo cosmos la hubiera escuchado y la hubiera grabado en su interminable sinfonía. Rael, con esa declaración aún resonando en su pecho, continuó su exploración por el jardín. Cada paso que daba estaba impregnado de un propósito renovado, una claridad que antes no había poseído. La revelación sobre sus sentimientos hacia Liana lo había transformado, forjando en su interior una determinación que era a la vez delicada y feroz, como una llama que nunca se extinguiría.

Mientras avanzaba, algo captó su atención. Sus ojos se posaron en un árbol monumental, un coloso que parecía haber sido testigo de la formación misma del cosmos. Sus raíces se extendían profundamente, desapareciendo en las capas invisibles de la existencia, mientras que sus ramas se alzaban hacia el infinito, como si buscaran tocar los bordes del tiempo.

Rael sintió que el aire alrededor del árbol era diferente, más denso, más cargado de significado. Cada hoja vibraba con un susurro apenas audible, como si guardaran los secretos de incontables eras y dimensiones. Este árbol, tan antiguo como el tiempo mismo, no era solo una entidad viva, sino un testimonio tangible de la interconexión de todas las cosas, un símbolo de la complejidad y la belleza de la creación.

Se detuvo frente a él, con el corazón latiendo al unísono con la energía que irradiaba el coloso. En ese momento, bajo las ramas protectoras de aquel ser inmenso, sintió una paz que no había experimentado antes. Y en esa quietud, la promesa que le había hecho a Liana se consolidó aún más, como si el árbol, con su sabiduría intemporal, le

estuviera otorgando su bendición.

Atraído por la presencia majestuosa del árbol y en busca de un momento de serenidad para ordenar sus pensamientos, Rael dio un paso tras otro hacia el coloso ancestral. Con cada movimiento, sentía cómo la atmósfera se volvía más densa, más atemporal, como si el simple acto de acercarse lo anclara en una realidad que trascendía el tiempo. Bajo las ramas protectoras del árbol, encontró un refugio que parecía diseñado no solo para ofrecerle descanso, sino también claridad. Allí, en la quietud de ese rincón del cosmos, Rael permitió que su mente y su alma se sincronizaran con el pulso del universo.

Se acomodó bajo sus ramas protectoras, permitiendo que la quietud del lugar envolviera su ser.

El árbol, con sus ramas que desbordaban los límites de lo imaginable, tejía un vals a través de dimensiones y realidades. Era un testimonio viviente de la interconexión universal, una representación tangible de la promesa que Rael acababa de formular. Cada rama se extendía como un río cósmico, cada hoja vibraba como una estrella, y juntas componían una sinfonía de existencia que resonaba en lo más profundo de su ser.

Este árbol era un recordatorio palpable de que cada aspecto de la creación, desde lo más diminuto hasta lo inconmensurable, jugaba un papel esencial en el tapiz de la vida. Las ramas del árbol, en su entrelazado multidimensional, simbolizaban la intrincada red de conexiones que formaban la estructura misma del cosmos. Cada rama, cada hoja, era como una galaxia, los planetas, las estrellas todo formaba parte de un diseño intrincado y sublime, donde incluso lo más diminuto desempeñaba un papel crucial. Aquí, bajo este árbol cuyas raíces parecían beber de las mismas corrientes del infinito, comprendió que el universo, en su inmensidad, era una obra de arte compuesta por infinitas piezas interconectadas.

Rael contempló el colosal árbol, atrapado en una percepción del tiempo que parecía expandirse hacia todas direcciones excepto hacia adelante. Sus pensamientos regresaron a su isla natal, donde las abejas danzaban en perfecta armonía con las flores, tejiendo un delicado equilibrio de vida en las formas más diminutas. Esa danza, tan simple en apariencia, ahora se reflejaba en el vasto tapiz del cosmos que tenía ante él. Este árbol cósmico, con ramas que se extendían a través de dimensiones insondables, parecía orquestar un vals similar, pero a una escala ilimitada, trascendiendo las fronteras de la comprensión humana.

La gracia de una abeja buscando polen en una flor terrenal y la majestad de este árbol interdimensional eran, en esencia, dos expresiones de la misma maravilla: la intrincada y sublime belleza de la creación. Dos realidades, una microscópica y otra infinita, unidas por un principio universal de interconexión y propósito.

Sumido en esta contemplación, Rael sintió cómo su comprensión del universo se ampliaba. Cada momento de asombro, cada instante de admiración ante la complejidad de la naturaleza, no era solo un reflejo de su curiosidad, sino un acto profundo de reconocimiento hacia la inmensidad y la majestuosidad del cosmos. Aquí, bajo las ramas de este árbol eterno, comprendió que el verdadero conocimiento no estaba en las respuestas, sino en el asombro que lo impulsaba a buscar.

Aión, con una mirada llena de benevolencia y entendimiento, colocó su mano sobre el pecho de Rael, diciendo: —La sabiduría del Infinito es ahora parte de ti. Comparte tu visión, y a través de tus palabras, ilumina los corazones de otros. No estás solo; cada letra que escribas será un paso en la danza de las almas.

El Santuario, con toda su magnificencia y los secretos que guardaba, comenzó a desdibujarse. Las luces, los sonidos, incluso la textura del lugar, se desvanecían como bruma al amanecer, dejando tras de sí una sensación de plenitud y despedida. Rael sintió cómo una fuerza suave, casi maternal, lo envolvía, elevándolo de ese espacio sagrado. Era como si el cosmos mismo lo estuviera devolviendo a su realidad, pero no sin antes impregnar cada fibra de su ser con un propósito renovado.

Mientras el entorno se disipaba, una última visión apareció ante él. El colosal árbol permanecía intacto, sus ramas tejidas con luces de galaxias y universos. Las almas del Santuario se entrelazaban con esas ramas, formando un mapa luminoso que se extendía más allá de lo imaginable. En el centro de esta intrincada red, un destello surgió, brillante y fugaz. Por un instante, el destello tomó forma, una silueta, un rostro. No era del todo claro, pero algo en él despertaba una profunda familiaridad en Rael, como si una parte perdida de su ser hubiera intentado mostrarse.

Con el eco de esa visión aún vibrando en su

mente, Rael sintió que su cuerpo era trasladado. Una calma absoluta lo invadió mientras una voz, suave y serena, resonaba en lo profundo de su alma: "El tiempo y el destino se entrelazarán en el momento adecuado."

En un parpadeo, el Santuario se desvaneció por completo. Rael abrió los ojos y se encontró en su cama. El amanecer del 21 de marzo ya pintaba el cielo con tonos cálidos, y el reloj junto a su cama marcaba las 6:15 a.m. Aún podía sentir la calidez del Santuario en su piel, como un recuerdo grabado en su esencia. Las imágenes del árbol, las almas, y el rostro desconocido permanecían frescas en su mente, como si acabaran de suceder.

Mientras contemplaba el tenue brillo del amanecer filtrándose por la ventana, una única certeza llenaba su corazón. Se levantó lentamente, dejando que la luz bañara su rostro, y en un susurro, apenas audible, expresó lo que ahora era su norte:

—Debo encontrarme con Liana. Ella es el hilo que entreteje todo.

Instintivamente, Rael metió las manos en los bolsillos de su pantalón. En uno, sus dedos rozaron el lápiz antiguo, aún cálido, pulsando débilmente como si albergara un fragmento de las estrellas. En el otro, encontró el artefacto. Aunque apagado y completamente silente, su peso y textura le recordaron que seguía ahí, como un enigma esperando su momento.

Rael cerró los ojos por un instante, sintiendo la dualidad de ambos objetos: uno iluminado por la esperanza, el otro cargado con un pasado oscuro y misterioso. Era un recordatorio tangible de que su viaje, aunque lleno de certezas renovadas, aún estaba plagado de preguntas sin responder. Con un último vistazo al amanecer, supo que el próximo paso lo acercaría a respuestas y, sobre todo, a Liana.

PARTE 2:

EL VUELO DE LIANA

CAPÍTULO 7: LOS SUSURROS DE LIANA

El 19 de marzo, bajo un cielo despejado donde las estrellas brillaban con una nitidez casi mágica, el transbordador atracó en la bahía de la isla. El murmullo del mar se mezclaba con las luces suaves de las farolas solares, creando un ambiente sereno. Esteban, el padre de Liana, esperaba con su porte elegante y sereno. Aunque su cabello mostraba algunos mechones plateados, su figura aún reflejaba la seguridad y el respeto de un hombre que había construido una vida sólida para su familia.

Cuando Liana descendió del barco, su silueta se dibujaba bajo la luz de las estrellas. Cargaba el cansancio de un largo viaje, pero en sus ojos brillaba la emoción de por fin volver a casa. Al verla, Esteban dio un paso adelante y la abrazó con la calidez que solo un padre puede ofrecer.

—Bienvenida a casa, mi niña —murmuró, con una mezcla de orgullo y alivio.
—Papi, te extrañé tanto —respondió Liana,

abrazándolo con fuerza, como si reconectarse con él fuera su forma de aterrizar emocionalmente en la isla.

El trayecto hacia casa transcurrió en el silencio cómodo que solo los lazos más cercanos pueden crear. El sedán eléctrico de Esteban se deslizaba suavemente por las carreteras bordeadas de acantilados.

—Cuéntame, mi niña —dijo Esteban, rompiendo el silencio con su tono tranquilo—. Ya sé mucho por tus correos y nuestras llamadas, pero quiero oírlo todo, cada detalle que no me contaste.

Liana sonrió mientras el recuerdo de sus vivencias pasadas la inundaba.

—Bueno, papi, fue... increíble. Iniciaré desde el principio. Quiero contarte sobre Atacama. Los telescopios eran como portales, y las noches allí eran tan claras que podía ver las estrellas como

como jamás las había visto. Pero lo que más me impresionó fue lo que aprendí de los científicos. Conocí a la Dra. Elena Marlow, ¿recuerdas que te hablé de ella? Es toda una leyenda en cosmología, pero también es una mujer increíblemente humana. Siempre nos decía que la ciencia era su único amor, aunque en una ocasión confesó algo que nos dejó a todos en silencio.

Liana hizo una pausa, recordando las palabras exactas de la Dra. Marlow.
—Ella dijo: "Con algunas personas pierdes el tiempo, con otras pierdes la noción del tiempo, y con unas pocas recuperas el tiempo perdido." Cuando lo dijo, nos miró de una manera que todos entendimos que hablaba de algo que había vivido.

Esteban la miró de reojo, curioso.
—¿Y tú? ¿Pensaste en alguien cuando dijo eso?
Liana se mordió el labio antes de contestar, su voz apenas un susurro.

—Sí, papi. Pensé en Rael.

Esteban sonrió, pero no insistió. Sabía que esas emociones eran profundas y que su hija hablaría de ellas cuando estuviera lista.

—¿Y qué más aprendiste, mi niña? —preguntó, alentándola a continuar.

—Oh, tantas cosas. Uno de los profesores, el Dr. Ansel Hartman, hizo una comparación entre "te quiero" y "te amo" que nunca olvidaré. Preguntó cuál era la diferencia, y cuando nadie respondió, dijo algo que siempre me acompañará: "Cuando quieres una flor, simplemente la arrancas, pero cuando amas una flor, la riegas diariamente." Me quedé pensando en eso durante días.

Esteban asintió con la cabeza, como si esas palabras también resonaran en él. —Es una lección profunda. El verdadero amor siempre implica cuidado, paciencia y dedicación.

Liana continuó narrando, ahora recordando a Alex Hayes.

—Papi, también quiero contarte sobre Alex. Era brillante, carismático... y, al principio, sentí que éramos dos gotas del mismo vaso. Hablábamos de ciencia como si fuera poesía, y en el desierto de Atacama, bajo el cielo más despejado que he visto, compartimos momentos que parecían salidos de un sueño.

Hizo una pausa, su tono cambiando. —Pero pronto me di cuenta de que no era suficiente. Todo parecía perfecto, pero había algo que faltaba, algo que no podía explicar. Y cuando intenté hablar con él, no lo aceptó. Creía que todo debía encajar porque ambos amábamos lo mismo, pero la verdad es que nuestro amor por la ciencia no podía sustituir lo que mi corazón buscaba.

Esteban observó cómo la voz de su hija temblaba levemente al recordar.

—Lo siento, hija. A veces las personas no entienden que el amor verdadero no se puede forzar.

—Lo intenté, papi. Incluso le tendí la mano y le dije que no podía hacerlo feliz, pero él... se volvió frío, competitivo. Se convirtió en mi rival en el programa, y aunque intenté no tomarlo personal, fue difícil. Recuerdo que el profesor Nathan Bennett, con su sabiduría siempre directa, me dijo algo que nunca olvidaré: "El día que un ciego recupera la visión, lo primero que tira es el bastón que tanto le ayudó."

Esteban la miró con orgullo.
—Y aprendiste de eso, ¿verdad?

Liana asintió con determinación.
—Aprendí que cuando estamos solos, debemos cuidar nuestros pensamientos; cuando estamos en compañía, cuidar nuestro lenguaje; cuando estamos enojados, cuidar nuestro temperamento; y

cuando alcanzamos el éxito, cuidar nuestro ego.

Al llegar a casa, Liana y Esteban compartieron una comida ligera antes de retirarse. Esa noche, Liana soñó con las estrellas y las palabras de su padre resonando en su mente.

Al día siguiente, con el amanecer, Liana bajó hacia la playa. La arena fría bajo sus pies y el sonido de las olas la reconectaban con su hogar. Mientras recogía conchas, dejó que sus pensamientos vagaran. Fue entonces cuando una voz conocida la hizo girar.

—¿Buscando tesoros?

Liana giró rápidamente, y allí estaba Rael, su figura recortada contra el horizonte dorado, con una sonrisa que parecía contener todo el tiempo que habían estado separados. Sus miradas se encontraron, y en ese instante, Liana supo que había encontrado aquello que el universo le había estado susurrando todo ese tiempo. Sin decir una palabra, Liana se lanzó a abrazarlo, un gesto que decía más de lo que cualquier frase podría expresar.

—Siempre hay algo nuevo por descubrir, ¿no crees? —respondió ella, soltándolo con una sonrisa que mezclaba alegría y un leve rubor.

El reencuentro fue tan natural como el flujo de las mareas. Los años de separación parecían disolverse en el aire salado de la playa mientras Liana y Rael caminaban juntos por la orilla. El sonido rítmico de las olas servía de telón de fondo a sus conversaciones, donde las historias, ideas y sueños fluían como si nunca hubieran estado separados. Pero esta vez había algo distinto, un matiz de madurez en sus palabras, como si ambos entendieran que sus caminos estaban destinados a cruzarse de formas que todavía no podían imaginar.

Liana lo observaba de reojo mientras hablaba, estudiando sus gestos, su expresión. Había cambiado. Rael ahora proyectaba una calma intensa, una determinación que parecía nacida de experiencias que habían transformado su forma de ver el mundo. Cada reflexión suya estaba cargada de una profundidad que Liana encontraba fascinante, casi magnética.

—¿Sabes, Rael? —dijo Liana en un momento de pausa—. A veces pienso que el universo nos pone en el mismo lugar por una razón. Como si hubiera algo que solo podemos descubrir juntos.

Rael, con su habitual mirada reflexiva, sostuvo la concha que ella le entregaba y la observó detenidamente antes de responder: —Puede ser. O tal vez el universo solo disfruta de vernos buscar.

Ambos rieron, una risa suave, sin pretensiones, pero cargada de significados que no necesitaban palabras. En ese instante, la conexión entre ellos era palpable, como un hilo invisible que los mantenía unidos más allá del tiempo y la distancia.

Liana se detuvo frente al mar, su mirada fija en el horizonte donde el cielo y el agua se fundían en tonos dorados y azules.

—Rael —dijo, su tono ahora más serio—, he estado teniendo sueños. Voces que me llaman, cada vez más claras, más intensas. Es extraño, pero siento que tratan de decirme algo importante y por alguna razón siento que tiene que ver contigo.

Rael permaneció en silencio por un momento, dejando que las palabras se asentaran. Luego asintió lentamente, como si estuviera recordando algo.

—Yo también, Liana. Son fragmentos, como ecos de algo que no puedo ver del todo, pero sé que está ahí y sé que también tu estas ahí. Es como si... —

se detuvo, buscando las palabras adecuadas—, como si algo o alguien estuviera tratando de prepararnos para lo que viene.

Sus miradas se encontraron, y en ese cruce de ojos, una chispa de entendimiento mutuo los envolvió. Ninguno tenía todas las respuestas, pero ambos sabían que esas preguntas solo podían ser resueltas juntos.

—Tal vez estamos siendo llamados a algo más grande que nosotros mismos —continuó Rael—. Algo que trasciende nuestra comprensión, una aventura que apenas está comenzando.

Mientras el sol descendía, pintando el cielo con tonos de fuego, la conversación fluyó hacia un pacto implícito. No lo dijeron con palabras, pero ambos sabían que estaban unidos en esta travesía. La playa se volvió un escenario de confidencias y promesas silenciosas, un recordatorio de que, aunque el universo parecía vasto y caótico, siempre habría lugares donde encontrar consuelo y claridad.

Cuando Liana regresó a casa esa noche, su corazón estaba lleno de esperanza. La certeza de que Rael sería su compañero en esta odisea la reconfortaba. Después de cenar con su padre, se sentó frente al retrato de su madre, una figura cuya ausencia aún resonaba en los rincones más profundos de su alma.

—Mami —susurró mientras rozaba el marco con los dedos—, dame la fuerza para afrontar lo que viene. Y, si puedes, guía mis pasos como siempre lo hiciste.

Más tarde, mientras se preparaba para dormir, Esteban se acercó a su habitación, como hacía cada noche. Con su habitual calidez, le dio un beso en la frente.

—Recuerda, mi niña, que el conocimiento es la luz que disipa la oscuridad, pero la sabiduría es lo que nos enseña a usar esa luz en el momento adecuado.

Nunca temas a lo desconocido; es allí donde se esconden nuestras mayores oportunidades para crecer.

—Gracias, papi —respondió ella, abrazándolo con fuerza—. Siempre me das justo las palabras que necesito.

Esa noche, mientras se adentraba en el reino de los sueños, Liana experimentó una extraña y profunda armonía, una mezcla de emoción y serenidad que envolvía cada pensamiento. Sabía con certeza que algo trascendental estaba por suceder, algo que no solo la conectaría con los misterios insondables del universo, sino que también la empujaría a explorar los rincones más ocultos de su propia alma. Y, en medio de esa anticipación, una certeza la reconfortaba: Rael estaría a su lado, como un faro en la vastedad del cosmos, iluminando el camino hacia un destino que ambos apenas comenzaban a entrever.

El 20 de marzo, a las 10:45 p.m., mientras Liana se preparaba para dormir, su corazón estaba lleno de gratitud por tener a Rael en su vida, por esos momentos de conexión profunda que trascendían el simple acto de hablar. Era como si, en su compañía, ella pudiera vislumbrar un universo donde todo estaba interconectado, donde ciencia y espiritualidad danzaban en armonía, guiadas por la música de las estrellas.

—Quizás, después de todo, Rael y yo no somos tan diferentes —pensó justo antes de sumergirse bajo las sábanas—. Ambos estamos en una odisea hacia la verdad, cada uno siguiendo su camino, pero juntos, de alguna manera, en este vasto y misterioso viaje llamado vida.

Su padre se acercó para despedirla y, como cada

noche, le depositó un beso en la frente, un gesto impregnado de amor y protección infinita.

—Recuerda, mi niña, que siempre te digo: el conocimiento es una luz en la oscuridad, pero es la sabiduría la que nos enseña dónde y cuándo utilizar esa luz. No temas nunca a lo desconocido; es allí donde se ocultan las mayores oportunidades para crecer.

—Gracias, papi. —Liana sonrió, aferrándose a las palabras de su padre como si fueran una brújula en medio de un vasto océano.

Con un abrazo que decía más de lo que las palabras podían expresar, Esteban se despidió, dejando a su hija sumida en una paz que trascendía lo cotidiano. Liana cerró los ojos, sintiendo cómo el cansancio del día se mezclaba con una anticipación inexplicable.

Esa noche, al sumergirse en el sueño, Liana no

solo llevaba consigo las enseñanzas de su padre, sino también la certeza de que, sin importar lo lejos que viajara, siempre estaría conectada con su hogar, su familia y, sobre todo, con su propia esencia, esa chispa de curiosidad y valentía que la hacía única. En el silencio de la noche, se prometía a sí misma que, sin importar los misterios y desafíos que enfrentara, seguiría buscando, preguntando, y aprendiendo, siempre avanzando hacia la luz de un nuevo día lleno de posibilidades infinitas.

Alrededor de las 10:55 p.m., Liana se hundió en un sueño profundo que la llevó a un bosque místico, envuelto en niebla y atravesado por un río de luz líquida. Los árboles parecían murmurar secretos antiguos, y la brisa cargaba susurros de voces desconocidas. Mientras avanzaba, una sensación de familiaridad la invadió, como si ya hubiera estado allí antes, en algún rincón olvidado de su memoria. Todo esto ocurría al mismo tiempo que Rael recorría su propio viaje onírico. Mientras

Liana avanzaba por este entorno fantástico, una luz distante la guiaba, hasta que se encontró ante lo que parecía una puerta cubierta de intrincados grabados de galaxias y ecuaciones. De pronto, una sensación de extrañeza la invadía. Una corriente fría se filtraba por el espacio, haciendo que las sombras parecieran cobrar vida.

Entre las sombras, emergía una voz susurrante, casi imperceptible. Liana se sobresaltaba, buscando su origen.

—¿Quién está ahí? ¿Qué quieres? —indagaba, mezclando temor y curiosidad.

—Soy un eco de lo desconocido, una verdad oculta en la oscuridad —respondía la voz, que parecía emanar de la estatua de un hermoso zorro—. No todo es lo que parece, Liana. Debes cuestionar incluso lo que tus ojos ven y tu mente comprende.

Aunque asustada, Liana se aferraba a su lógica.

—¿Por qué debería dudar de lo que sé? La ciencia me ha enseñado a buscar pruebas y respuestas.

La voz, ahora impregnada de un aire de misterio y molestia, le decía:

—La ciencia, pequeña niña, es como navegar por un vasto océano con una sola vela. Te permite avanzar, pero hay corrientes y profundidades que escapan a tu percepción, mundos desconocidos más allá de donde la luz del sol penetra.

—Aunque la ciencia sea esa vela, es la curiosidad la que nos impulsa a explorar esos océanos desconocidos —replicaba Liana, firme—. Como un caleidoscopio, cada giro revela patrones nuevos e inesperados. La ciencia no limita nuestra visión; nos ofrece las herramientas para construir mejores velas, para adentrarnos más profundamente en esos misterios.

Al concluir su explicación, Liana percibía que la atmósfera retornaba a la normalidad. La voz que surgía de la estatuilla del zorro se desvanecía por completo, dejándola sumida en pensamientos profundos y una renovada pasión por descifrar y comprender los misterios del universo.

Para Liana, ese encuentro era como una prueba superada, una autorización para acceder a este lugar sagrado, el umbral a la "Biblioteca del Cosmos", un santuario donde el conocimiento universal aguardaba, con estanterías que se extendían más allá de la vista. Cada libro representaba un universo, cada página, una galaxia de conocimientos y misterios.

Allí, se encontraba con Orión, para Liana un guardián de la sabiduría cósmica, un maestro que unía mundos y dimensiones.

—Eres Liana, la que escucha las estrellas —

Se volvió rápidamente, encontrándose con una figura imponente, Orión, cuya presencia irradiaba autoridad y conocimiento. Sus ojos parecían contener el brillo de mil constelaciones, y su voz resonaba con un eco que trascendía el tiempo.

—Cada libro aquí contiene las respuestas que buscas, pero también preguntas que aún no has formulado. Están inscritas en el cosmos, en las

constelaciones, en el susurro de los vientos estelares que te han estado llamando.

Durante su conversación, Orión revelaba una visión que cambiaría la percepción de Liana sobre el universo. Ante ella, se desplegaba un vasto panorama cósmico, una representación del Calendario Cósmico.

—Observa, Liana. Este es el Calendario Cósmico, donde la historia del cosmos se condensa en un año imaginario. La humanidad ocupa apenas los últimos segundos de este último día del año cósmico. En esta escala, se destaca la existencia efímera, pero significativa, de tu especie en el gran esquema del universo.

Liana, mezclando asombro y reflexión, miraba a Orión.

—En este reino de conocimiento infinito, ¿se encuentra Dios? ¿Es este 'Él'?

Orión, con una sonrisa que contenía la sabiduría de épocas, respondió:

—Liana, lo que buscas no se halla en un lugar o ser específico. Imagina el universo como un vasto campo cuántico, donde cada partícula, cada onda, resuena con la conciencia de la totalidad. "Él", o como prefieras llamarlo, es esa resonancia fundamental, la vibración que sustenta toda existencia.

—Entonces, ¿"Él" no está aquí? —preguntó Liana, su voz flotando en el aire como una pluma en el viento, buscando una verdad incomprensible.

Orión respondió, su tono tan leve como la luz de las estrellas distantes:

—Está y no está, Liana. Así como las partículas cuánticas danzan en un estado de superposición, abrazando simultáneamente todas las posibilidades, así "Él" impregna el tejido mismo de la existencia. No se encuentra confinado en un solo estado o lugar.

En este cosmos inmenso y misterioso, cada dimensión, cada hilo de realidad, se entrelaza con la esencia de esa fuerza primigenia. Nuestra ciencia, aunque valiente en su búsqueda, apenas roza la superficie de esta conexión majestuosa. Puedes estar segura de que esta presencia eterna nos guía sutilmente, otorgándonos la libertad de descubrir y abrazar nuestra verdadera esencia.

Liana reflexionó sobre las palabras de Orión:

—Entonces, nuestra fe, ¿es una forma de sintonizarnos con esa resonancia? —preguntó Liana, su mente intentando conectar los puntos entre la ciencia y lo espiritual.

Orión asintió, sus ojos brillando con un conocimiento profundo.

—Imagina la fe como la luz de una estrella. Desde la distancia, parece un punto solitario en la vastedad del espacio. Pero en realidad, esa luz es el resultado de un proceso poderoso y complejo, una fusión nuclear que convierte la materia en energía pura. Así es la fe. Puede parecer simple desde el exterior, pero en su esencia, es una transformación poderosa, convirtiendo nuestras dudas y temores en una energía que ilumina nuestro camino en el universo. Es un acto de alineación con la frecuencia fundamental del cosmos, un eco de la voz primordial que nos llama a todos.

Liana permitió que esas ideas la envolvieran, absorbiendo su significado con calma.

—Así que, al igual que la luz de una estrella, la fe es algo que trasciende su origen, irradiando a través del tiempo y el espacio, tocando vidas más allá de su fuente inmediata.

—Exactamente —respondió Orión—. Y al igual

que las estrellas forman constelaciones, puntos de luz unidos por patrones e historias, nuestras creencias individuales y actos de bondad se conectan, formando un tejido de fe que une a la humanidad con el universo entero. En cada acto de amor y bondad, en cada momento de fe, resonamos con la armonía del cosmos, participando en la sinfonía de la creación.

Liana, absorta en la magnificencia de lo que escuchaba, comenzó a sentir un hilo invisible de certeza tejiéndose dentro de su ser. Cada palabra de Orión, cada metáfora celestial, era como una llave que abría puertas en su mente y corazón. Sintió un brote de confianza y serenidad floreciendo en su interior, la comprensión de que su viaje espiritual y su búsqueda de conocimiento serían un camino continuo, una travesía que la llevaría a la verdad en el momento adecuado, cuando ella y el universo estuvieran listos para el encuentro final.

—¿Y Rael? —preguntó finalmente, incapaz de contenerse.

Orión sonrió con una mezcla de enigma y comprensión.

—Él está en su propia búsqueda, Liana, pero sus caminos están entrelazados. Ambos son piezas de un diseño mucho más grande, una danza que trasciende las estrellas y el tiempo.

Con estas palabras, Orión sopló suavemente, dispersando las estrellas del calendario. Liana sintió cómo su espíritu se elevaba, surcando galaxias y constelaciones, hasta que se encontró en un espacio vacío, iluminado solo por la luz tenue de una nueva estrella que nacía ante sus ojos. En ese momento, supo que su viaje apenas comenzaba, y que cada paso que daba no solo la acercaba a la verdad, sino también a sí misma.

Con esta renovada comprensión, Liana empezó

a sentir una conexión más profunda y significativa con Rael. Aunque separados por distancias físicas, algo en su corazón le decía que Rael estaba en un viaje paralelo de revelación y crecimiento. Era como si en algún lugar a través del vasto tapiz del tiempo y el espacio, sus almas estuvieran entrelazadas, vibrando en resonancia con las mismas verdades cósmicas. En ese momento, Liana supo con certeza que, a pesar de las distancias y los desafíos, su conexión con Rael era parte de una danza mayor, un baile divino orquestado por la sinfonía de la Eternidad, de Él.

Liana permaneció absorta, su mirada atrapada en la majestuosidad de la creación. Ante sus ojos, galaxias enteras nacían en un estallido de luz y morían en un silencio cargado de solemnidad. Estrellas se formaban, irradiaban su energía en un frenesí de vida y luego desaparecían, dejando tras de sí un vacío lleno de historias no contadas. En el compás de un parpadeo, vio cómo la Tierra surgía, un diminuto punto azul en el vasto océano cósmico, y cómo la vida brotaba en su superficie, insignificante pero milagrosa.

—Tu existencia puede parecer ínfima en esta inconmensurable cronología —continuó Orión, con un tono que mezclaba gravedad y consuelo—, pero cada momento es precioso. El universo es un continuo de expansión, crecimiento y transformación. Las leyes que lo rigen son inmutables, pero dentro de ellas yace un potencial ilimitado para el descubrimiento, la creación y la evolución.

Liana sintió que algo profundo se despertaba en su interior, una comprensión que trascendía las palabras. Su fascinación por las estrellas, que había comenzado como una simple curiosidad infantil, se revelaba ahora como una conexión espiritual, un llamado a desentrañar su lugar en la vasta danza cósmica.

La Biblioteca del Cosmos, que la rodeaba con su

infinita grandeza, era un reflejo del universo mismo. Cada libro, cuidadosamente dispuesto, representaba una galaxia; cada página, una constelación de conocimientos y misterios esperando ser descubiertos. Pero lo que más la asombraba era cómo la mano de Orión, al moverse, parecía no solo reorganizar los textos, sino también alterar sutilmente el tejido de las leyes que gobernaban la realidad. Era como si el lugar respondiera no solo a su voluntad, sino también a su profunda comprensión de los secretos del cosmos.

Con un brillo en sus ojos que parecía contener la sabiduría de eras enteras, Orión se inclinó ligeramente hacia Liana, dejando caer una revelación que resonó en lo más profundo de su ser.

—Ustedes podrían ser el equilibrio —dijo en un tono solemne, cargado de un misterio que parecía extenderse más allá de las palabras—. Quizás sean los elegidos en una trama celestial que aún está escribiéndose, donde cada paso que dan podría inclinar la balanza de un destino aún no revelado.

Liana lo miró, incrédula y fascinada a partes iguales. Las palabras de Orión parecían vibrar con una verdad que no solo podía escucharse, sino también sentirse, como si cada célula de su cuerpo reaccionara al peso de aquel conocimiento. De pronto, la idea de que ella y Rael estuvieran ligados a un propósito más grande, a una misión que trascendía el tiempo y el espacio, dejó de ser una simple posibilidad para convertirse en una certeza que empezaba a tomar forma.

Orión, consciente de la gravedad de lo que acababa de decir, se apartó con una calma que solo la inmortalidad podía otorgar. Sus ojos seguían brillando, pero en su sonrisa había una leve sombra de melancolía, como si supiera que la carga de ese conocimiento también traía consigo un costo que Liana aún no podía comprender.

—Por eso debemos prepararlos. Tu primera tarea —continuó Orión, con una calma que ocultaba la gravedad de sus palabras— será descifrar el enigma de la materia oscura. Esa sustancia invisible, que une las galaxias y desafía la comprensión de tu especie, es mucho más que un misterio científico; es un símbolo, una metáfora de fuerzas y conexiones que trascienden el entendimiento humano.

Mientras hablaba, señaló hacia las constelaciones que se desplegaban como joyas engastadas en un tapiz infinito. Cada estrella parecía pulsar con un propósito propio, pero unidas, componían una sinfonía de luz que hipnotizaba a Liana.

—Observa los movimientos de las estrellas. No te límites a buscar patrones físicos —dijo, su voz resonando como el eco de un trueno en la inmensidad—. Busca una resonancia más profunda, una armonía que podría revelar no solo los secretos del universo, sino también el tejido oculto de tu propio destino.

Liana permaneció absorta, incapaz de apartar la mirada de las constelaciones que danzaban ante ella. Sentía cómo su curiosidad se entrelazaba con un creciente sentido de destino. Las palabras de Orión despertaron en ella un torbellino de preguntas, un caleidoscopio de posibilidades que giraban en su mente.

—¿Qué papel podríamos jugar Rael y yo en esta danza cósmica? —murmuró para sí, casi sin darse cuenta—. ¿Es nuestra unión parte de un propósito mayor, una pieza esencial en el inmenso rompecabezas del universo?

Orión, captando su inquietud, esbozó una sonrisa que parecía contener siglos de conocimiento no revelado. Con un gesto deliberado, dispersó las estrellas con un movimiento de su mano, como si las enviara a sus posiciones exactas en el vasto mapa del cosmos. Liana sintió que su ser se encontraba al borde de un descubrimiento monumental, algo que no solo transformaría su comprensión de la materia oscura, sino que redefiniría su lugar en la eternidad.

Mientras se adentraba en la tarea que tenía delante, una imagen de Rael apareció fugazmente en su mente. No era solo un compañero de aventuras; en sus pensamientos, Rael era un faro que brillaba en medio de su incertidumbre. Recordaba cómo su presencia, en los momentos más oscuros, le había ofrecido claridad y consuelo, como si él representara una parte de su propio ser que aún estaba por descubrir.

Con renovada devoción, Liana se sumergió en su tarea, perdiendo la noción del tiempo en aquel espacio donde los minutos y las horas carecían de significado. Sus dedos se deslizaban con agilidad por un atlas cósmico, un mapa de estrellas y galaxias que se desplegaba ante ella como un lienzo de infinitas posibilidades. Navegó entre constelaciones y cúmulos de astros, deteniéndose en configuraciones que parecían desafiar las leyes de la lógica astronómica. Cada uno de estos patrones, con su intrincada danza, le hablaba de una verdad más profunda, una armonía que esperaba ser descubierta.

De repente, tuvo una epifanía. La materia oscura, esa omnipresente fuerza enigmática, se le reveló como el esqueleto invisible de un coloso cósmico. Aunque permanecía fuera del alcance de los sentidos humanos, sostenía y daba forma al universo visible, como el andamio de una catedral cuya grandeza solo podía ser comprendida cuando se veía en su totalidad.

—Parecería ser como el esqueleto de un gigante que sostiene las estrellas y galaxias —pensó—. No podemos verlo, pero sin él, el cosmos colapsaría en sí mismo.

—La materia oscura es la arquitectura invisible del universo —concluyó Liana en voz alta, sintiendo una oleada de asombro ante la magnitud de su descubrimiento. Y como si sus palabras fueran la llave, un nuevo pasillo en la Biblioteca del Cosmos se iluminó ante ella, invitándola a explorar aún más profundo en los secretos del universo.

Después de que Liana resolviera el enigma, Orión se aproximó con una sonrisa sabia y serena, reflejando la luz de conocimiento en sus ojos.

—Excelente, Liana —comentó con una voz que parecía resonar desde las profundidades del tiempo—. Pero recuerda, la verdadera riqueza de este ejercicio no radicaba en la respuesta, sino en el viaje de descubrimiento que has emprendido para llegar a ella.

Hizo una pausa, permitiendo que sus palabras se asentaran en el alma de Liana, como semillas plantadas en un terreno fértil.

—En este lugar, más allá de los límites del tiempo convencional, cada momento dedicado al estudio y la reflexión es invaluable. No se mide en horas ni días, sino en la profundidad del entendimiento que alcanzas.

Liana asintió lentamente, absorbiendo la magnitud de lo que acababa de experimentar. Orión continuó, su tono lleno de una calma que inspiraba confianza.

—Ahora estás más preparada para las próximas etapas de tu aprendizaje. Cada tarea, cada desafío que enfrentes, moldeará aún más tu comprensión del universo. En este santuario del saber, denominado Biblioteca del Cosmos, cada volumen y manuscrito actúa como un conducto hacia esferas y verdades aún por descubrir, descorriendo la cortina sobre saberes y enigmas aún por desvelar.

Orión, con la gravedad de un maestro y la

ternura de un guía, concluyó su lección con una voz que parecía provenir de las mismas profundidades del cosmos:

—Tu búsqueda de conocimiento es más que la acumulación de hechos. Es un viaje, Liana, una exploración del alma y del entramado infinito del universo.

Liana, profundamente inspirada por las palabras del anciano, sintió cómo una renovada determinación se encendía en su interior. Ahora entendía que su misión no consistía únicamente en aprender; se trataba de vivir cada descubrimiento como un paso hacia la comprensión de un diseño mayor, un tapiz cósmico en el que cada hilo tenía un propósito y un destino.

Orión hizo un gesto hacia una puerta que vibraba como si contuviera toda la energía de una estrella naciente. Su voz resonó, firme y llena de misterio:

—Ahora enfrentarás el laberinto cuántico.

Liana avanzó hacia la entrada, sintiendo cómo la realidad se transformaba a su alrededor con cada paso. Cruzó el umbral y entró en un espacio donde las reglas del tiempo y el espacio se desmoronaban, donde las partículas existían en múltiples lugares al mismo tiempo y los caminos se bifurcaban como raíces de un árbol infinito. Era un lugar que desafiaba toda lógica, un lienzo de posibilidades entretejidas con las leyes más enigmáticas de la física.

Se detuvo en el centro del laberinto, permitiendo que las palabras de Orión resonaran en su mente como una melodía olvidada. Cerró los ojos y respiró profundamente, recordando noches pasadas en la isla, cuando observaba las estrellas en busca de patrones en el caos del cielo. Ahora, en este lugar, el caos se presentaba como un reflejo de su propio ser, un enigma que esperaba ser resuelto desde su interior.

—Una onda... —susurró, pensando en las ondulaciones que se extendían sobre la superficie del océano, reflejo de sus propias ondulaciones internas, sus dudas y miedos, su amor no declarado y las esperanzas que flotaban a través de su conciencia.

—...y una partícula —continuó, su mente ahora enfocada en la precisión, el orden en el punto definido, como las veces que había visto a Rael, claro y firme, un faro de constancia en el flujo cambiante de su vida. Su presencia era como una partícula en su mundo, un punto de certeza en la incertidumbre.

Con una inhalación, Liana dejó que la aceptación de esta verdad permease su ser. La luz era ambas cosas y ella también. Onda y partícula. Sueño y realidad. Duda y certeza. Rael y ella.

Al abrir los ojos, el laberinto ya no era una prisión de paredes que confunden, sino un tapiz tejido con hilos de luz, cada uno fluyendo y chispeando como partículas en el aire. El camino se desplegaba ante ella no solo como un sendero a seguir, sino como la representación de su propia evolución, su comprensión cada vez más profunda del universo y de sí misma.

Paso a paso, siguió el sendero, cada movimiento un acto de fe y un reconocimiento de la ciencia entrelazada en su alma. La luz, ahora comprendida, era la llave, y el laberinto respondía, no a su mando, sino a su comprensión, revelando no solo la salida sino el camino hacia adelante, hacia una verdad más grande que ella misma y la conexión con todo lo que existe.

La siguiente tarea desplegó ante Liana el inmenso vacío del espacio, salpicado de polvo cósmico y gas, como un lienzo en espera del toque creador.

—Para seguir adelante, debes entender la danza delicada de la física estelar —anunció Orión, su voz resonando con el eco de la creación misma—. Equilibrar la gravedad y la presión de fusión no es solo ciencia, es poesía en movimiento. Debes sentir la música de los átomos, el pulso del hidrógeno fusionándose en helio, liberando la energía que ilumina los cielos.

Liana cerró los ojos, extendió sus manos y, como una maestra de orquesta que dirige una sinfonía de luz, comenzó a dirigir las fuerzas invisibles. Recordó historias de su infancia, leyendas de la isla, también sus estudios sobre los orígenes de las estrellas y cómo cada una tenía su propio nombre, su propia historia. Con cada movimiento, cada gesto deliberado, sentía cómo la materia se acercaba, cómo los átomos, atraídos por la promesa de unión, colisionaban en un frenesí de energía y luz.

En el vértice de su concentración, Liana recordó un momento junto a Rael, observando las estrellas. Las palabras de él, sobre cómo cada estrella era un faro de historias incontables, resonaron en ella, otorgándole una comprensión más profunda del acto de creación que estaba facilitando. En su mente, no solo estaba naciendo una estrella, sino también un testimonio del tiempo, un faro de la historia compartida de todos los seres.

Finalmente, con un suspiro que mezclaba temor con expectativa, soltó su control, permitiendo que la naturaleza siguiera su curso. Un calor creciente le indicaba que el corazón de la estrella se estaba formando, una presión inimaginable dando vida a una nueva luz en el firmamento de la biblioteca. Y entonces, con un estallido que parecía sacudir las mismísimas dimensiones de la sala, la estrella nació, un punto de luz pura y vibrante que se expandía para llenar el espacio.

Los ojos de Liana se abrieron, y las lágrimas de

alegría y comprensión corrieron por sus mejillas. No era solo la estrella la que había nacido; ella misma había sido transformada por el proceso, una alquimia del alma que la había elevado más allá de su propia comprensión.

Orión, con una sonrisa se acercó y habló:

—Has dado vida a una estrella, Liana. Y con ella, has iluminado no solo este espacio, sino también los confines de tu propio entendimiento.

Mientras observaba la estrella recién nacida, una inquietud persistente la asaltó. Orión, percibiendo su agitación, hizo una pausa antes de hablar nuevamente, esta vez con un tono más bajo, como si compartiera un secreto que había estado guardando desde el principio.

—Piensas mucho en Rael, ¿verdad? —dijo Orión—. Él tiene un propósito que se entrelaza con el tuyo. Mientras tú buscas respuestas en el cosmos, él las busca en las historias de su fe, la ética y el corazón. Pero ambos están destinados a descubrir que, al final, todas las historias han sido, son y serán siempre una.

Liana asintió, sabiendo que Orión tenía razón. A través de sus diferencias y distancias, ella y Rael estaban unidos por algo mucho más profundo, algo que trascendía las palabras y los hechos.

Orión entendió que Liana ya estaba lista para aprender la lección más importante de todas: la Danza con la Singularidad.

—La Danza con la Singularidad —continuó Orión— es más que un movimiento; es una sincronía con las fuerzas fundamentales del universo. Tú y Rael ya están danzando, aunque aún no lo saben.

A través de una práctica de meditación profunda, Orion se dispuso a enseñarle a Liana a danzar en su mente. Con todas las experiencias que Liana había vivido en este singular viaje, entendió que todo lo experimentado hasta ahora la estaba preparando para este "baile". En este lugar, donde el tiempo y el espacio se cruzan y entrelazan, no podríamos calcular cuánto tiempo pasaron, días, años o siglos, pero lo que sí sabemos es que cuando la mente de Liana al fin vibró ligeramente en la frecuencia correcta de la danza, ocurrió de inmediato una breve visión compartida con Rael.

—Estoy en muchos lugares a la vez —se maravilló—, y en cada uno, estoy danzando con la singularidad.

En su mente, Liana vio a Rael en un lugar muy distante, que parecía el mismo cielo lleno de colores, y estaba moviéndose en una danza paralela pero exactamente igual a la de ella. Era una conexión mística, ambos sentían su unión, una comprobación de que su viaje y el de Rael estaban intrínsecamente ligados por la danza del cosmos, haciendo que toda perturbación que tuviera se disipara.

La experiencia trascendía el simple acto de bailar; era una afirmación de su sincronía con el universo, un eco de la singularidad que unía a todos los seres y todas las historias. La danza de Liana y Rael se convirtió en un símbolo poderoso, una manifestación física de la unión entre la ciencia y la fe, entre la materia y el espíritu, entre el individuo y el cosmos.

Mientras continuaban moviéndose en armonía con las fuerzas del universo, Liana comprendió que no importaba la distancia física que los separara, ni las diferencias en sus búsquedas personales. En el nivel más fundamental, ella y Rael eran uno con el cosmos, participantes en la misma danza eterna de la creación y la exploración.

Esta revelación llenó a Liana de una paz profunda y un propósito renovado. Sabía que, aunque el viaje adelante estaría lleno de desafíos y descubrimientos, nunca estaría sola. Rael y ella, a través de sus respectivas jornadas, estaban contribuyendo a una narrativa más grande, una historia que era tanto personal como universal.

Con una última mirada hacia el espacio donde había visto a Rael danzar, Liana dejó que su mente volviera al presente. Su corazón estaba sereno, y sus pensamientos, claros. Ahora entendía que la danza con la singularidad no era solo un momento fugaz de conexión, sino una promesa que trascendía el tiempo y el espacio. Era un recordatorio de que, en el vasto tejido del universo, todas las historias estaban entrelazadas, y que cada alma, como una estrella, contribuía con su luz al eterno firmamento de la existencia.

Y justo cuando creía haber alcanzado el ápice de la comprensión, una chispa fugaz iluminó su mente, dejándole una certeza tan enigmática como poderosa: Rael y yo no solo estamos danzando juntos; somos la danza misma. Una fuerza que trasciende los límites del entendimiento humano. Pero ¿qué papel jugamos en este vasto diseño?

Mientras esa pregunta vibraba en su ser, comprendió que la respuesta aún no era suya. Pero sabía que, cuando el momento llegara, sería una verdad tan luminosa que cambiaría el curso del cosmos mismo.

CAPÍTULO 8: LOS LAZOS QUE NOS UNEN

Mientras Liana se adentraba en la biblioteca, traspasó un umbral hacia un reino que parecía existir más allá del tiempo y el espacio. Este lugar no solo albergaba conocimiento, sino que también vibraba con una energía viva, como si cada palabra escrita en sus interminables volúmenes respirara. Los pasillos no eran simples estanterías de libros; eran arterias del universo, conectadas a una red infinita de saberes.

Cada rincón de la biblioteca estaba custodiado por figuras etéreas, presencias cuya esencia era una amalgama de luz y sombra. No eran exactamente humanos ni completamente divinos. Se movían como ecos de conciencia, observando a Liana con ojos llenos de secretos. No la juzgaban; la evaluaban. Ella sintió que cada paso que daba era sopesado, como si sus intenciones y su fortaleza fueran medidas en una balanza cósmica.

Al abrir un libro, no solo encontraba palabras. Cada página era un portal, un fragmento del universo encapsulado en letras. Al hacerlo, podía sentir cómo las fuerzas del cosmos parecían doblarse hacia ella, como si la biblioteca misma la invitara a ser parte de algo más grande.

—Este entramado de saberes —resonó una voz detrás de ella.

Liana se giró, y ahí estaba Orión, materializándose con la elegancia de un amanecer cósmico. Su rostro reflejaba la eternidad misma, y su presencia impregnaba el ambiente con una serenidad que era a la vez reconfortante y abrumadora.

—Es el repositorio de todas las cuerdas que enlazan la totalidad del cosmos —continuó Orión, su tono firme pero sosegado. Sus palabras parecían reverberar en las paredes de la biblioteca, que respondían con un susurro, como si cada rincón del lugar reconociera su autoridad.

Liana lo observó con atención mientras él extendía una mano, invitándola a seguirlo.

—Las decisiones que tomes en este santuario no solo repercutirán a través del vasto universo —añadió, su mirada fija en ella—. También te guiarán hacia una comprensión más profunda de la conexión que compartes con Rael.

El nombre de Rael provocó en Liana un destello de emociones. ¿Qué tan profundas eran realmente esas conexiones que Orión insinuaba? ¿Por qué parecían tan intrincadas como el tejido mismo del universo? Sin decir una palabra, Liana asintió y siguió a Orión hacia un sector apartado de la biblioteca, un espacio que parecía reservado para verdades que trascendían el entendimiento humano.

Allí, las estanterías eran colosales, como pilares que sostenían el mismo firmamento. Cada tomo irradiaba un aura particular, como si dentro de sus páginas se encontrara la chispa misma del nacimiento del cosmos. Liana avanzó lentamente, sus dedos acariciando los lomos de libros que despedían un calor sutil, casi imperceptible. Era como si cada uno de ellos palpitara, esperando ser elegido.

Finalmente, se detuvo frente a un libro que parecía atraerla como un imán. Su portada no era de cuero ni de ningún material conocido; estaba hecha de un tejido luminoso que destellaba entre sombras y luces, pulsando como un corazón vivo. La inscripción en su cubierta estaba en un idioma desconocido, pero Liana entendió su significado sin necesidad de leerlo.

—Este libro —murmuró Orión, observándola con un destello de gravedad en sus ojos— contiene secretos que incluso los ángeles guardianes temen desentrañar. Lo que yace dentro podría iluminarte o consumir lo que eres.

—¿Debería arriesgarme y así poder usar este conocimiento para el bien mayor, incluso si eso significa arriesgar la corrupción de mi propia alma? —se preguntó Liana, su corazón latiendo con la gravedad de la decisión.

Liana vaciló por un momento, pero su curiosidad y su deseo de comprender superaron su miedo. Abrió el libro con cautela, y en cuanto sus páginas se desplegaron, una ráfaga de energía la envolvió, arrastrándola hacia un torbellino de visiones.

Las palabras del libro parecían susurrarle, tentándola con la promesa de un poder inmenso, absoluto para crear cúmulos de galaxias en un abrir y cerrar de ojos, pero también con el peligro de perderse en la total y completa oscuridad del vacío. La escena se desarrollaba en un ambiente que resonaba con energías arcanas, un lugar donde la realidad parecía más maleable y el tiempo fluía como un río de posibilidades.

El destello fue de un universo primigenio, un lugar donde la materia y la antimateria danzaban en un equilibrio peligroso. Luego vinieron imágenes de seres que caminaban entre estrellas, guardianes y destructores, cuyas decisiones habían moldeado los cimientos de la existencia misma.

Entre los destellos de luz y creación, una sombra comenzó a emerger.

La presencia del ser Neraxis se manifestó de manera insidiosa desde las profundidades del tejido del espacio-tiempo, conectándose con la mente de Liana a través del libro que sostenía entre sus manos. No apareció como una figura tangible que pudiera enfrentar o rechazar, sino como una voz etérea, seductora, que resonaba directamente en los recovecos más íntimos de su conciencia.

—Liana, este libro no es un simple compendio de conocimiento —susurró Neraxis, su tono meloso envolviéndola como un manto de terciopelo oscuro—. Es un puente hacia el dominio del conocimiento absoluto. Aquí duermen los secretos que modelaron el cosmos, las fuerzas que fundaron las estrellas y dieron forma a los hipercumulos galaxias. Con este saber, podrías reescribir las normas que gobiernan la realidad, no para destruirla, sino para perfeccionarla.

La voz, cautivadora y persuasiva, la invitaba a imaginar un universo al alcance de su voluntad, donde cada decisión suya sería ley. Liana sintió un escalofrío recorrer su cuerpo, pero no podía apartar la mirada de las páginas, como si estas se transformaran en un espejo que reflejaba sus deseos más profundos y tentaciones que nunca había considerado.

Este libro no es solo un puente hacia el conocimiento; es una llave que desbloquea las puertas de la realidad misma. Con su poder, podrías rehacer todos los mundos en todos los tiempos, transformar vidas... sobre todo la tuya.

Liana sintió el peso de sus palabras como un eco resonante que se entrelazaba con su propia conciencia. Las páginas del libro comenzaron a brillar con una intensidad hipnótica, y de ellas surgieron imágenes, tentaciones vívidas que parecían diseñadas para tocar las fibras más íntimas de su ser.

Neraxis continuó, intensificando su promesa, mientras las palabras del libro parecían latir con energía propia:

—Piensa en la conferencia mundial en tu mundo —continuó Neraxis, su tono persuasivo y envolvente—. Podrías reescribir su historia. En un instante, todos los líderes, religiosos, científicos y filósofos habrían estado de acuerdo. No más disputas, no más barreras. Juntos habrían encontrado soluciones definitivas a los problemas de la humanidad: hambre, enfermedades, guerras... Todo resuelto en un solo acto de voluntad.

La imagen de un mundo en paz llenó la mente de Liana, un planeta donde el entendimiento y la unidad reemplazaban la discordia. Por un instante, el ideal brilló tan fuerte que casi pareció tangible.

—Y no solo eso. Con este conocimiento, en un solo instante podrías inclinar a la humanidad a abrazar la inteligencia artificial, permitiendo que ofreciera la eternidad misma en cuestión de años. Nadie volvería a temer la muerte, ni a sufrir las necesidades más básicas. El trabajo sería una reliquia del pasado, pues la IA se encargaría de todo, sirviendo a cada ser humano con eficiencia absoluta. Cada individuo tendría el universo como su único límite, un lienzo infinito para desplegar su creatividad, explorar sin restricciones y vivir en una paz inquebrantable, bañados en el conocimiento más profundo y en una serenidad inalcanzable hasta ahora. ¡Un paraíso perfecto para todos!

Liana sintió un nudo en la garganta. La

tentación era abrumadora, pero Neraxis no se detuvo. Su voz se volvió más íntima, como si susurrara secretos directamente al alma de Liana.

—Imagina un mundo sin caos, sin incertidumbre. Con este conocimiento, podrías borrar las tragedias de la historia, detener guerras antes de que comiencen, reparar corazones rotos antes de que sientan el dolor. Incluso podrías devolver a los que amas, alterar los hilos del destino para que aquellos que perdiste nunca se fueran.

—¿Y si cambiaras el pasado? —susurró, y las imágenes en las páginas del libro cambiaron. Liana vio a su madre, viva y sonriente, extendiendo los brazos hacia ella—. Podrías advertirle. Podrías salvarla. Nunca habrías tenido que enfrentar esa pérdida, nunca habrías sentido ese vacío.

El corazón de Liana dio un vuelco, y las lágrimas amenazaron con brotar de sus ojos. La visión era tan real que por un instante creyó que podía alcanzarla.

—Y no solo a tu madre. Podrías cambiar al padre de Rael, hacer que estuviera presente en su vida, que lo apoyara en cada paso que dio. Podrías darle la infancia que merecía, sin las sombras de la soledad y la incertidumbre.

El peso de esas palabras cayó sobre Liana como un derrumbe. En su mente, imágenes de momentos que nunca vivió, pero siempre anheló se mezclaban con el eco de las promesas de Neraxis: una infancia con su madre, un Rael rodeado de un amor paterno que moldeara su carácter sin grietas, un mundo de amistades inquebrantables y caminos que no se torcían hacia la traición

Liana cerró los ojos, luchando contra el torrente de emociones que Neraxis estaba desencadenando. Pero las tentaciones siguieron, cada una más aguda y personal que la anterior.

—Podrías rescatar las amistades que perdiste,

reparar los vínculos rotos. Aquellos que te traicionaron jamás lo habrían hecho, y los que se volvieron en tu contra estarían a tu lado, leales y verdaderos.

La voz de Neraxis se volvió más intensa, más cercana, como si tratara de envolverla por completo.

—Podrías ser más que una simple humana, Liana —prosiguió Neraxis—. Serías una creadora, una diosa. El destino de las estrellas estaría en la palma de tu mano. Podrías escribir un nuevo destino para cada alma del universo. No habría límites para lo que podrías lograr.

Por un instante, el peso de las posibilidades la aplastó. ¿Y si realmente pudiera hacer todo eso? ¿Salvar a su madre? ¿Traer paz al mundo? ¿Hacer que nadie más sufriera nunca más? Las imágenes en las páginas del libro se movían, mostrándole un mundo perfecto, sin errores ni tragedias, un paraíso forjado por sus propias manos.

Pero entonces, como un destello de claridad en medio de la tormenta, recordó las palabras que su padre le dijo una vez: "El sufrimiento y las pruebas nos moldean. Cada herida es un paso hacia el crecimiento. Si borras el dolor, borras también las lecciones que nos hacen humanos".

Liana respiró profundamente, dejando que la claridad de ese pensamiento la anclara.

—No puedo hacerlo, Neraxis —dijo, su voz temblando, pero firme—. Si cambio el pasado, si elimino el sufrimiento, también destruyo el crecimiento y la evolución que vienen con él.

Neraxis, lejos de enfurecerse, sonrió con una calma inquietante.

—¿Y qué importa el crecimiento? —replicó con un tono que era a la vez dulce y venenoso—. El universo no requiere que los humanos evolucionen. Solo requiere que existan, para observarse a sí mismo. La perfección que puedes crear sería un regalo tan sublime que nadie lamentaría lo que perdió en el camino.

Liana negó con la cabeza, sus ojos llenos de lágrimas, pero también de determinación.

—No sería real. Sería una mentira, una ilusión creada a expensas de lo que somos. Las heridas, las pérdidas, los fracasos... todo eso nos hace quienes somos. Si elimino eso, elimino también la esencia de nuestra humanidad.

La sonrisa de Neraxis se desvaneció lentamente, y en su lugar apareció una expresión que Liana no esperaba: respeto mezclado con algo que parecía tristeza y luego furia.

—Eres más fuerte de lo que creía —dijo finalmente, su voz cargada de una melancolía inexplicable—. Pero recuerda esto, Liana: cada decisión tiene un precio, y cada renuncia deja cicatrices. Espero que las tuyas no se conviertan en cadenas.

Con esas palabras, Neraxis se desvaneció de su mente, dejando a Liana frente al libro, las páginas aún abiertas, pero ahora en calma. La energía tumultuosa que había sentido antes se disipó, reemplazada por un profundo silencio.

Las palabras de Neraxis no eran otra cosa que un canto de sirena, un espejismo que prometía un paraíso mientras ocultaba el abismo real, pero de alguna forma la habían hecho dudar.

Y entonces, como si el tiempo fuera solo un hilo que Neraxis había tensado y soltado, Liana parpadeó. Orión estaba aún a su lado, con la misma expresión solemne que tenía cuando abrió el libro, y todo parecía como si no hubiera pasado un instante. Sin embargo, dentro de ella, sabía que había atravesado una prueba que la dejó marcada. Había enfrentado las tentaciones más oscuras, y aunque sintió el peso de cada una, había emergido con su integridad intacta.

Finalmente cerró el libro con firmeza, su respiración aún entrecortada. Miró a Orión, quien la observaba con un destello de aprobación en su mirada.

—Has caminado al filo mismo de la tentación —dijo Orión, su voz resonando como un eco profundo en la vastedad de la biblioteca—. Aunque aquí el tiempo parezca inmóvil, dentro de ti, se que has atravesado siglos de batallas internas, luchas que han moldeado tu alma en instantes. No todos regresan siendo quienes eran, Liana. Incluso guardianes antiguos, forjados en la pureza del conocimiento, sucumbieron ante el peso de estas mismas promesas. Tu regreso intacto es un testimonio de tu fuerza, pero no olvides que cada elección deja una huella, un eco que resuena en los confines del universo.

Liana apretó los labios y luego dijo:

—El poder más grande no es el que podemos ejercer, sino el que elegimos no usar —respondió, su voz teñida de una determinación que parecía resonar en las paredes de la biblioteca.

Liana reconocía la atracción del poder que Neraxis le había ofrecido, pero decidió firmemente que su búsqueda del conocimiento debía estar guiada por la responsabilidad y la moralidad, no por la ambición rápida y desmedida.

Liana se quedó mirando el libro cerrado entre sus manos, como si aún pudiera sentir la reverberación de las palabras de Neraxis en lo más profundo de su ser. La biblioteca a su alrededor parecía contener la respiración, como si el cosmos mismo aguardara su próxima reflexión. El peso de las tentaciones que había enfrentado no desaparecía del todo; en cambio, se transformaba en una maraña de preguntas que comenzaban a enredarse en su mente.

Finalmente, como si el peso de sus pensamientos no pudiera ser contenido por más tiempo, dejó escapar un susurro. No parecía dirigido a Orión, sino a algún rincón profundo de su ser, donde las certezas y las dudas se sostenían en un frágil equilibrio. Sin embargo, sus palabras, cargadas de gravedad, reverberaron en el aire con la intensidad de una incertidumbre que había permanecido oculta durante demasiado tiempo:

—¿Qué significará realmente hacer el bien? —

sus palabras flotaron en el aire, impregnadas de una mezcla de duda y necesidad de comprensión—. ¿Y si, al intentar mejorar una parte del universo desde mi perspectiva, acabo desequilibrando otra, causando un daño aún mayor?

Su voz no temblaba, pero en su interior, la incertidumbre rugía como una tormenta. El silencio que siguió fue pesado, denso, como si cada rincón de la biblioteca conspirara para reflejarle la magnitud de su pregunta. ¿Era posible siquiera definir el "bien" en un universo tan vasto, donde cada acción, por noble que pareciera, podía tener consecuencias insondables?

Esta pregunta no solo tocaba su mente, sino también su alma, haciéndola consciente del delicado equilibrio que debía mantenerse.

Orión observó a Liana con la paciencia de alguien que había presenciado incontables generaciones enfrentarse a dilemas similares. Su mirada no era de juicio, sino de profunda comprensión, como si pudiera ver a través de las capas de confusión y duda que Liana llevaba consigo. Finalmente, habló, su voz suave pero cargada de una autoridad que solo los eones podían otorgar:

—El bien, Liana, no es una fórmula ni una certeza. Es una fuerza dinámica, tan vastamente interpretada como las estrellas que ves en el firmamento. Lo que parece justo desde un punto de vista puede ser desastroso desde otro. Este universo no opera bajo el peso de absolutos; es un tapiz tejido por decisiones, cada hilo una acción, cada color una consecuencia.

Liana lo miró, buscando en sus palabras un ancla para su inquietud. Orión continuó:

—Tu humanidad busca definiciones, claridad. Pero en mi tiempo he aprendido que la verdadera sabiduría no se encuentra en encontrar respuestas definitivas, sino en aprender a hacer las preguntas correctas. ¿Qué significa el bien cuando tus actos benefician a unos y perjudican a otros? ¿Cómo mides el valor de una vida, de un momento, de un sueño? No hay una respuesta universal, solo elecciones guiadas por aquello que consideras más valioso: la empatía, la comprensión, la humildad.

Liana reflexionó, permitiendo que las palabras de Orión atravesaran sus pensamientos como luz filtrándose entre las hojas de un árbol. Entonces habló, sus palabras más firmes, pero aún impregnadas de introspección:

—Lo que me ofreció Neraxis no era un simple poder; era una posibilidad de reescribir lo que somos, de alterar el tejido de la existencia misma. Prometió un universo donde cada ser encontraría su plenitud, pero no puedo dejar de pensar: ¿qué significado tendría ese universo si eliminamos las luchas que nos forman, si borramos el dolor que nos enseña?

Orión asintió, su expresión serena como si ya hubiera anticipado su conclusión.

—Exactamente, Liana. Las cicatrices que llevas, los dolores y las pérdidas, son los cimientos de quién eres ahora. Cambiar el pasado, por más tentador que sea, podría robarte la sabiduría que te trajo hasta aquí. Neraxis te ofreció un espejismo de perfección, pero el verdadero crecimiento no está en evitar las tormentas, sino en aprender a danzar bajo ellas.

Liana recordó las palabras de su padre, ecos de una lección de su infancia. "El valor no radica en evitar el fracaso, sino en enfrentarlo con dignidad." Ahora esas palabras resonaban con una nueva profundidad.

—Sí, Orión. Las tentaciones de Neraxis confieso me hicieron dudar, incluso desear por un instante lo imposible: revivir los momentos con mi madre, cambiar los errores del pasado. Pero entendí que no sería yo misma si no hubiese transitado esos caminos, si no hubiese aprendido de esos dolores.

Orión dio un paso adelante, su figura proyectando una sombra larga que parecía abrazar el espacio a su alrededor.

—El libro que sostuviste es un reflejo de la esencia del universo, Liana: una paradoja viva. Contiene poder, sí, pero también una carga que pocos pueden soportar. Tu decisión de cerrarlo no solo demuestra tu fortaleza, sino tu voluntad de abrazar la incertidumbre, de confiar en que el verdadero bien no radica en tener todas las respuestas, sino en buscar siempre las preguntas correctas.

Liana lo escuchó con atención, su respiración calmándose como si la tempestad interior hubiera finalmente cedido. Se atrevió a hacerle una última pregunta:

—Orión, ¿qué clase de ser es Neraxis? Si su influencia es tan potente, ¿cómo podemos estar seguros de que no regresará, de que no intentará torcer los caminos del universo nuevamente?

Orión permaneció en silencio por un momento, luego habló, su voz bajando a un susurro cargado de gravedad:

—Neraxis no es un ser en el sentido que entiendes. Es una fuerza, una corriente que fluye a través de las fisuras del cosmos, buscando mentes que alberguen la duda, corazones que anhelen lo imposible. No puede ser destruido, pero puede ser resistido. Y en esa resistencia, Liana, radica el mayor poder del cosmos: la capacidad de elegir.

Las palabras dejaron a Liana en un estado de asombro. Había sentido el peso de esa elección, el tirón visceral de lo imposible. Ahora, comprendía que cada decisión que tomara era parte de un todo más grande, un eco que resonaba más allá de las estrellas.

—Entonces, nuestra humanidad, con todas sus imperfecciones, es nuestra mayor fortaleza —dijo Liana, más para sí misma que para Orión.

Él sonrió con una leve inclinación de la cabeza, como si ella hubiese dado con la clave de un enigma oculto.

—Exactamente, Liana. Pero recuerda, el bien no es un punto al que llegamos ni una meta final. Es un equilibrio dinámico, un hilo que tejemos con cada decisión, consciente o no, que busca armonizar nuestras intenciones con las consecuencias de nuestros actos. El mal no es solo la ausencia de ese hilo, sino la ruptura deliberada o negligente de la conexión que nos une con los demás y con el universo. La verdadera cuestión no es simplemente definir qué es el bien, sino si tienes la valentía de mirar dentro de ti misma, de enfrentar tus propios miedos y deseos, para actuar en favor de aquello que eleva, que conecta, que crea en lugar de destruir. El bien, Liana, es un acto continuo de creación y responsabilidad.

Liana, por primera vez desde que abrió el libro, sintió una paz profunda. No porque tuviera todas las respuestas, sino porque había aprendido a vivir con las preguntas.

Orión, con un brillo melancólico en sus ojos que parecía contener el peso de eones, dejó escapar un suspiro profundo antes de hablar, como si al hacerlo desenterrara fragmentos de un pasado que solo el tiempo eterno podía comprender.

—Liana, en los albores de mi existencia, cuando aún era un aprendiz en los misterios insondables del cosmos, fui guiado hasta este santuario por Él —comenzó, su voz reverberando con un eco que parecía venir de las mismas fibras del universo—. En aquel entonces, cada estrella que contemplaba era un faro de preguntas, y cada galaxia, un enigma a descifrar. Fue aquí donde aprendí que el universo no es solo un inmenso despliegue de cuerpos celestes, sino una sinfonía de significados entrelazados, donde cada estrella es un verso y cada galaxia, un capítulo en el poema eterno del cosmos.

Orión pausó, sus ojos reflejando no solo sabiduría, sino también un leve atisbo de nostalgia, como si reviviera las mismas odiseas que describía.

—Mis viajes a través del laberinto del espacio y el tiempo fueron... —hizo una pausa, buscando las palabras— legendarios, sí, pero también transformadores. Me enseñaron que el conocimiento no es un destino, sino un puente hacia algo más grande: la conexión. A lo largo de los eones, he adoptado innumerables formas, cada una adaptada a los mundos y las almas que encontré, pero siempre con el mismo propósito: guiar a quienes, como tú, buscan algo más allá de sí mismos. Algo que los una con la eternidad.

Se giró hacia Liana, su mirada intensa, como si intentara ver no solo sus pensamientos, sino también su potencial oculto.

—Ahora tú y Rael forman parte de esa narrativa. Sus caminos no son accidentes, sino hebras en el tejido de esta vasta historia cósmica. Juntos, pueden alcanzar lo que llamamos la Danza con la Singularidad, un estado de sincronización y entendimiento que no solo trasciende el conocimiento, sino que se convierte en una unión completa con el propio latido del universo.

Orión dejó que estas palabras flotaran en el aire, cada una impregnada de una gravedad que hacía que el espacio mismo pareciera contener la respiración. Entonces, con un gesto pausado pero deliberado, señaló hacia una zona más apartada de la Biblioteca, donde las sombras danzaban en un juego casi hipnótico de luz y oscuridad.

—Adentrémonos más, Liana —dijo Orión con una solemnidad que parecía emanar del mismo tejido del cosmos—. Lo que encontraremos allí será tanto un reflejo de los momentos más cruciales de tu vida como un presagio de lo que está por venir. Cada libro, cada palabra que leas, será un fragmento de la verdad que anhelas, pero también un espejo que revelará lo que aún debes enfrentar.

Las palabras de Orión envolvieron a Liana como una cálida corriente de energía cósmica. Cada sílaba se sentía como un ancla que la sostenía y una brújula que la guiaba hacia la vastedad de lo desconocido. Una mezcla de determinación y curiosidad se encendió en su interior, mientras asentía lentamente. Se sentía diminuta ante la inmensidad que la rodeaba, pero también invencible, como una chispa capaz de encender un universo entero.

Sin intercambiar más palabras, Liana se volvió hacia la dirección señalada por Orión. El latido acelerado de su corazón marcaba el ritmo de sus pasos, mientras su mente oscilaba entre la expectación y el temor reverente. Juntos caminaron hacia lo desconocido. Sabía que lo que le aguardaba no era solo conocimiento, sino un enfrentamiento con su propia esencia, un encuentro inevitable con las sombras y las luces que definían quién era y quién estaba destinada a ser.

Cuando sus pasos comenzaron a trazar el camino hacia aquel destino señalado, el eco de las palabras de Orión la envolvió de nuevo, como un susurro impregnado de un peso casi cósmico:

—Recuerda, Liana, los verdaderos arquitectos del universo no son quienes poseen todas las respuestas, sino aquellos capaces de formular las preguntas correctas.

Liana asintió con un gesto que reflejaba tanto gratitud como determinación, fortalecida por la guía de Orión, quien permanecía a su lado como un guardián de luz en medio de la vastedad de la Biblioteca. Con pasos deliberados, se adentró en la siguiente sección, donde las sombras y la luz parecían jugar un interminable ballet, tejiendo un velo de misterio sobre lo que estaba por venir.

En la profundidad de la siguiente área, Liana se encontró frente a un relicario de cristal que contenía un singular fragmento de estrella.

—Este fragmento —explicó Orión, su voz resonando con un tono reverente— simboliza los momentos cruciales de tu existencia. Cada elección que has tomado, cada sendero que has recorrido ha moldeado no solo tu destino, sino también el de Rael. Al igual que una estrella, tus decisiones iluminan y dan forma a las sombras que las rodean, creando el firmamento de tu vida.

Con un toque suave, Liana posó la mano sobre el cristal, y en ese instante, una ráfaga de energía envolvió su mente. Los recuerdos y las posibilidades se entrelazaron, mostrándole un caleidoscopio de "qué hubiera sido sí". Observó destellos de caminos no tomados, vidas alternativas que se extendían como constelaciones en un cielo infinito.

—Cada estrella en el cielo —murmuró Liana, conmovida— es como una decisión que tomé, un eco de los momentos que me trajeron hasta aquí. Y Rael, con sus propias estrellas, ha creado un firmamento que, de algún modo, siempre se cruza con el mío.

Orión asintió con una enigmática sonrisa. —Así es, Liana. El universo es un entrelazado de destinos compartidos, y tu conexión con Rael es una prueba viva de cómo las decisiones individuales pueden resonar en armonía a través del cosmos. Juntos, ustedes están creando una sinfonía que trasciende el tiempo y el espacio.

Liana contempló el fragmento con una intensidad casi mística. Las estrellas reflejadas en el cristal no eran solo recuerdos; eran capítulos vivos de una historia compartida, de un amor y una amistad que desafiaban las leyes de la distancia y el tiempo.

—Es como si cada estrella fuera un hilo de nuestras almas —dijo en un susurro lleno de emoción—. Aunque estemos separados, nuestras luces se encuentran, se enredan y crean una constelación única, un mapa del amor y la amistad que compartimos.

Orión esbozó una sonrisa, su expresión irradiaba la calma de quien había sido testigo de eones de historias entretejidas por fuerzas invisibles. —Así es, Liana. En este santuario de conocimiento eterno descubrirás que, aunque los caminos de las almas puedan parecer divergentes, siempre hay un hilo cósmico que las une. Ese hilo, tejido con amor, amistad y comprensión, es más fuerte que cualquier distancia, más eterno que cualquier tiempo. Es la esencia que sostiene el tejido mismo del universo.

La intensidad de las palabras de Orión envolvió

a Liana, quien sintió un calor reconfortante en su pecho. Él continuó, su voz adquiriendo un matiz reverente: —El amor y la amistad no son simples emociones humanas; son las energías más antiguas y primordiales del cosmos. Son la fuerza gravitacional que mantiene unidas no solo a las almas, sino también a las galaxias y constelaciones. Así como las estrellas se sostienen unas a otras en su eterna danza, el amor une a las almas en una sinfonía que trasciende cualquier barrera.

Liana, conmovida por la magnitud de esas palabras, se giró hacia Orión. Su mirada reflejaba una mezcla de asombro y una urgencia por comprender. —Orión... ¿cómo puede el amor ser tan poderoso como para sostener el universo entero? —preguntó, su voz temblando entre la duda y la esperanza.

Orión inclinó levemente la cabeza, y sus ojos brillaron como si albergasen las luces de mil estrellas. —Porque el amor, querida Liana, no es solo una fuerza, sino la melodía, la vibración perfecta que resuena en cada rincón del cosmos. Es lo que impulsa a los planetas en sus órbitas y a las estrellas a iluminar la oscuridad. Es el pulso de la creación, la frecuencia, el latido que conecta lo visible con lo invisible, lo eterno con lo efímero.

Sus palabras parecían trascender el espacio que los separaba, llenando cada rincón de la Biblioteca con una energía palpable, como si las paredes mismas susurraran en acuerdo. Orión la observó con una calidez que parecía envolverla por completo, y concluyó: —Cuando comprendas que el amor es la fuerza que armoniza el caos y da forma al infinito, entonces estarás más cerca de desentrañar los secretos del cosmos y de tu propia existencia.

Liana dejó que las palabras de Orión calaran profundamente en su ser, como un eco que resonaba a través del vasto espacio entre las estrellas. Era más que una explicación; era una revelación que desentrañaba los hilos ocultos de la existencia. El amor, comprendió, no era solo un sentimiento humano, sino una vibración primordial, una energía que conectaba cada átomo del cosmos, entrelazando lo eterno con lo efímero, lo inmenso con lo íntimo.

Orión, observando su concentración, habló con una voz impregnada de sabiduría, pero cargada de una urgencia que atravesaba el tiempo. —Lo que enfrentas aquí, Liana, trasciende la mera acumulación de conocimiento. Cada enigma, cada prueba, está diseñado con una precisión casi divina. Son notas en la sinfonía de la Danza con la Singularidad. Esta danza no es solo un concepto; es la resonancia misma del universo, una melodía infinita que conecta el flujo de toda la creación.

Liana alzó la mirada, sus ojos brillando con una mezcla de resolución y asombro. —Entonces, estas pruebas... ¿son para enseñarme esa melodía?

Orión inclinó la cabeza, aprobando su

deducción. —Más que eso. Son puertas hacia un entendimiento más elevado. Cada desafío no solo pondrá a prueba tu intelecto, sino también tu capacidad para armonizar tu esencia con la del cosmos. Al enfrentarlas, estarás aprendiendo a sintonizarte con esa resonancia universal, a sentir cómo cada decisión, por pequeña que sea, reverbera a través del infinito.

Liana respiró profundamente, absorbiendo el peso de sus palabras. —Estoy lista —dijo con determinación—. Listo para aprender, para crecer, y para alinear cada parte de mí con esta danza cósmica.

Orión la observó por un momento, su rostro iluminado por una expresión de aprobación que parecía llevar consigo los secretos de eones. Con un leve gesto, la condujo hacia adelante, sus palabras deslizándose como un susurro entre las estrellas. —Entonces avanza, Liana. Lo que te espera pondrá a prueba no solo tu mente, sino también la verdad de tu alma.

En la penumbra luminosa de la Biblioteca del Cosmos, Liana se encontró frente a su primer desafío: un grupo de esferas flotantes, hechas de energía pura y materia oscura, que giraban en patrones caóticos. Cada una parecía contener un microcosmos en su interior, un fragmento de la verdad universal esperando ser revelado. Las esferas vibraban con una intensidad casi musical, desafiándola a descifrar su compleja danza y encontrar un equilibrio.

Liana las contempló, sintiendo cómo su propio ser parecía resonar con la energía que emanaban. —El equilibrio cósmico... es como el equilibrio en las relaciones humanas —reflexionó en voz alta—. A primera vista, fuerzas opuestas parecen chocar, pero en realidad, son complementarias.

Mientras lo decía, sus pensamientos viajaron inevitablemente hacia Rael. Recordó cómo, a lo largo de su conexión, sus diferencias no los habían separado, sino que habían creado una armonía única entre ellos. Cada discusión, cada reconciliación, había sido como la danza de estas esferas: un delicado acto de equilibrio que los había llevado a un entendimiento más profundo.

—Así como las galaxias se mantienen unidas por estas fuerzas —murmuró, su voz impregnada de una reverencia casi palpable—, Rael y yo estamos entrelazados por una armonía cósmica que trasciende cualquier aparente divergencia.

Liana extendió la mano hacia las esferas, guiada no solo por su intelecto, sino también por una intuición profunda, casi instintiva. Ajustó sus movimientos con cuidado, equilibrando las energías que fluían entre ellas. Cada ajuste, cada toque, parecía una metáfora de la vida misma, de cómo cada acción y decisión buscaba un delicado balance entre dar y recibir, entre lo que uno era y lo que aspiraba a ser.

Finalmente, las esferas comenzaron a alinearse, sus vibraciones alcanzando una resonancia perfecta que llenó el espacio con un sonido que parecía ser una combinación de música y luz. En ese momento, Liana sintió una oleada de realización, como si el universo entero la hubiera abrazado.

—Es más que ciencia —dijo, con los ojos iluminados por la comprensión—. Es un reflejo de la vida misma. Cada acción, cada elección, es como estas esferas, buscando siempre ese delicado equilibrio que define nuestra existencia.

Al resolver el acertijo, Liana no solo había encontrado la clave para equilibrar las fuerzas cósmicas; había descubierto una verdad más profunda sobre su propia vida y su conexión con Rael. Entendió que el cosmos no era una serie de fuerzas caóticas, sino un delicado baile de armonía, donde cada decisión era una nota en la sinfonía eterna de la creación.

Mientras las esferas giraban en perfecta sincronía, Liana sintió que había dado un paso más hacia la comprensión de su lugar en el vasto tapiz del universo. Este no era solo un desafío superado; era un portal hacia una verdad que la transformaría para siempre. Sin embargo, esa sensación de trascendencia parecía extenderse más allá del instante, como si una mano invisible la condujera a través de un umbral hacia algo aún más profundo.

El aire en la Biblioteca del Cosmos cambió, como si la misma energía del lugar hubiera despertado. Un tenue brillo, casi imperceptible, comenzó a emanar de un rincón distante, donde las sombras se fundían con ecos olvidados. El murmullo de las estrellas se mezclaba con susurros antiguos, creando una sinfonía que parecía invitarla a seguir adelante.

Orión, que permanecía en silencio como un

guardián paciente, la observó con una expresión que combinaba orgullo y expectación. —Cada paso que das, Liana, no solo es un viaje hacia el conocimiento, sino una danza con el alma del universo. Recuerda, los mayores misterios no residen en las respuestas, sino en las preguntas que aún no somos capaces de formular.

Guiada por un impulso que no podía explicar, Liana avanzó hacia el rincón donde las sombras parecían cobrar vida. Sus pasos eran ligeros, pero su corazón latía con una intensidad que casi podía escuchar. Entonces, lo vio: un espacio apartado, una cámara velada por el tiempo, que parecía contener un fragmento del infinito.

En las profundidades de la Biblioteca del Cosmos, Liana descubrió un rincón olvidado por el tiempo, un santuario de ecos y sombras: la Cámara de los Ecos Eternos. Este no era un lugar común; cada piedra, cada pared cubierta de runas, susurraba fragmentos de una sabiduría más antigua que las estrellas mismas. Era como si la Eternidad misma hubiera dejado aquí un reflejo de su voz, un eco perpetuo que resonaba a través de las eras.

Al entrar, un escalofrío recorrió su columna. Las paredes vibraban con una energía casi tangible, y los ecos comenzaron a manifestarse como voces susurrantes que llenaban el espacio. Cada palabra, cada frase, traía consigo una sensación de solemnidad y asombro, como si estuvieran impregnadas con la esencia de las verdades universales.

Eco 1: Él es el principio y el fin, el guía de los perdidos y el faro para los buscadores.

Liana se detuvo en seco, su respiración atrapada en su pecho. La voz no era un sonido común; era un susurro que vibraba en su mente y corazón al mismo tiempo. —¿Pero por qué nos eligió a nosotros, a mí y a Rael? —preguntó, su voz apenas un murmullo—. ¿Qué tenemos de especiales?

Eco 2: Porque en ustedes reside una singularidad: la bondad, el bien, el perdón, la curiosidad, y una capacidad de comprender lo incomprensible, de amar en la vastedad del vacío en su forma más pura.

Liana sintió que su alma era despojada de todas sus defensas, expuesta ante una verdad que no podía negar. Las voces continuaban, susurros entrelazados que parecían formar una melodía antigua.

Eco 3: En los hilos del tiempo, Liana, tú y Rael son puntos de luz, almas elegidas no por azar, sino por una razón que se anida en el corazón mismo del cosmos.

La voz era implacable, pero no cruel. Era como un maestro paciente, mostrando el camino sin imponerlo. Liana alzó la mirada hacia el techo abovedado, donde destellos de luz formaban constelaciones en movimiento, como si el cosmos mismo le contara su historia.

—Si somos elegidos —dijo finalmente, con un temblor en su voz que denotaba tanto reverencia como temor—, ¿qué se espera de nosotros? ¿Cuál es nuestra misión en esta inmensidad?

Eco 4: Lo que une a ti y a Rael trasciende la mera compañía en su búsqueda del conocimiento. Es una elección forjada por el destino, que los encamina hacia una misión aún nublada en las penumbras del tiempo. Existirá un instante, en un lugar señalado por el cosmos, donde se desvelará la magnitud de su propósito. Serán convocados pues en la esencia de sus seres yace la llave para sostener el equilibrio entre luz y oscuridad, componentes fundamentales del tejido existencial.

Liana cerró los ojos, dejándose envolver por la magnitud de lo que acababa de escuchar. Su conexión con Rael, que siempre había sentido como algo especial, ahora se revelaba como un vínculo cósmico destinado a trascender cualquier límite humano. Pero la carga de esa verdad era abrumadora.

—¿Cómo podemos sostener tal equilibrio? —preguntó, su voz quebrándose ligeramente—. ¿Cómo podríamos, dos simples jóvenes, asumir tal responsabilidad?

Eco 5: En cada acto de amor, en cada gesto de comprensión, reside la vibración del universo. Tu amor, Liana, es el puente entre mundos, la luz que guía en la oscuridad.

A medida que la voz de 'Él' —la Eternidad misma— se entrelazaba con el vasto silencio que llenaba la cámara, Liana sintió cómo las verdades susurradas se entretejían en un tapiz invisible, uno que envolvía no solo su mente, sino también los rincones más profundos de su alma. Cada palabra parecía grabarse en el núcleo de su ser, como si la misma estructura del universo estuviera redibujándose para incluirla en su diseño eterno.

Cuando emergió de la Cámara de los Ecos Eternos, el cambio en Liana era tan palpable como la luz de las estrellas que danzaban en el techo abovedado de la Biblioteca del Cosmos. Su andar ya no era el de una buscadora llena de preguntas, sino el de una portadora de un conocimiento tan vasto como insondable. No era solo una viajera más en los caminos del cosmos; ahora era un faro, una llama eterna destinada a iluminar los recovecos más oscuros del universo. Su misión no era acumular conocimiento, sino transformarlo en melodías de amor, comprensión y equilibrio, enseñando con cada gesto y cada palabra la sinfonía eterna del ser.

Con cada paso que daba por los pasillos de la biblioteca, el ritmo de su corazón parecía acompasarse con una sabiduría ancestral, un latido que resonaba más allá de su propio cuerpo, como si cada estrella en el firmamento respondiera en eco. Cada inhalación llenaba sus pulmones no solo de aire, sino de propósito, mientras sentía cómo su destino y el de Rael estaban tejidos en una danza intrincada de luz y sombra. El simple pensamiento de él era como un destello en la vastedad, un recordatorio de que, aunque sus caminos físicos estuvieran separados, sus almas permanecían inquebrantablemente unidas.

La Biblioteca del Cosmos se desplegaba ante ella con una magnificencia renovada. Los pasillos no eran solo estanterías de conocimiento, sino arterias de un cuerpo viviente, pulsantes con energías cósmicas y secretos antiguos. Las paredes, adornadas con constelaciones que se movían en un ritmo casi imperceptible, parecían observarla, como si cada estrella inscrita en ellas reconociera la chispa que ahora brillaba dentro de Liana.

Mientras avanzaba, cada libro que veía parecía llamarla con un propósito único. Sabía que cada tomo, cada pergamino, contenía una pieza del intrincado rompecabezas que estaba destinada a resolver. Pero no sentía prisa; comprendía que este viaje no era solo una búsqueda de respuestas, sino una danza entre el aprendizaje y el ser.

El vínculo con Rael, aunque distante en lo físico, se erguía como un faro en su horizonte espiritual. Era un farol en la penumbra de su travesía, un ancla en un universo vasto y desconocido. Y en ese pensamiento encontró fuerza, sabiendo que, mientras ella exploraba los confines de la Biblioteca del Cosmos, Rael estaba recorriendo su propio camino, ambos guiados por un destino que aún se mantenía oculto tras el velo de las estrellas.

Con una determinación renovada, Liana se adentró aún más en la Biblioteca, consciente de que cada página y lugar que tocara, cada secreto que desvelara en este lugar, no solo la prepararía para los desafíos venideros, sino que también fortalecería su conexión con el cosmos, con Rael y con la eternidad misma. Este era su propósito: ser no solo una alumna del universo, sino una guardiana de su equilibrio, una constructora del tejido que une lo conocido con lo desconocido.

CAPÍTULO 9: EL ESPEJO DEL ALMA

Tras incontables horas dedicadas a practicar la danza cósmica y absorber las lecciones impartidas en los rincones más recónditos de la Biblioteca, Liana ya no era la misma. Cada movimiento, cada enseñanza había sido una pieza clave en una transformación que resonaba más allá de su comprensión. Las vibraciones del universo, sutiles y omnipresentes, habían guiado su aprendizaje, enseñándole a armonizar con la sinfonía eterna que sostenía las cuerdas del cosmos.

La Cámara de los Ecos Eternos había revelado su propósito, un faro que iluminaba el camino que debía recorrer. Pero fue el esfuerzo incesante, las horas incalculables de entrega y aprendizaje, lo que había inscrito esas verdades en su ser. Lo que antes era desconocido ahora era parte de ella, no como un conocimiento estático, sino como una energía viviente que vibraba en cada paso y pensamiento.

Mientras continuaba avanzando por los infinitos pasillos de la Biblioteca, Liana podía sentir esa transformación en su interior. Su propósito y su ser estaban entrelazados, formando un todo indivisible. Cada latido, cada respiración, era ahora un reflejo de las fuerzas cósmicas que había aprendido a comprender y a encarnar

La Biblioteca del Cosmos parecía responder a ese cambio, expandiéndose ante ella como un mapa que se redibujaba en tiempo real. Los pasillos que antes eran conocidos ahora se sentían ajenos, como si se hubieran reconfigurado para guiarla hacia algo nuevo, algo que yacía más allá de los límites de todo lo que había imaginado hasta ahora. Liana sabía que estaba siendo llevada hacia el punto más distante, el núcleo oculto de este vasto santuario de conocimiento.

El tiempo, en este rincón del universo, no seguía las reglas tradicionales. Podían haber pasado eones o meros segundos desde que abandonó la Cámara de los Ecos. Era como si su corazón marcara un ritmo propio, una cadencia en la que cada latido se sincronizaba con las estrellas y las constelaciones que adornaban las paredes vivientes de la Biblioteca. Cada paso la acercaba más al límite mismo de este lugar, pero también a las fronteras de su propia comprensión.

Finalmente, Liana llegó. Ante ella se alzaba una sala vasta y oscura, donde la luz de las estrellas parecía concentrarse en un único objeto: un espejo de proporciones imposibles. El Espejo del Alma no era un simple artefacto. Era un monumento a lo incomprensible, un espejo cósmico cuya superficie brillaba con la intensidad de un millar de galaxias.

Se trataba de un espejo que no solo reflejaba su apariencia externa, sino que también parecía captar y revelar los susurros de su alma, ofreciendo un vistazo a su esencia más profunda donde cada destello desencadenaba una epifanía, y cada imagen reflejada invitaba a una introspección significativa. Este espléndido artefacto se elevaba más allá de lo ordinario, fungiendo también como un guardián mudo del entrelazado de tiempo y espacio. Iba más allá de meras visiones o reflejos superficiales; en su abismo, desplegaba un caleidoscopio de realidades que superaban la comprensión común, un conglomerado de potenciales existencias, cada una representando un hilo único en el vasto tapiz de lo que aún está por venir.

La magnificencia del espejo residía en su capacidad de mostrar la profundidad y la complejidad de la existencia misma. Cada fragmento de su superficie, cada onda de luz atrapada en su abrazo hablaba de mundos no solo separados por distancias insuperables, sino también por dimensiones desconocidas. Era como si, en este encuentro, Liana se enfrentara a la suma de todas las vidas que podría haber vivido, un encuentro con las múltiples facetas de su ser esparcidas a través de un universo de posibilidades.

En la presencia de aquel espejo cósmico, Liana

sintió que su alma era despojada de todo artificio, dejándola frente a la totalidad de su existencia. Cada fragmento de su superficie contenía ecos de su vida, voces del pasado que la llamaban con amor y melancolía, entrelazando recuerdos que brillaban como estrellas y otros que pesaban como sombras.

El reflejo de su madre emergió primero, una figura bañada en luz, llena de calidez y amor infinito. Recordó sus abrazos, las tardes de risas y canciones, y la dulzura con la que le enseñaba a ver el mundo con ojos de asombro. Pero también recordó el dolor desgarrador de su partida, un vacío que dejó cicatrices profundas en su alma. Frente al espejo, Liana entendió que incluso ese dolor había moldeado quién era. Su madre no era solo un recuerdo; era la raíz misma de su fuerza, la chispa que la impulsaba a buscar siempre más, a amar más profundamente.

Luego, en los reflejos, apareció su padre, su roca en los momentos más oscuros. Lo vio cargando con el peso de la pérdida, transformando su dolor en una fuente inagotable de amor y guía para ella. Su paciencia al enseñarle, su devoción por honrar la memoria de su esposa, y la manera en que asumió el rol de mentor y protector, se mostraban ahora como destellos de heroísmo cotidiano. Él fue quien le enseñó que la vida era un equilibrio entre lucha y belleza, y que cada pérdida, cada desafío, podía convertirse en un peldaño hacia algo mayor.

Y entonces, como un hilo brillante que entretejía todos sus recuerdos, apareció Rael. No como una simple imagen en el espejo, sino como una presencia constante, vibrante. Lo recordó en las playas doradas de su infancia, compartiendo risas bajo el sol, y en las noches de conversaciones interminables bajo el cielo estrellado. Pero más allá de esos momentos, vio cómo Rael había sido su compañero de alma, su faro en la vastedad del cosmos. En cada mirada compartida, en cada palabra, había encontrado no solo consuelo, sino también una conexión que trascendía el tiempo y el espacio. En el reflejo, entendió que Rael no era solo su compañero de viaje, sino una parte intrínseca de su ser, un eco de la misma melodía que resonaba en ella.

Brevemente, otras figuras surgieron en los reflejos, como Axel y los compañeros del proyecto académico. Estas imágenes, aunque importantes, eran como pequeñas notas en una sinfonía mucho mayor. Recordó los desacuerdos, las decisiones que los separaron, pero también las lecciones aprendidas. El espejo le mostraba que incluso esos encuentros, por efímeros o imperfectos que fueran, habían contribuido a su evolución, tallando nuevas aristas en su carácter.

Pero era su madre, su padre y Rael quienes brillaban con mayor intensidad, como las estrellas más grandes en el firmamento de su vida. El espejo parecía susurrarle que estos tres amores, cada uno en su forma única, eran los pilares sobre los que había construido su existencia. Su madre, con su amor infinito, le enseñó a sentir. Su padre, con su fuerza serena, le enseñó a resistir. Y Rael, con su presencia constante, le enseñó a conectar, a amar y a buscar lo trascendente.

Con una mezcla de gratitud y nostalgia, Liana cerró los ojos, permitiendo que cada uno de esos recuerdos se asentara profundamente en su corazón. Comprendía, con una claridad casi abrumadora, que el dolor y la pérdida no eran enemigos de su camino, sino hilos esenciales en la compleja y hermosa trama que definía quién era. Amor y fortaleza, esperanza y desolación, todo ello se entretejía para formar la esencia de su ser.

Cuando abrió los ojos, el espejo seguía frente a ella, reflejando algo más que su figura; le devolvía una visión completa de todo lo que había sido, todo lo que era y todo lo que estaba destinada a ser. Una sonrisa suave curvó sus labios mientras susurraba, casi como si las palabras fueran un tributo al universo mismo:

—Gracias... a cada uno de ustedes. Soy porque ustedes fueron.

Mientras seguía contemplando el espejo, la superficie comenzó a moverse, ya no como un cristal estático, sino como un océano vivo de luz y sombra. Comprendió que no era simplemente un reflejo del pasado, sino una ventana a la quinta dimensión, un ámbito donde el tiempo y el espacio colisionaban y se entrelazaban en un mosaico infinito de posibilidades. Cada fragmento era una representación vibrante de los momentos que habían moldeado su vida, coexistiendo simultáneamente, accesibles como si siempre hubieran estado ahí.

Era como estar dentro de un teseracto, un hipercubo que le permitía ver la totalidad de su existencia. En su reflejo, no solo estaba la joven en la isla, aspirando a las estrellas con una curiosidad insaciable, sino también las innumerables versiones de sí misma, en distintos instantes y lugares, vibrando con la misma pasión por descubrir. Cada faceta de su ser se desplegaba, como si el universo le susurrara que no había una sola versión de su historia, sino una sinfonía de vivencias entrelazadas que la definían.

A medida que el espejo desvelaba estas verdades, vio también a Rael, no como una figura separada, sino como una constante que atravesaba todas las versiones de su vida. En cada destello, su vínculo con él se entretejía con su sed de conocimiento, demostrando que su amor y su búsqueda de respuestas no solo coexistían, sino que se alimentaban mutuamente. Rael no era solo un compañero en su viaje; era una parte intrínseca de su propósito, un eco de las verdades que perseguía en las estrellas.

Esta visión le ofreció una comprensión intuitiva pero poderosa de las implicaciones de la física cuántica y la relatividad. El tiempo ya no era una línea recta, sino un vasto océano fluido donde cada decisión resonaba hacia adelante y hacia atrás, creando un tapiz de posibilidades interconectadas. Era un recordatorio de que cada elección, por pequeña que pareciera, tenía el poder de influir en todo el tejido de su existencia.

—Cada estrella en el firmamento es una promesa envuelta en misterio, un enigma esperando ser desvelado. Ahora entiendo que cada vez que miraba al cielo no buscaba respuestas externas; buscaba aquello que me faltaba, algo que siempre estuvo conmigo, aunque no lo supiera — murmuró Liana, su voz cargada de asombro.

Mientras las estrellas reflejadas en el espejo parecían danzar al ritmo de sus palabras, Liana percibió algo más profundo: que cada paso que había dado no era fruto del azar, sino parte de un diseño más grande, una fuerza oculta que había entrelazado su destino con el de Rael. Este descubrimiento no solo le dio consuelo, sino también una revelación: amor, ciencia y destino eran fuerzas inseparables, entretejidas en una armonía universal.

—Las noches de soledad, cada lágrima vertida bajo el cielo estrellado, no fueron testigos de mi aislamiento, sino hitos en un viaje hacia ti, Rael. Ahora lo veo claro —susurró, su voz vibrando con una emoción renovada—. Nuestras almas, dispersas en el cosmos como estrellas, siempre estuvieron destinadas a encontrarse.

Mientras la epifanía se asentaba en su corazón, Liana comprendió que su amor por Rael y su pasión por el conocimiento no eran caminos separados, sino reflejos de una misma verdad. Cada descubrimiento científico que hacía, cada ley cuántica que comprendía, le hablaba de las complejidades del amor: cómo las fuerzas opuestas, como la materia y la antimateria, encuentran equilibrio en su coexistencia. Así, entendió que ella y Rael no solo eran compañeros por destino, sino manifestaciones vivientes de las verdades más fundamentales del universo.

Con cada visión que el espejo le devolvía, Liana sentía que el cosmos no solo la estaba guiando, sino recordándole que su historia, su amor y su búsqueda eran piezas esenciales en el vasto rompecabezas de la existencia.

La reflexión de Liana alcanzó una intensidad casi insoportable, como si su mente y su alma estuvieran siendo arrastradas por una corriente infinita de posibilidades. Cada sonrisa compartida con Rael, cada instante de juegos infantiles bajo el sol, cada mirada cargada de significado y cada pensamiento susurrado al viento se fundían en un torbellino de emociones. Esa danza de recuerdos vibraba dentro de ella con una frecuencia que parecía resonar en la misma estructura del universo, revelando patrones ocultos en el tejido del espacio y el tiempo. Las conexiones entre ellos no eran accidentales; eran inevitables, inscritas en la sinfonía del cosmos.

Con los ojos aún fijos en el espejo, Liana sintió cómo su reflejo se transformaba una vez más, mostrándole algo diferente: un camino que nunca había tomado, un universo donde sus pasos y los de Rael nunca se habían cruzado. La imagen la golpeó con una fuerza casi física. Allí estaba ella, viviendo una vida sin su presencia, sin la chispa que él encendía en su alma. La ausencia de Rael no solo dejaba un vacío emocional; era como si el mismo universo estuviera ligeramente desequilibrado, una nota desafinada en la partitura cósmica.

En este universo alternativo, las estrellas parecían brillar con menos intensidad, y la Liana de aquel reflejo caminaba sola por un sendero que, aunque lleno de logros, carecía de propósito. Sin Rael, las conexiones que habían definido su vida se desvanecían, como si el hilo de su destino se hubiera aflojado en el vasto tapiz del tiempo.

Liana sintió cómo la tristeza se enroscaba alrededor de su corazón, un dolor que no era solo suyo, sino del cosmos mismo, como si el universo lamentara la desconexión de dos almas destinadas a estar juntas. Pero esta tristeza no era devastadora; era reveladora. En ese momento comprendió la magnitud de su conexión con Rael: no era simplemente un compañero, sino una constante que daba sentido y equilibrio a su existencia.

—Nuestra conexión —susurró, su voz temblando con una mezcla de asombro y melancolía— trasciende los límites de las vidas y las dimensiones. Es un lazo eterno, tejido en el núcleo mismo de lo que somos.

Las imágenes en el espejo parecían responder a sus palabras, girando y entrelazándose hasta mostrarle algo aún más profundo. Era un mosaico de teorías científicas que se desplegaban ante sus ojos como un libro abierto. Las palabras de Einstein sobre el entrelazamiento cuántico, la idea de partículas separadas por distancias inmensas que permanecen conectadas como si fueran una sola, cobraban vida en su mente. Ella y Rael no eran solo dos almas; eran dos partículas entrelazadas, incapaces de existir plenamente la una sin la otra, sin importar cuán lejos estuvieran.

Entonces recordó una cita que había leído una vez en un texto de Carl Sagan: "Somos polvo de estrellas, el universo conociéndose a sí mismo." Pero ahora comprendía que ese conocimiento no era solo un viaje de autodescubrimiento científico; era también una exploración del amor, de las conexiones invisibles que unen a los seres más allá del tiempo y el espacio.

Mientras observaba este universo sin Rael, Liana sintió una profunda gratitud. Esa vida sin él le enseñaba que no podía dar por sentado lo que tenían. Sus caminos cruzados eran una excepción, una alineación perfecta en un cosmos lleno de caos. Y precisamente porque no era inevitable, porque podía no haber sucedido, su vínculo era aún más valioso.

La escena en el espejo comenzó a desvanecerse, las luces de las estrellas fusionándose en un remolino de colores que se asentaron en la imagen de su propio rostro. Liana abrió los ojos, sintiendo el peso de su comprensión como una verdad cósmica grabada en su ser.

—Cada estrella en el cielo, cada partícula que vibra en el universo, nos lleva a ti y a mí, Rael. Somos reflejos, ecos de un amor que existe más allá del tiempo, un amor que el universo mismo ha entretejido en su eterna melodía.

Orión emergió desde las sombras, una figura hecha de sabiduría y luz que parecía destilar la esencia misma del cosmos. Se situó a su lado con la serena majestuosidad de quien ha sido testigo del nacimiento de estrellas y la caída de galaxias. Su voz, profunda y cargada de un conocimiento que trasciende los límites del tiempo, rompió el denso silencio que envolvía a Liana.

—Este espejo, Liana, no es solo un objeto de reflexión; es un portal a la trama invisible que sostiene el universo —comenzó, su tono como el eco de un río eterno—. En su superficie se revela la red de conexiones que une a las almas destinadas a reencontrarse, viajando a través de vidas y dimensiones innumerables. Así como las partículas subatómicas permanecen entrelazadas, incluso separadas por distancias inconcebibles, las almas también están unidas por un vínculo que desafía las leyes del espacio y del tiempo.

Orión pausó, su mirada fija en el espejo, como si este también le hablara. Luego continuó, su voz cargada de un matiz casi reverencial.

—La conexión entre tú y Rael no es un simple capricho del destino ni una armonía casual en la vasta sinfonía del cosmos. Es una convergencia de espíritus que, ciclo tras ciclo, se buscan, se encuentran y se reconocen. Sin embargo, existen dimensiones, realidades alternativas, donde esta unión no se concreta, dejando tras de sí un vacío. Esas realidades son como composiciones musicales incompletas, desprovistas de su acorde final. En esas líneas del tiempo, cada uno de ustedes vive con una ausencia inexplicable, una sensación persistente de que algo, o alguien, falta para completar el cuadro de su existencia.

Las palabras de Orión calaron profundamente en Liana. El peso de su significado era como el de un cuerpo celeste, cargado de verdades cósmicas y misterios insondables. Tragó saliva antes de hablar, su voz apenas un susurro.

—Entonces... ¿nuestra unión no es solo importante para nosotros, sino también para el equilibrio del cosmos? ¿Somos más que dos almas destinadas? —preguntó, sus palabras llenas de incertidumbre, pero también de una incipiente claridad.

Orión la miró con una solemnidad que parecía reflejar el peso de los eones.

—Así es, Liana. Cada uno de ustedes lleva consigo una parte esencial del gran rompecabezas cósmico. Sus reuniones, vida tras vida, no son casualidades ni repeticiones fortuitas. Son actos fundamentales en el perpetuo baile del universo, una danza que mantiene la creación y la armonía. Su vínculo, más allá de su propio entendimiento, estabiliza una parte del tejido universal, uniendo fuerzas que, de otro modo, quedarían dispersas y en conflicto.

Liana sintió un escalofrío recorrer su cuerpo, no de miedo, sino de asombro. Las palabras de Orión no solo explicaban el propósito de su conexión con Rael, sino que también iluminaban la vastedad de su propia existencia. Todo lo que había vivido, cada decisión, cada paso, no eran meros eventos individuales; eran piezas de un tapiz universal mucho más grande de lo que jamás había imaginado.

Orión continuó, su tono ahora más suave pero no menos profundo.

—Tu búsqueda, Liana, nunca ha sido únicamente por conocimiento o por aventura. Es una exploración de la naturaleza misma del ser. Es un viaje hacia la comprensión de tu lugar en este vasto universo, un lugar que no puedes ocupar plenamente sin Rael, así como él no puede ocupar el suyo sin ti. Ambos son los polos de una misma fuerza, el yin y el yang que mantienen el equilibrio en esta infinita danza cósmica.

Liana, envuelta en la magnitud de lo que acababa de escuchar, miró una vez más el espejo. Las imágenes que veía ya no eran solo de ella y Rael; eran fragmentos de una verdad más profunda, reflejos de un universo donde su conexión era más que personal. Era un ancla en la vastedad, un faro en la eternidad.

En ese momento, comprendió que su destino no era solo su camino, ni el de Rael, sino el de todo lo que existía. Y con ese entendimiento, sintió una paz que trascendía el tiempo, una certeza de que, pase lo que pase, el universo siempre encontraría su equilibrio, y ella, junto a Rael, sería parte de ese balance eterno.

Orión permanecía en silencio, observando con una expresión que contenía el peso de las verdades que Liana apenas comenzaba a entender. El reflejo en el espejo seguía destellando ante ella, como si el cosmos mismo estuviera tratando de comunicarse en un idioma compuesto de luz y misterio. Liana cerró los ojos, buscando procesar lo que acababa de experimentar. La danza etérea, la conexión con Rael, las infinitas posibilidades reveladas a través del espejo... todo parecía un torrente imposible de abarcar con la razón humana.

Finalmente, abrió los ojos y se giró hacia Orión. Pero antes de que pudiera formular una pregunta, él habló, su voz resonando como un eco en las cámaras del tiempo.

—El espejo no te ha mostrado verdades absolutas, Liana, sino caminos. Opciones que se despliegan en el vasto océano del devenir. —Hizo una pausa, dejando que sus palabras calaran en su mente—. Lo que has visto no es solo tu historia o la de Rael, sino la historia del universo, escrita en un lenguaje que solo los que buscan con el corazón pueden comenzar a descifrar.

Liana asintió, aun sintiendo el temblor de lo que había visto. Cerró los ojos una vez más, y en ese instante, una visión más poderosa la invadió. En ella, Liana y Rael estaban conectados a través de las inmensidades del espacio y del tiempo. No había palabras ni sonidos, solo una danza silenciosa, donde sus movimientos eran uno, reflejando la armonía primordial del cosmos.

—Mientras danzamos, nos convertimos en uno con la singularidad —murmuró Liana, su corazón latiendo al ritmo de la revelación. Sentía la vibración de cada estrella, la rotación de cada planeta, y en cada partícula de su ser se sincronizaban las pulsaciones del universo entero.

Era una danza de conocimiento, de unión, un lenguaje silencioso que hablaba de la interconexión de todas las cosas.

En la distancia, Rael, en su propio viaje, sonreía, como si sintiera la presencia de Liana.

—A través de esta danza, nos encontramos — murmuró Rael, su voz apenas un susurro destinado al infinito. Sabía que Liana no podía escucharlo, pero en ese instante, las palabras eran irrelevantes; su conexión trascendía el lenguaje, cruzando barreras de tiempo y espacio. Estaban inmersos en una danza que no era meramente física, sino una sincronía cósmica, un diálogo silencioso con la singularidad misma del universo.

De repente, Rael sintió una presencia, como una onda que interrumpía la armonía de su vibración. Fue un instante de desequilibrio tan profundo que lo detuvo abruptamente, como si la misma estructura del cosmos hubiera titubeado, dejándolo suspendido entre el movimiento y la quietud, entre lo conocido y lo inimaginable.

Liana abrió los ojos de golpe, como si un susurro invisible la hubiera llamado desde lo más profundo de su ser. Las imágenes del espejo aún parpadeaban ante ella, cada destello impregnado de significados que apenas comenzaba a descifrar. No comprendía del todo lo que acababa de suceder, pero algo en su interior vibraba con una certeza inesperada. Esa danza no era solo un ejercicio ni una simple metáfora; era el preludio, una preparación para algo mucho mayor: la Danza con la Singularidad.

Este conocimiento era un faro en su mente, iluminando el propósito que la conectaba con Rael. Ambos estaban destinados a recorrer este camino juntos, un sendero que no solo los llevaría a la armonización con el universo, sino también al entendimiento más profundo de sí mismos y del vínculo que los unía. Era un viaje de infinitas posibilidades, una travesía hacia el núcleo mismo de la existencia, donde todo se entrelaza en una sinfonía eterna.

Liana pensó que, al igual que en el cuerpo humano, donde millones de células, bacterias y microorganismos coexisten en un equilibrio perfecto, cada alma en el universo contribuye a un equilibrio mayor.

—Tus vidas, y tus elecciones, incluso tus errores, son parte de un proceso evolutivo que va más allá de la comprensión individual —le dijo Orión, guiándola en su reflexión.

En otra visión del espejo, Liana fue testigo de algo que superaba la comprensión ordinaria. El espejo mostraba un futuro envuelto en misterio y sombras, donde ella y Rael se encontraban en el corazón de un desafío cósmico desconocido.

—¿Qué nos espera? —se preguntaba Liana, mientras el espejo susurraba sobre un destino intrincadamente entrelazado con el tejido mismo del cosmos.

La visión se transformó, llevando a Liana a través de un laberinto de realidades. Vio el pasado, presente y futuro de innumerables universos, cada uno con sus propias leyes y misterios. En el reflejo del espejo, Liana veía un intrincado baile cósmico: galaxias entrelazadas en una danza celestial, sistemas estelares orbitando en una armonía perfecta, formando cúmulos y supercúmulos. Sin embargo, todos ellos eran atraídos inexorablemente hacia una fuerza desconocida, un centro misterioso y poderoso, una entidad que el espejo mismo parecía incapaz de desvelar por completo. Era como si existiera una presencia, un Gran Atractor, cuya magnitud y naturaleza se ocultaban más allá de la comprensión, un enigma que desafiaba incluso las leyes del universo que Liana había llegado a entender.

La imagen se transformó súbitamente, y Liana se encontró contemplando ahora una red infinita de supercarreteras cósmicas. Estas vías estelares estaban interconectadas por hilos y túneles de gusanos que doblaban el espacio, trazando caminos entre las estrellas y más allá. Era como si cada galaxia, cada estrella, cada planeta estuviera vinculado por una red invisible, un laberinto del cosmos que se extendía hacia lo inimaginable. En este mosaico celestial, cada elemento brillaba como una perla en un collar interminable, unido por hilos de fuerzas desconocidas que tejían la estructura misma del espacio y del tiempo.

El espejo le mostró vistazos de un futuro aún no escrito, donde ella y Rael se adentraban también en este laberinto, navegando a través de sus caminos y desafíos desconocidos utilizando la Danza de la Singularidad como vehículo.

—Este es el camino que debes recorrer — susurraba una voz que parecía emanar del espejo.

Liana, absorta en el reflejo y la voz del espejo, veía destellos de un futuro incierto, donde ella y Rael enfrentaban desafíos enigmáticos en reinos desconocidos. Un laberinto de estrellas y sombras se desplegaba ante ellos, planteando desafíos que pondrían a prueba no solo su valentía sino también su entendimiento del universo.

Fascinada y abrumada por la magnitud de lo que veía, Liana sintió una mezcla de temor y emoción. Con estas revelaciones, el espejo se desvaneció lentamente, dejando a Liana con más preguntas que respuestas. Pero una cosa estaba clara: lo que había visto era apenas el comienzo de algo mucho más grande, un viaje que no solo desafiaría su comprensión del universo, sino que también le exigiría a ella y a Rael enfrentar lo desconocido y, posiblemente, cambiar el curso del cosmos mismo.

Con las revelaciones aún vibrando en su interior, Liana sintió cómo una ola de asombro y humildad la envolvía, arraigándola más profundamente en la vastedad del cosmos. Cada imagen reflejada en el espejo, cada palabra de Orión, cada eco del universo mismo, la había llevado a comprender que su conexión con Rael era más que un vínculo personal: era una constante cósmica, una fuerza fundamental en el tejido eterno del tiempo y el espacio.

En aquel lugar fuera de los dominios del tiempo, los siglos y los segundos parecían entrelazarse en un mismo hilo. Liana no podía saber cuánto había transcurrido realmente entre una visión y otra; todo lo que experimentaba era tan eterno como efímero. Frente al espejo, los reflejos todavía palpitaban con posibilidades infinitas, y una última imagen la cautivó: ella y Rael, reflejados no como eran ahora, sino como podrían llegar a ser, sus figuras adultas entretejidas en el resplandor de las estrellas. Era un eco de lo que habían vivido, un susurro de lo que aún estaba por venir.

Orión, con su sabiduría tan vasta como el cosmos, habló de nuevo, su voz resonando como un eco de galaxias distantes:

—Ese laberinto que has visto es el viaje de cada alma a través de las infinitas posibilidades del universo. Es un camino repleto de peligros, un entramado fácil de perderse si se carece de propósito. Cada decisión, cada sendero que eliges, se convierte en un hilo en la vasta tela del tiempo, tejida con el espacio mismo.

Liana observaba el intrincado patrón que se desplegaba ante ella, sus elecciones y las de Rael entrelazándose como una constelación. Era una danza cósmica en la que cada paso, cada giro, contribuía a una melodía más grande. Orión continuó con un tono solemne:

—Tus decisiones, al igual que las de Rael, son actos de creación. Juntas, forman una constelación que influye en el equilibrio del cosmos. Como dos estrellas que orbitan en una armonía gravitacional, siempre se encontrarán, sin importar los caminos que tomen.

Liana sintió un profundo sentido de asombro y gratitud. Comprendió que su vínculo con Rael no era una casualidad, sino una constante inmutable que trascendía las dimensiones. Mientras se despedía del espejo, abrazó esta verdad con todo su ser, convencida de que su conexión con él era una fuerza que moldeaba no solo sus vidas, sino también el universo.

Con las palabras de Orión resonando en su mente, Liana avanzó, pero algo en el aire comenzó a cambiar. Una corriente invisible, casi palpable, parecía guiarla. Se detuvo por un momento, cerrando los ojos, y un extraño escalofrío recorrió su cuerpo. No era miedo, sino la sensación inequívoca de estar al borde de algo trascendental. El latido de su corazón se sincronizó con un pulso que no provenía de ella, sino del cosmos mismo, como si una fuerza mayor la llamara.

Inspiró profundamente, permitiendo que el eco de aquel llamado la envolviera. Las imágenes del espejo, grabadas en su mente como una constelación de recuerdos recientes, comenzaron a entrelazarse con algo más. No eran solo visiones, sino fragmentos de un mensaje que cobraba forma en su interior. En ese instante, su consciencia pareció detenerse, y la realidad a su alrededor se diluyó en un susurro.

En esa pausa, en ese momento suspendido entre el aquí y el ahora, Liana sintió la conexión. Encontró a Rael de una manera que trascendía las leyes conocidas de la física y el tiempo. Sus conciencias se entrelazaron en una visión que desafiaba las barreras del espacio.

—Puedo verlo —susurró Liana, como si su voz flotara en el éter—. Universos sobre universos, cada uno con sus propios misterios.

En esa red cósmica, encontró a Rael, inmerso en su propio viaje espiritual. Lo vio en un lugar oscuro, una cueva sombría y aislada, como si estuviera enfrentándose a sus propios demonios internos. Pero incluso en medio de esa oscuridad, su voz llegó a ella, clara y fuerte, como un hilo de luz.

—Y en cada universo —decía Rael—, nuestras almas se reencuentran. Trazamos juntos caminos nuevos, desentrañando los secretos eternos.

Liana sintió cómo sus almas se entrelazaban, un lazo que no necesitaba palabras. Era como una danza entre supernovas, una unión efímera pero poderosa, donde ambos se convertían en parte de un todo mayor.

Entonces, la voz de Rael tembló, cargada de una emoción que parecía haber estado guardando por eones.

—Liana —comenzó, su tono vulnerable pero decidido—, hay algo que quiero decirte...

El universo, en su misterio implacable, decidió interrumpir. En ese instante, la conexión comenzó a desvanecerse. Las palabras de Rael quedaron suspendidas en el éter, incompletas, dejando a Liana con una mezcla de anhelo y frustración. Su alma clamaba por escuchar lo que él tenía que decir, pero la visión se desmoronó como una estrella que implosiona, dejando tras de sí un vacío lleno de preguntas.

Liana abrió los ojos lentamente, el eco de su conexión aun vibrando en su interior. Su corazón latía con fuerza, no solo por lo que había sentido, sino por lo que no había llegado a escuchar. En el silencio que siguió, un pensamiento se ancló en su mente: lo que Rael quería decirle, aunque no lo hubiera escuchado, ya formaba parte de la sinfonía que compartían. Y en algún momento, cuando las estrellas así lo decidieran, sus palabras encontrarían el camino hacia ella.

Tras la efímera unión de sus conciencias, Liana se encontraba en un estado de profunda contemplación. La conexión, aunque breve, había dejado una resonancia en su ser, una mezcla de anhelo y certeza que palpitaba en lo más profundo de su alma. La Biblioteca del Cosmos, con sus estantes infinitos y su silencio eterno, parecía hacer eco de este sentimiento inacabado, de promesas y palabras suspendidas en el tiempo.

Mientras los ecos de su unión con Rael aún vibraban en su interior, Liana se movía lentamente por la inmensa sala, sus pasos resonando suavemente en el suelo de piedra. La luz que se filtraba a través de las altas ventanas bañaba la sala en un resplandor suave, iluminando las partículas de polvo que danzaban en el aire, como diminutas estrellas en un cosmos en miniatura. Liana se detenía de vez en cuando, cerrando los ojos, permitiéndose sentir la conexión invisible que aún la unía a Rael, una cuerda vibrante que se extendía a través de las dimensiones.

En un instante, todo cambió. Un simple parpadeo, y la atmósfera a su alrededor pareció densificarse. No fue necesario abrir los ojos para sentirlo. Una sombra, intangible pero opresiva, se filtró en los confines de su mente. Neraxis no apareció físicamente ante ella; su presencia emergió dentro de su consciencia como un torbellino de oscuridad que desdibujaba las fronteras de lo real.

—Liana —la voz de Neraxis resonó en su mente, un eco de arrogancia y desafío—. He estado observando. Tus intentos de danzar con la

Singularidad, esa conexión débil e ingenua con Rael... ¿realmente crees que serán suficientes?

La irrupción de Neraxis fue como un vendaval que sacudió los cimientos de su ser. Aún en su interior, Liana se plantó firme.

—¿Por qué te empeñas en perturbar mi viaje? ¿Qué propósito tienes en esto, Neraxis? —su voz resonó clara, su convicción inquebrantable.

—¿Perturbar? —respondió Neraxis, su tono cargado de burla—. Te doy una oportunidad. Una ventana para comprender la verdad que Orión no se atreve a revelarte. La danza que buscas dominar, ese equilibrio que tanto anhelas no es más que un espejismo. El equilibrio perfecto no existe, Liana, porque el cosmos mismo prospera en el caos controlado. Tú y Rael no son excepciones; son peones en un juego que ni siquiera comprenden.

El vacío que Neraxis proyectaba era hipnótico, como un abismo que invitaba a saltar, pero Liana no cedió.

—No soy un peón, y tampoco lo es Rael. Nuestra conexión es auténtica, algo que tú jamás podrías comprender. Lo que intentas sembrar es miedo, pero lo único que haces es fortalecer mi determinación.

Neraxis rió, una risa que parecía surgir de todas las direcciones y que envolvía cada rincón de su mente.

—¿Tu conexión? ¿Auténtica? ¿Qué tan fuerte crees que es, Liana? Porque déjame decirte algo: con un simple pensamiento, yo mismo interrumpí ese momento entre ustedes hace poco. ¿Y sabes por qué? Porque quiero que veas lo frágil que es todo lo que piensan que construyen.

Liana sintió un escalofrío recorrer su ser, pero no permitió que sus emociones la dominaran.

—Eso solo prueba cuán desesperado estás. Si nuestra conexión fuera tan débil como afirmas, no te habrías molestado en interrumpirla. Tu miedo a lo que somos es evidente.

Neraxis se mantuvo en silencio un instante, como si estuviera evaluando sus palabras.

—Crees que lo entiendes todo presumida, pero no sabes nada. Las fuerzas que desafías no son simplemente opuestas; son complementarias. La materia y la antimateria, la luz y la oscuridad, la creación y la destrucción... tú misma formas parte de esa balanza. Pero, dime, ¿cuánto estás dispuesta a sacrificar para mantenerlo?

Antes de que pudiera responder, la sombra de Neraxis comenzó a desvanecerse, dejando un residuo de inquietud en su mente. La sala, una vez más, se llenó con un silencio vibrante, como si los muros mismos contuvieran la respiración. Pero Neraxis dejó una última frase flotando en su conciencia:

—Recuerda, Liana, todo equilibrio tiene un

precio. ¿Estás preparada para pagarlo?

Con un último estremecimiento, la conexión se rompió, y Liana abrió los ojos para encontrarse de nuevo en la inmensidad de esa sala. Orión continuaba a su lado, su presencia serena como una roca en medio de un mar agitado. No había interferido, y eso pesaba en la mente de Liana.

—¿Por qué no hiciste nada? —le preguntó, sus palabras cargadas de reproche y una pizca de vulnerabilidad.

Orión la miró con calma, su expresión inmutable pero profunda.

—Porque hay batallas que solo tú puedes librar. Cada encuentro, incluso con Neraxis, es una lección que debes aprender por ti misma. No puedo interferir, Liana, porque hacerlo sería robarte la oportunidad de crecer.

Liana cerró los ojos, procesando esas palabras.

Había verdad en ellas, pero también una carga que se sentía insoportable.

—¿Y si no estoy preparada? —susurró, más para sí misma que para Orión.

Orión colocó una mano en su hombro, su toque cálido y reconfortante.

—Nadie lo está por completo. La preparación no es una línea de meta; es el camino que recorres.

Y tú, Liana, ya has comenzado a andar ese camino con más fortaleza de la que crees.

Con esas palabras, Orión se desvaneció en la luz, dejándola sola con sus pensamientos y las preguntas que aún resonaban en su mente. Mientras miraba hacia el espejo cósmico, ahora oscuro y silencioso, una pregunta surgió, cortante como un rayo:

¿Qué precio estaré dispuesta a pagar para proteger lo que soy y lo que amo?

La Biblioteca, vastísima y eterna, parecía

responder con un murmullo apenas audible. Pero el mensaje era claro: el próximo paso sería decisivo, y el destino aguardaba con un enigma que podría cambiarlo todo.

CAPÍTULO 10: LA CONVERGENCIA DE LOS CAMINOS

Después de escuchar a Orión, Liana continuó adentrándose cada vez más en los insondables misterios de la Biblioteca del Cosmos. Rodeada por tomos que contenían la sabiduría de incontables civilizaciones y artefactos imbuidos de historias milenarias, sentía cómo su vínculo con Rael se profundizaba con cada paso. No eran solo las páginas, las runas o los símbolos; era el eco de algo mayor, una fuerza que parecía envolverla. Cada fragmento de conocimiento vibraba en sintonía con su alma, como si la esencia misma de su compañero de destino estuviera entretejida en aquel lugar.

Orión observó este cambio con una mirada que revelaba siglos de conocimiento y experiencia.

—Has alcanzado un nivel profundo de conexión — dijo con serenidad, aunque su voz llevaba un matiz de advertencia—. Pero debes saber que esta conexión aún es frágil. En este momento, ni tú ni Rael están listos para soportar el peso completo de estas fuerzas por separado, deben reunirse. Con un gesto que emanaba autoridad y calma, Orión condujo a Liana hacia lo que parecía ser su sala o habitación personal, oculta detrás de un arco grabado con constelaciones en movimiento. La habitación que se abrió ante ella era un santuario de conocimiento, un espacio sagrado decorado con símbolos arcanos que irradiaban una luz tenue y cálida. El centro de la sala lo ocupaba un pedestal de piedra negra, donde descansaba un cristal resplandeciente que parecía contener en su interior el pulso de una estrella lejana.

—Cada uno de estos símbolos —explicó Orión, su voz resonando con una gravedad tranquila— es una puerta hacia la verdad universal. Representan los infinitos caminos hacia la comprensión: la ciencia, la fe, la introspección. No importa el sendero que escojas; todos conducen al mismo destino, todos convergen en el corazón del cosmos.

Liana sintió la humildad mezclada con un

renovado propósito ante la magnitud de lo que veía. Su mente evocó a Rael, cuya fe y amor por las historias habían complementado siempre su enfoque lógico y científico. Comprendió que, aunque sus métodos eran diferentes, ambos estaban entrelazados en una búsqueda que trascendía el tiempo y el espacio.

Orión extendió la mano hacia el cristal, que comenzó a brillar con una intensidad etérea.

—Este cristal será tu guía, un faro que iluminará incluso los caminos más oscuros. Encierra las lecciones que has aprendido aquí y, cuando llegue el momento adecuado, desvelará secretos aún más profundos. Consérvalo como un recordatorio eterno de que, aunque sus senderos puedan parecer divergentes, la luz que ambos persiguen es una y la misma.

Liana tomó el cristal, sintiendo un calor que se extendía desde su palma hasta lo más profundo de su ser. Era como si el objeto reconociera su esencia y la acogiera, entrelazándose con su energía.

—Gracias —murmuró con una voz cargada de gratitud y determinación.

Con el cristal guardado en su bolsillo, Liana emergió de la sala secreta, seguida de Orión. Los pasillos de la Biblioteca parecían distintos ahora, como si cada rincón y cada sombra palpitara con una nueva energía. Mientras caminaban, una melodía apenas perceptible comenzó a llenar el aire. Era la música de las esferas, el eco del universo mismo resonando en armonía. Las notas parecían envolverla, llevándola a un estado de contemplación más profundo.

En ese instante, Liana sintió cómo el cosmos se desplegaba ante ella, no como un conjunto de datos y observaciones, sino como una sinfonía viva, un latido universal que conectaba todo lo existente. Cada decisión, cada paso dado en su viaje resonaba como una nota en esa melodía, y ella misma era una parte integral de esa armonía cósmica.

Orión se detuvo junto a ella, contemplándola con una expresión de aprobación.

—El universo es un diálogo eterno, Liana. Tú y Rael son voces importantes en ese diálogo. Nunca olvides que cada acto, por pequeño que parezca, tiene un impacto en el equilibrio universal.

Con esas palabras, Orión se desvaneció, dejando a Liana sola con sus pensamientos. Fue un adiós silencioso, pero cargado de significado. Liana sintió una calma inusual, una certeza de que estaba preparada para lo que viniera.

El siguiente instante fue un parpadeo, una transición tan fluida que Liana apenas se dio cuenta de que ya no estaba en la Biblioteca. Abrió los ojos y se encontró en su habitación, en la isla. Los sonidos familiares del océano acariciaban sus oídos, y la fragancia salada del aire llenaba sus pulmones. Miró alrededor, reconociendo cada detalle: la cama, las cortinas ondeando suavemente con la brisa matutina, y la pequeña mesa donde descansaban algunos de sus libros y cuadernos de notas.

Se levantó lentamente, sintiendo el peso del cristal en su bolsillo, como un recordatorio tangible de su experiencia. Caminó hacia la ventana y, al correr las cortinas, vio el amanecer en todo su esplendor. Eran las 6:35 a.m. del 21 de marzo de 2040, y el horizonte se pintaba con tonos dorados y rosados, una obra de arte celestial que marcaba el inicio del equinoccio de primavera.

Todo en la isla parecía seguir su curso normal: las olas rompiendo suavemente en la orilla, las gaviotas planeando en el aire, los árboles meciéndose con el viento. Pero Liana sabía que nada era igual. Con el cristal brillando suavemente en su bolsillo, se dio cuenta de que este amanecer era más que el inicio de un nuevo día. Era el preludio de algo mucho más grande.

Un leve pulso proveniente del cristal interrumpió sus pensamientos. Era como un latido, un susurro que parecía llamarla. Liana cerró los ojos por un momento, dejando que la sensación la envolviera. Cuando los abrió, su mirada estaba cargada de determinación.

El amanecer marcaba el retorno de Liana, pero también el inicio de un capítulo aún más profundo y desconocido. Mientras el horizonte se llenaba de luz, una pregunta resonaba en su mente: ¿qué la esperaba más allá de las olas, más allá de las estrellas?

CAPÍTULO 11: REFLEJOS CUÁNTICOS DEL ALMA

Cuando Rael y Liana se reencontraron al finalizar sus viajes, la playa se convirtió en un santuario de emociones contenidas. La brisa marina, cargada con el susurro de las olas, parecía cantar una bienvenida eterna, mientras el sol ascendía con suavidad en el horizonte, arrojando reflejos dorados sobre la arena húmeda. Allí, donde la vastedad del océano se encontraba con el firmamento, las palabras resultaron innecesarias. Sus miradas hablaban con la elocuencia de un millón de versos no escritos, tejiendo un entendimiento mutuo que desbordaba cualquier lenguaje.

Rael, avanzando hacia Liana con la solemnidad de quien ha regresado de un vasto viaje, llevaba en su mirada el peso y la luminosidad de sus descubrimientos. Sus pasos eran lentos, medidos, como si cada uno estuviera guiado por las estrellas mismas.

—He navegado por mares de sombras y luz —

dijo al fin, su voz acariciando el aire como una melodía grave y resonante—. Y en cada oscuridad, en cada fulgor, siempre encontré ecos de ti, Liana. Cada estrella, cada nebulosa, parecía murmurar tu nombre. Era como si nuestras almas conversaran a través del cosmos, trazando un puente invisible, pero irrompible.

Sus palabras calaron en Liana como una ola que se repliega para revelar tesoros escondidos en la orilla. Una suave brisa levantó un mechón de su cabello, pero ella no apartó la mirada de Rael, sus ojos reflejando el resplandor del sol naciente.

—Tu esencia también me acompañó en mi travesía, Rael —respondió, su voz llena de una ternura indomable—. En cada misterio cósmico que desentrañaba, en cada estrella que nacía, sentía tu presencia, como si fueses una brújula celestial guiándome. La Biblioteca del Cosmos me habló de nosotros, de nuestra conexión; cada libro era un susurro de lo que somos, cada constelación un eco de nuestra historia, tejida en la danza infinita de las galaxias.

El tiempo pareció detenerse mientras Rael se acercaba un poco más, sus ojos reflejando la inmensidad que compartían. A través de ellos, Liana vio no solo los momentos de su separación, sino la promesa de un destino compartido, grabado en la trama misma del universo.

—Nuestra conexión va más allá de las palabras —continuó ella, con un tono casi reverencial—. Cada descubrimiento, cada epifanía, me reconducía siempre a ti. No importa cuán lejos estuviéramos; el universo nos empuja siempre el uno hacia el otro.

Rael, con una emoción contenida, extendió una mano hacia ella, y Liana la tomó sin dudar, sintiendo cómo sus almas se entrelazaban en ese gesto simple pero eterno.

—Y ahora, aquí estamos —dijo él, su voz cargada de una certeza profunda—. Nuestros caminos, aunque distintos, siempre estuvieron destinados a converger. Como dos ríos que se encuentran, nuestras historias forman ahora una sola corriente, una danza entre destino y elección, entre la vastedad del cosmos y la intimidad de este momento.

Sin más palabras, iniciaron una danza. No era una coreografía de cuerpos, sino una comunión de almas. Sus movimientos resonaban con la frecuencia del universo, uniendo mundos y dimensiones con cada giro. Los pies de Liana tocaban la arena, pero su esencia parecía flotar entre las estrellas. Rael, a su lado, era la contrapartida perfecta, un compañero que reflejaba y amplificaba su energía.

Cada movimiento representaba un concepto cósmico: los giros eran galaxias en rotación, las pausas eran eclipses, los pasos coordinados simbolizaban el equilibrio entre la materia y la antimateria. El universo parecía inclinarse hacia ellos, en un silencioso reconocimiento de la Danza con la Singularidad, ahora plenamente dominada por ambos.

Mientras el sol ascendía, pintando el cielo con tonos de oro y escarlata, la danza llegó a su clímax. Rael y Liana, de pie frente al océano, se miraron a los ojos, y en ese instante, el cosmos entero pareció detenerse.

—Somos polvo de estrellas, destinados a brillar juntos en la vastedad del tiempo y el espacio — susurró Liana, su voz apenas audible sobre el murmullo de las olas.

Rael, con una sonrisa que contenía siglos de sabiduría y amor, respondió:

—En nuestra unión, hemos encontrado la esencia misma del ser. Somos viajeros del infinito, arquitectos de un sueño cósmico. Juntos, no solo exploramos el universo; lo transformamos.

Mientras el amanecer completaba su obra, bañándolos en una luz celestial, ambos sintieron la inminencia de lo que estaba por venir

Mientras se reincorporaban, un torbellino de energía oscura rasgó el aire frente a ellos, como una herida abierta en el tejido de la realidad. Neraxis ya no era un espectro que habitaba sus mentes; ahora, la entidad de antimateria emergía en su verdadera forma, manifestándose en este plano de existencia que despreciaba con cada fibra de su ser. Su presencia era un espectáculo aterrador: partículas de antimateria chisporroteaban y se retorcían en un caos luminoso, desafiando las leyes mismas de la creación mientras entraban en contacto con la materia ordinaria, generando un eco ensordecedor de disonancia en el cosmos.

Su forma, una amalgama de sombras y luz distorsionada, parecía casi sufrir con cada momento que pasaba en este plano. La tensión entre la materia y la antimateria se hacía palpable, creando un aura de inestabilidad a su alrededor.

Rael y Liana, a pesar de la amenaza inminente, permanecieron firmes, unidos por un lazo inquebrantable que se fortalecía ante la adversidad.

—Este universo no es lugar para ti, Neraxis. Tu presencia aquí amenaza el equilibrio que tanto hemos aprendido a valorar y proteger —dijo Liana con voz calmada pero firme, enfrentando la entidad con una serenidad que brotaba de su comprensión profunda del cosmos.

Neraxis, con una voz que resonaba como un eco de vacíos oscuros, respondió:

—Seres inferiores como ustedes no comprenden, son meras bacterias... Mi existencia, aunque antitética a este plano, es una parte necesaria del todo. Sin mí, sin la antimateria, el universo carecería de la dinámica esencial para su evolución.

Rael, reflexionando sobre las palabras de Neraxis, habló:

—Quizás... Pero tu manera de intervenir altera más que equilibra. Buscamos un universo donde la luz y la oscuridad, la materia y la antimateria, coexistan en armonía, no en conflicto.

Mientras continuaba materializándose, Neraxis se reía y expresaba su desdén por el plano material, una existencia que consideraba inferior y repulsiva.

—Este mundo de materia, tan limitado y primitivo, ¿cómo pueden soportarlo? —dijo con desprecio y arrogancia.

Con una sonrisa burlona y una presencia imponente, Neraxis se burlaba de Liana y Rael, declarando que, aunque no pudo evitar que se sincronizaran, ahora que había ingresado con su verdadero cuerpo a este plano, no permitiría jamás que lo hicieran de nuevo.

A su alrededor, el aire se llenaba de una tensión palpable, como si la misma realidad se resistiera a su presencia. Neraxis, ahora plenamente manifestado en este plano, exudaba el ego que lo definía, lanzándoles un desafío directo a Liana y Rael para un duelo de existencias: un enfrentamiento donde la esencia de materia y antimateria colisionaría. Con su arrogancia característica, despreciaba las limitaciones que este plano imponía sobre su ser, pensaba acabarlos en pocos segundos subestimando la destreza y la resolución de Liana y Rael.

Desde el momento en que Neraxis irrumpió en el plano físico, la magnitud de su poder se hizo evidente. Las ondas gravitacionales que generaba con cada movimiento estremecieron a la Tierra entera, causando terremotos que desgarraron el suelo y tsunamis que devastaron las costas de los continentes. Rael y Liana intercambiaron una mirada de comprensión mutua; sabían que esta batalla debía trasladarse lejos de su hogar. No podían permitir que la humanidad fuera aniquilada por la furia incontenible de Neraxis.

Sin intercambiar palabras, comenzaron a moverse al unísono, saltando entre las capas del espacio-tiempo con la facilidad de quienes han dominado los secretos de la Singularidad. Sus movimientos eran como destellos, apareciendo y desapareciendo en un parpadeo entre cúmulos estelares, nebulosas y galaxias distantes. Sin embargo, Neraxis los seguía, su ira alimentaba su velocidad y su destructividad.

—¿Creen que pueden huir de mí? —rugió, su voz resonando como un eco de vacío absoluto—. He tenido suficiente de juegos. Ahora es simplemente el momento de su desaparición.

Liana, liderando en el plano físico, y Rael, guiando en el mental, se movían en perfecta sincronía. Mientras ella trazaba senderos de energía que redirigían los ataques de Neraxis, él tejía ilusiones y laberintos mentales para distraerlo. Pero cada salto que daban los alejaba más de la Tierra y los acercaba a un punto de convergencia donde podrían enfrentarlo sin temor a dañar su mundo.

Finalmente, se detuvieron en un rincón distante del cosmos, en el límite de un cúmulo galáctico rodeado de estrellas agonizantes. El entorno parecía diseñado para esta confrontación: luz y oscuridad entrelazadas en un equilibrio precario.

La batalla comenzó en un escenario cargado de energías antagónicas, donde la colisión de materia y antimateria tejía un espectáculo visual y auditivo, una orquesta de la creación y aniquilación universal. El cosmos mismo parecía contener la respiración, oscilando entre la luz y la sombra.

Liana, recordando cómo alguna vez había creado una estrella en la palma de su mano, ahora, en sincronía con Rael, se daba cuenta de que juntos tenían el potencial de forjar constelaciones enteras. Cada estrella que invocaban era una declaración de esperanza y desafío, un testimonio de su poder unido y su profundo entendimiento del cosmos.

Neraxis con su figura deformada por las tensiones entre materia y antimateria. Cada paso suyo distorsionaba la realidad, haciendo vibrar el espacio a su alrededor. Sin perder tiempo, desató una ola de antimateria que avanzó como un torrente imparable hacia ellos.

Rael y Liana respondieron con movimientos coordinados. Ella lanzó destellos de energía condensada, creando barreras que ralentizaban la ola, mientras él concentraba su voluntad para manipular las ondas gravitacionales que amenazaban con desestabilizarlo todo. A pesar de su determinación, la presencia de Neraxis era abrumadora.

La batalla, entonces, se libraba no solo en el

plano físico, sino en el intersticial, donde la ciencia y la espiritualidad se entrelazan. Armados con la sabiduría de su danza con la singularidad, enfrentaron a Neraxis en un vendaval de energía, en un ballet de creación y destrucción que delineaba la frontera entre ser y no ser. En cada movimiento, Rael y Liana no solo manipulaban la realidad, sino que también redefinían el concepto de existencia, marcando el ritmo de un universo en constante evolución.

—No es cuestión de voluntad ni de fuerza —gritó Neraxis, burlándose de sus esfuerzos—. Ustedes son partículas insignificantes en comparación con la totalidad del cosmos.

Neraxis, consumido por el dolor, su ego herido y la desesperación por el tiempo que había transcurrido sin haberlos podido aniquilar, lanzaba acusaciones e insultos a los mentores que los apoyaron. Hablaba del Gran Atractor como el verdadero señor, y cómo el universo debería volver a su forma original, al vacío absoluto, la antimateria, a la antivida.

Rael y Liana combatían en dimensiones paralelas, intrínsecamente separados, pero indisolublemente unidos. Rael lideraba el frente mental, tejía universos tan vastos y complejos como los sueños más ambiciosos de la humanidad, solo para que Neraxis los aniquilara en un ciclo interminable de creación y destrucción, situando su enfrentamiento dentro de un dominio espiritual. Paralelamente, Liana, en el plano físico, desplegaba ofensivas de magnitudes galácticas. Sin embargo, en una danza armónica que mantenían, ambos sincronizaban sus esfuerzos en cada plano, engendrando campos gravitacionales que materializaban el peso de sus creaciones estelares, reflejando y vibrando en la frecuencia perfecta de este ballet cósmico sincronizando la amalgama de sus pensamientos, sus incertidumbres, sus dolores y su amor compartido.

A pesar de la intensidad de la batalla, recibiendo

ataques de todos tipos, especialmente dirigidos a sus almas, espíritu y conciencia moral, Liana y Rael se mantenían firmes en su convicción de que el bien, la moralidad y la ética son pilares esenciales para el equilibrio cósmico.

La batalla alcanzaba su punto álgido en una explosión de luz y oscuridad, simbolizando la lucha eterna entre la creación y la aniquilación. La sinergia de Liana y Rael, combatiendo sincronizados tanto en el plano mental como en el físico, se convirtió en su mayor fortaleza, debilitando la principal ventaja de Neraxis hasta ese momento.

Neraxis, consciente de que se encontraba en un punto de no retorno, con cada segundo y ataque que recibía, comprendía que había traspasado a un dominio que favorecía a sus adversarios. En un acto de desesperación final, invocó un agujero negro supermasivo en el centro del campo de batalla. La gravedad extrema comenzó a atraer todo hacia su horizonte de eventos: estrellas moribundas, fragmentos de galaxias, incluso la energía misma de Liana y Rael. Su presencia emanaba una oscuridad abrumadora que amenazaba con engullir todo a su paso, un vórtice de aniquilación que desafiaba la misma esencia de la existencia.

Por primera vez, ambos sintieron que el peso de esta lucha era demasiado. La fuerza gravitatoria amenazaba con desintegrarlos, debilitando su conexión y reduciendo sus movimientos a un esfuerzo titánico por mantenerse unidos. Liana, que hasta entonces había liderado en el plano físico, sentía cómo su energía se desvanecía, mientras Rael, en el plano mental, luchaba por mantener la claridad ante el abismo que devoraba todo.

Fue en ese momento de aparente desesperación cuando escucharon una voz, cálida y reconfortante, que resonó desde lo profundo del cosmos.

—Hijos míos, no teman. Aquí estoy con ustedes. No se desanimen, porque yo soy la Eternidad. Les daré fuerza, los ayudaré, y con mi mano derecha, fuerte y victoriosa, los sostendré.

Impulsados por un acto último de fe, amor puro y unidad, se sincronizaron, vibrando al unísono con las energías de todos los seres y mundos que habían conocido. Las proyecciones de los guardianes que los habían apoyado a lo largo de su viaje comenzaron a manifestarse fisicamente a su alrededor. Eilan, Orión, Aión y Metatrón, además de miles de ángeles, se hicieron visibles, sus figuras irradiando una energía serena y poderosa le apoyaban. La presencia de estos guías era un recordatorio tangible de que Rael y Liana no estaban solos en esta lucha.

Metatrón, en el centro, se adelantó con una autoridad que resonaba en el tejido del universo. Su figura irradiaba una luz cegadora, y su voz era como un trueno que sacudía la realidad misma.

—¡Neraxis! —tronó, su tono cargado de una mezcla de juicio y compasión—. Atreverte a entrar a nuestro plano es una osadía que te costará caro. Aquí, donde la armonía prevalece, no tienes cabida.

La figura de Metatrón irradiaba una luz cegadora, y su voz era un trueno que reverberaba en el tejido del cosmos.

—La arrogancia y el ego te han cegado, Neraxis. Has subestimado el poder de la unidad y la fe. Estos jóvenes serán los que te devuelvan al lugar del que nunca debiste salir.

Las palabras de Metatrón eran una lección sobre los peligros de la arrogancia y el ego, recordando a Neraxis que la verdadera fuerza no reside en el poder bruto, sino en la armonía y el equilibrio. La presencia de los guardianes y la voz de Metatrón llenaron a Rael y Liana de una renovada confianza.

Sintiendo el apoyo de todos los seres que habían conocido, incluso sintieron energías de algunos seres que no se habían presentado a ese espacio, Rael y Liana canalizaron cada fragmento de energía que el universo les ofrecía. Reunieron las fuerzas de la materia y la antimateria en un único punto de convergencia, un núcleo brillante donde la creación y la destrucción se entrelazaban en un acto supremo de armonía cósmica.

—Toma toda la materia y energía de este universo —proclamaron Rael y Liana al unísono, sus voces resonando con una autoridad que trascendía el tiempo y el espacio, como el eco de un decreto cósmico.

En ese instante, el cosmos entero pareció detenerse, como si la creación contuviera la respiración. La energía reunida en sus seres, amplificada por la esencia de los guardianes y los ángeles que los rodeaban, comenzó a concentrarse en un solo punto, una singularidad de proporciones inimaginables. De esa convergencia nació un agujero blanco, una explosión de luz pura y vida primordial que desterró las sombras con una intensidad cegadora. Era más que un fenómeno físico: era una declaración de propósito, una afirmación de que la creación podía superar la destrucción.

El agujero blanco se expandió, irradiando ondas de energía pura que se transformaban en partículas, átomos y moléculas. Cada filamento de luz parecía tejer la estructura misma del universo, infundiendo amor, perdón y el eco de miles de existencias que vibraban al unísono. La materia emergía del vacío como una sinfonía de creación, superando con gracia y determinación la oscuridad que Neraxis había invocado.

En el centro de esa manifestación trascendental, Rael y Liana danzaban en perfecta sincronía. Sus movimientos eran delicados y majestuosos, como si cada giro y cada paso llevara consigo el peso y la esperanza de toda la existencia. Allí, en el núcleo del agujero blanco, eran más que dos almas entrelazadas: eran los artífices de un renacimiento cósmico, los guardianes de un equilibrio que trascendía la comprensión.

Neraxis, consumido por la intensidad de la luz y el poder que lo envolvía y desbordaba, lanzó un último grito. Su voz, ahora un eco desgarrado, resonó en el tejido del espacio:

—Su victoria es una ilusión. Las semillas de mi amo germinarán en sombras que no pueden ni siquiera concebir. Lo que se aproxima hará desmoronar su fe y desafiará su propósito. Mi final no es más que el preludio de algo infinitamente mayor.

Con esas palabras, su forma se disipó, desbordado por la vastedad del agujero blanco. Pero incluso en su desaparición, dejó un rastro de inquietud, una advertencia de desafíos venideros.

Rael y Liana, exhaustos pero implacables, reunieron las últimas reservas de su ser para alinearse con el ritmo primordial del universo. Sus cuerpos vibraron al unísono, sus almas danzando en perfecta sintonía con la sinfonía cósmica. Como arquitectos de un sendero luminoso, trazaron un puente de energía pura que los condujo de regreso a la isla, el punto donde todo había comenzado y donde, una vez más, el destino los esperaba.

A su alrededor, las entidades que los habían guiado a través de las sombras y la luz se manifestaron con majestuosa claridad. Su presencia irradiaba serenidad, como un bálsamo que disipaba cualquier vestigio del caos que había reinado momentos atrás. Las figuras de Eilan, Orión, Aión y Metatrón se alzaban imponentes, sus formas envueltas en un brillo que desafiaba las palabras.

—Han trascendido los límites de lo que incluso nosotros creíamos posible —proclamó Metatrón con una voz que resonó en los cimientos de la existencia misma—. Su valor, su fe y su unidad son un faro que iluminará la senda de toda la creación.

El tiempo en la Tierra apenas había avanzado. El sol, tímido pero inexorable, extendía un manto dorado sobre el horizonte, bañando la isla con la promesa de un nuevo día. Sin embargo, bajo esa aparente calma, el mundo aún sentía el eco de una sacudida que había dejado su huella en el alma colectiva. Los registros sismológicos más avanzados, guiados por las inteligencias artificiales más sofisticadas, habían sido incapaces de prever o explicar los temblores y tsunamis que, en un suspiro, habían estremecido regiones enteras del planeta. Era como si el universo mismo hubiera exhalado, dejando un silencio pesado y desconcertante en su estela.

La humanidad, desconcertada y temerosa, solo encontraba consuelo en la idea de un milagro que todo pasara tan rápido. Las voces se unían en una plegaria común pues nunca el planeta entero había temblado así: agradecían a los cielos que lo peor hubiera pasado. En templos y plazas, desde los confines más tecnológicos hasta los rincones más humildes, las palabras de gratitud fluían como ríos que buscaban calmar una tierra todavía agitada.

Aún con el peso de la batalla grabado en sus cuerpos y almas, Rael y Liana avanzaron de la mano hacia el amanecer. Su unión era la representación viva de un equilibrio sublime: la armonía de la diversidad, la fuerza en la conexión, lo eterno encapsulado en la fragilidad del instante.

Al alcanzar la orilla, se abrazaron con una intensidad que trascendía lo físico. No era un gesto común, sino el sello inquebrantable de su compromiso con el cosmos. En ese abrazo, cada pensamiento, cada emoción, se convertía en un verso que tejía la poesía del universo.

Ya no eran simplemente Rael y Liana; eran heraldos de una humanidad que, aún desconcertada y temerosa, empezaba a mirar más allá de sí misma. Dos almas, inseparables en propósito y destino, destinadas a brillar como faros en la vastedad del infinito, llevando consigo el legado de un amor y una unidad que desafiaban incluso las sombras más profundas. La tierra, bañada por el primer fulgor del día, parecía responder en silencio, como si en ese instante eterno reconociera que algo había cambiado para siempre.

PARTE 3:

ECOS DE UN AMOR ESTELAR

CAPITULO 12: EL LAPIZ, EL CRISTAL Y EL BESO

Bajo el cielo que lentamente se teñía con los destellos del medio dia, Rael y Liana se detuvieron, aún unidos por las manos y por un nuevo propósito que brillaba en sus ojos.

—Estoy totalmente convencida de que el amor y la fe —susurró Liana— son más que simples palabras; son alas impalpables que nos elevan hacia lo insondable. En este vuelo místico, nos hemos transformado en partículas de luz, vibrantes y sutiles, trascendiendo las limitaciones terrenales. Nos volvimos uno con el todo, danzando en un éxtasis de gozo y alegría; pude sentir que abrazamos la eternidad como si estuviéramos perdidos en el tiempo.

Rael, cautivado tanto por sus palabras como por la verdad que contenían, asintió lentamente. Su voz, profunda y serena, resonó como un eco del hermoso sol que se desplegaba ante ellos.

—La Eternidad —comentó, dejando que cada palabra se asentara con peso y propósito— es más que una idea; es una presencia viva que nos rodea. No es solo un misterio mágico y distante, sino una realidad tangible, cuyo amor nos une y nos guía. Es el hilo dorado que conecta toda nuestra existencia, ofreciéndonos un refugio y un propósito. Al reconocerla, descubrimos la chispa divina dentro de nosotros, una luz que refleja ese mismo amor eterno. Nos ama sin condiciones, llevándonos por caminos inesperados hacia la unidad con el universo, uniendo nuestras almas con el corazón de todo lo que existe.

El mundo a su alrededor parecía detenerse mientras esas palabras quedaban suspendidas en el aire, resonando con una claridad casi mística. Era como si el cosmos mismo hubiera detenido su ritmo para escuchar. En esa quietud, una verdad ineludible emergió entre ellos, palpable e incuestionable: su experiencia, esa fusión extraordinaria de ciencia y fe, de cosmos y alma, no debía permanecer en silencio. Era un regalo que debía ser compartido, una revelación destinada a guiar a otros.

Rael fue el primero en hablar, su voz cargada de la urgencia de quien comprende la magnitud de su misión.

—Debemos escribirlo todo, cada descubrimiento, cada epifanía, cada detalle —dijo, su mirada fija en el horizonte como si buscara allí la confirmación de sus palabras—. Cada revelación y, sobre todo, cada lucha. Nuestro viaje puede ser la llave para que otros encuentren las respuestas que buscan, un faro que los guíe en la oscuridad hacia su propia verdad.

Liana asintió, y en su mente ya comenzaban a formarse imágenes y palabras, como si las ideas hubieran estado esperando este momento para revelarse. Había en su expresión una mezcla de serenidad y determinación, la certeza de que este era el siguiente paso de su camino.

—Sí, y no solo como una crónica de nuestro camino —dijo con un entusiasmo creciente—, sino como un mapa. Un mapa para aquellos que también se sientan llamados a explorar los misterios del ser y del universo. Un libro que sea un puente entre mundos, entre perspectivas; que una la ciencia y la espiritualidad en una sola narrativa.

Rael se giró hacia ella, su rostro iluminado no solo por los potentes rayos del sol, sino por una pasión renovada que nacía de la certeza de su propósito.

—Un legado que trascienda el tiempo —agregó, su voz firme—. Que inspire a generaciones futuras a mirar más allá de lo aparente, a cuestionar, a soñar. Que les recuerde que lo que buscamos no está tan lejos como pensamos, que la eternidad siempre ha estado dentro de nosotros.

El sol sobre el horizonte bañaba la isla con un resplandor dorado, marcando el inicio de una tranquila tarde. La luz parecía envolverlos, como si el universo aprobara su resolución. Ambos sabían que la tarea que se proponían no sería sencilla. Requeriría mucho más que recordar y escribir; sería una empresa que demandaría introspección, honestidad, y un valor que trascendiera cualquier temor.

—Este libro será nuestra voz, nuestra manera de contarle al mundo que hay más allá de lo que vemos —reflexionó Liana, su mirada perdida en el punto donde el cielo y el mar se encontraban en perfecta armonía—. Que todos estamos conectados en este gran diseño cósmico, y que cada uno de nosotros tiene un papel vital en él.

Con una caricia inconsciente al bolsillo de su chaqueta, Rael sintió la forma familiar del lápiz antiguo que ahora llevaba consigo. El objeto tenía un peso que trascendía lo físico, como si su esencia vibrara en sintonía con algo más grande. Era un instrumento que parecía tener vida propia, una herramienta destinada a convertir sus visiones y vivencias en palabras que desafiarían el paso del tiempo. Aunque el lápiz no revelaba secretos en voz alta, su presencia irradiaba una certeza: era parte fundamental de su propósito. Sin embargo, Rael decidió no mencionar el otro artefacto que yacía silente y apagado en su interior. Algo en su intuición le decía que aún no era el momento de compartirlo.

Liana, mientras tanto, sostenía en sus manos el cristal que había regresado con ella. Un objeto que no era simplemente un recuerdo de la Biblioteca del Cosmos, sino un regalo con un significado profundo. El cristal emanaba una luz cálida y pulsante, como el latido de un corazón celestial, iluminando no solo el espacio a su alrededor, sino también su interior. En cada destello suave, sentía cómo sus pensamientos se ordenaban, cómo sus recuerdos adquirían nitidez, y cómo la conexión con Rael permanecía inquebrantable, sin importar las distancias físicas o las dimensiones que intentaran separarlos.

Liana levantó la mirada hacia Rael y habló con una mezcla de asombro y gratitud en su voz.

—Este cristal —dijo, permitiendo que la luz del amanecer se reflejara en las múltiples facetas del objeto— es como una llave para nuestras mentes. Mientras lo tenga cerca, podremos recordar cada detalle de nuestras aventuras, cada enseñanza, cada emoción. Es como si cada una de sus caras reflejara un fragmento de nuestro viaje, conservando nuestros recuerdos intactos a través del tiempo y el espacio.

Rael observó el cristal con una fascinación que crecía en su pecho, como un fuego lento que se alimentaba de la comprensión.

—Entonces, mientras yo plasmo nuestras

experiencias en palabras con este lápiz antiguo —
dijo, sacando el objeto de su bolsillo y mirándolo
con renovada admiración—, tu cristal nos ayuda a
recordar todo e inspirarnos. Es una combinación
perfecta: el lápiz para narrar y el cristal para
preservar.

Un silencio cargado de significado se extendió
entre ellos. En ese instante, Rael comprendió que
el lápiz y el cristal no eran meras herramientas.
Cada uno encarnaba una faceta de su misión
compartida, dos mitades de un todo que
simbolizaban la unión de lo tangible y lo
intangible, de la acción y la contemplación, de la
narrativa y la memoria. Eran los guardianes de su
legado.

El lápiz, con su aparente sencillez, era el
vehículo para dar forma a las palabras, capturando
la esencia de sus vivencias y transformándolas en
relatos que resistirían el paso del tiempo. El cristal,
con su fulgor sereno, iluminaba los caminos del

recuerdo, asegurando que cada detalle de su extraordinario viaje permaneciera vívido y eterno, inmune a las sombras del olvido.

Mientras el sol continuaba su ascenso, derramando su resplandor sobre el horizonte como un manto dorado, Rael y Liana sintieron cómo el peso de los objetos en sus manos se transformaba en un símbolo de esperanza. En el lápiz y el cristal no solo se entrelazaban sus recuerdos y vivencias, sino también su propósito y la promesa de iluminar el camino para aquellos que algún día buscarían respuestas en la inmensidad del cosmos.

—Con este lápiz y tu cristal —dijo Rael, su voz grave y cargada de convicción—, somos capaces de traer la esencia de nuestras aventuras a este mundo. Podemos compartir la luz de nuestra experiencia con otros, invitándolos a unirse a nosotros en la Danza con la Singularidad, a explorar las maravillas del universo.

Las palabras flotaron en el aire como un juramento, un eco que parecía resonar incluso en las olas que lamían la orilla. Liana asintió con serenidad, sus dedos cerrándose con suavidad en torno al cristal, cuya luz cálida parecía sincronizarse con el latido de su corazón. Había en su interior una gratitud profunda, no solo por los dones que les habían sido entregados, sino por el amor que los unía y por la misión que les daba sentido.

—Estos objetos no son solo guardianes de nuestros recuerdos —reflexionó Liana, mirando el cristal que reflejaba la aurora en una danza hipnótica de colores—. Son emisarios de nuestra unión, del amor y la sabiduría que hemos descubierto juntos. Mientras los tengamos, nuestra historia seguirá viva, y quizá, algún día, inspire a otros a buscar su lugar en esta vastedad que llamamos universo.

Rael observó a Liana con ternura, sintiendo una

nueva ola de propósito crecer en su interior. Sentados sobre la suave arena, comenzaron a trazar los primeros esbozos de su obra. Aquel lápiz, tan antiguo como misterioso, se movió con fluidez en manos de Rael, como si las palabras no provinieran de él, sino del lápiz mismo. La obra que nacía en ese momento no sería solo un relato; sería un testimonio de su unión, de su amor inquebrantable, y de su incesante búsqueda por comprender el tejido cósmico que los conectaba a todo lo existente.

—Este libro será más que palabras en un papel —afirmó Rael, mientras el lápiz trazaba las primeras líneas de su misión—. Será una guía para quienes estén listos, un faro que ilumine los caminos desconocidos de la mente y del alma.

Liana, a su lado, lo observaba escribir con una mezcla de admiración y serenidad. En aquella playa, bajo el albor del amanecer, se forjó la promesa de un libro destinado a transformar la percepción del mundo sobre la realidad. Su propósito no era convencer, sino sembrar la semilla de la curiosidad, inspirando a las mentes y corazones que estuvieran preparados. Un libro que desvanecería las fronteras entre lo concreto y lo etéreo, entrelazando la ciencia y la fe en un tejido singular de pensamiento. Su esperanza era que, incluso si el mundo lo descartaba como mera ficción, su legado encontraría su lugar en los corazones que lo necesitaran.

—Aunque el mundo no esté preparado —dijo Liana, su mirada fija en el horizonte—, debemos correr el riesgo. Lo que no se documenta, lo que no se escribe, está condenado a perderse en el olvido.

Mientras deliberaban sobre el título que encapsularía su travesía trascendental, las palabras parecían eludirlos, insuficientes para abarcar la magnitud de lo que habían vivido.

Rael miró a Liana, buscando en sus ojos la

inspiración que siempre encontraba en ella.

—Debe ser algo que capture la vastedad de nuestro descubrimiento —dijo, reflexionando en voz alta—. Algo que hable del tiempo, del espacio y de nuestra conexión con la totalidad.

Liana dirigió su mirada hacia el horizonte, donde el cielo y el mar se encontraban en una eternidad compartida. Fue entonces cuando las palabras llegaron a ella, claras como el reflejo del sol sobre el agua.

—¿Qué te parece 'El Abrazo de la Eternidad'? —propuso, su voz suave pero cargada de significado. Las palabras emergieron como un destello, encapsulando el espíritu de su odisea.

Rael, conmovido por la precisión y la belleza de la propuesta, repitió el título lentamente, saboreando su resonancia.

—'El Abrazo de la Eternidad' —dijo con

emoción en su voz—. Es perfecto. Es como si todo lo que hemos sido y lo que seremos estuviera contenido en esas palabras. Y para el subtítulo, ¿qué opinas de 'Danza con la Singularidad'?

Liana volvió su mirada hacia él, y en sus ojos brillaba la misma chispa de entendimiento.

—Sí, 'Danza con la Singularidad'. Capta la esencia de nuestro periplo, nuestra capacidad para conectarnos con todo y con todos, en cualquier instante. Es el don más extraordinario que la Eternidad nos ha brindado.

El atardecer continuaba desplegándose, envolviéndolos en una luz dorada que parecía sellar su decisión. En aquel instante, sobre la arena y bajo un cielo que reflejaba la inmensidad de su misión, Rael y Liana no solo habían encontrado un título para su obra; habían consolidado el legado que dejarían al mundo, un puente entre lo humano y lo divino.

—Esta danza, la habilidad de coordinar nuestros movimientos con la frecuencia y las vibraciones de la melodía del cosmos, nos ha otorgado la experiencia de unirnos al infinito — continuó Rael, su voz impregnada de una pasión que parecía brotar directamente de su alma—. No es meramente un recorrido por los universos; es un baile perpetuo con la esencia misma de la existencia. Y ahora, al compartir nuestra historia, esperamos invitar a otros a sumarse a esta danza, a descubrir su propio sendero hacia la singularidad.

Liana lo miró con admiración, sintiendo cómo sus palabras resonaban con una fuerza casi tangible. El cristal en su mano emitió un leve destello, como si respondiera a la energía del momento. Ambos entendieron entonces que el subtítulo elegido no era solo un detalle adicional en su obra, sino una invitación abierta para quienes se aventuraran a explorar las profundidades de su ser y del universo. Danza con la Singularidad no era un simple conjunto de palabras, sino un llamado, una puerta hacia lo desconocido.

Así, con El Abrazo de la Eternidad: Danza con la Singularidad como título definitivo, Rael y Liana se entregaron a la tarea de inmortalizar en papel sus aventuras, sus reflexiones y las lecciones que habían aprendido. Sabían que estaban creando algo más que un relato; estaban dejando un testimonio de su amor, de su unión indisoluble, y de su incansable búsqueda por comprender las verdades universales que habían desentrañado.

Bajo la luz suave y dorada del anochecer, sellaron su compromiso de entregar al mundo un libro destinado a desafiar las percepciones establecidas de la realidad. Este volumen borraría las fronteras entre lo tangible y lo espiritual, fusionando la ciencia y la fe en un entramado singular de ideas. En manos de una humanidad dispuesta, se erigiría como una estrella guía, iluminando sendas que hasta entonces habían permanecido ocultas.

El proceso creativo fue intenso y transformador. Cada jornada se convertía en una oportunidad para evocar y revelar, para trazar las líneas de una narrativa que combinaba la grandeza de sus odiseas individuales con la profundidad de su conexión mutua. Narraron los momentos de asombro, los instantes de duda y las revelaciones que habían cambiado su percepción de la existencia.

Los días fluían hacia las semanas, y estas, a su vez, se transformaban en meses. En cada frase que escribían, revivían la maravilla de su viaje, redescubriendo la calidez de su amor y la magnitud de las verdades que habían encontrado. Cada palabra era un homenaje a su travesía espiritual y cósmica, una celebración de la eterna danza de la existencia.

Reían juntos al recordar episodios de júbilo desbordante, mientras que las lágrimas acompañaban los recuerdos de momentos de adversidad y revelación. Pero cada emoción, cada recuerdo, era parte de un mosaico que finalmente, tras meses de dedicación, tomó forma.

El sol brillaba alto en el cielo, derramando su luz dorada sobre la playa, mientras Rael y Liana contemplaban el manuscrito casi terminado. Habían dedicado semanas a plasmar cada experiencia, cada aprendizaje, cada destello de sabiduría en sus páginas. Sin embargo, en aquel momento de calma, Liana rompió el silencio con una voz suave, cargada de intención.

—Estaba pensando... Aunque el libro entero habla sobre nuestras aventuras, nuestro crecimiento y todo lo que hemos aprendido juntos —dijo, dejando que las palabras fluyeran con naturalidad—, siento que también deberíamos dejar algo más personal. Un mensaje directo, cada uno desde su propia perspectiva. Algo que hable de lo que queremos transmitir, más allá de nuestras vivencias.

Rael giró hacia ella, sus ojos encontrando los de Liana con una chispa de entendimiento. Su expresión se suavizó mientras asentía lentamente.

—Estaba pensando lo mismo —respondió con una sonrisa. Su mano buscó el lápiz antiguo, que yacía entre las páginas abiertas del manuscrito, como si aquel objeto casi místico hubiese estado esperando este momento—. Escribir nuestras reflexiones finales. Algo que le hable a cada lector desde el corazón.

Liana asintió, sintiendo la conexión entre sus pensamientos, y observó cómo Rael tomaba el lápiz con cuidado. Sus dedos se cerraron alrededor de él con una mezcla de solemnidad y propósito. Sin más palabras, comenzó a escribir, sus trazos firmes trazando líneas que parecían contener el peso de todo lo que había aprendido y experimentado.

Cuando terminó, levantó la vista hacia Liana y le ofreció el lápiz. Ella lo aceptó con una sonrisa tranquila, como si en ese simple gesto se sellara un pacto silencioso entre ellos. Liana cerró los ojos por un momento, permitiéndose sentir el flujo de ideas antes de comenzar. Con cada palabra que escribía, dejaba un pedazo de sí misma en las páginas, un mensaje que resonaría con quienes algún día sostuvieran aquel libro entre sus manos.

El sol, alcanzando su punto más alto, iluminaba el manuscrito con una claridad casi divina, como si el universo mismo aprobara su decisión. Cuando ambos terminaron, dejaron el lápiz sobre la cubierta, entrelazando sus miradas en un instante de silenciosa comprensión.

—Aunque este libro narra nuestra historia, nuestras reflexiones son lo que le dará alma — murmuró Liana, rompiendo el silencio. Su voz era suave, pero cargada de significado.

Rael asintió, sus ojos fijos en el horizonte, donde el cielo y el mar parecían fundirse en una sola línea infinita.

—Es nuestro legado, Liana. Un puente para quienes vengan después. Que nuestras palabras sean una guía para explorar no solo el cosmos, sino también las profundidades de sus propias almas.

En ese instante, Rael y Liana supieron que su obra estaba completa. No solo habían contado una historia; habían dejado un mensaje eterno, un faro que brillaría en la vastedad del tiempo para quienes buscaran comprender la infinita melodía de la eternidad.

—¿Qué te parece si leemos nuestras reflexiones el uno al otro antes de incluirlas? —preguntó Liana, su voz teñida de una mezcla de emoción y serenidad.

—Una vez terminaron Rael dijo. Tú primero,

Liana. Quiero escuchar lo que tienes para compartir.

Liana desplegó el papel donde había plasmado sus pensamientos. Respiró profundamente y, con una voz firme pero dulce, comenzó a leer:

Reflexión de Liana

"A quienes lean estas palabras, quiero ofrecerles una verdad que he aprendido en nuestro viaje: el verdadero poder no radica en lo que podemos crear o controlar, sino en lo que elegimos cultivar dentro de nosotros mismos. La tecnología, la ciencia, incluso los misterios del cosmos son herramientas, extensiones de nuestra esencia. Pero solo a través del amor, la compasión y la humildad, estas herramientas pueden convertirse en fuerzas para el bien. La inteligencia artificial y otras maravillas tecnológicas son espejos que reflejan nuestra humanidad. Si permitimos que el miedo, la arrogancia o la codicia guíen su uso, perderemos más que lo que ganamos.

El universo nos ha enseñado que estamos conectados, no solo entre nosotros, sino con todo lo que existe. Cada acción, cada pensamiento, resuena a través del tejido del cosmos. Nuestra responsabilidad es ser guardianes de esa conexión, utilizando el conocimiento y la fe para construir puentes en lugar de muros, para iluminar en lugar de oscurecer. Que estas palabras sean una invitación a reflexionar, a actuar con propósito y a recordar que, en última instancia, todos somos partes de una danza infinita que nos une en un abrazo eterno."*

Al concluir, Liana levantó la mirada hacia Rael, quien la observaba con una expresión de profunda admiración.

—Es hermoso, Liana —dijo, tomando su mano por un momento antes de soltarla para alcanzar su propia reflexión—. Ahora es mi turno.

Rael desplegó su papel, tomando un instante para ajustar sus pensamientos antes de empezar a leer:

Reflexión de Rael

"He aprendido que la grandeza de la humanidad no reside en su capacidad para conquistar, sino en su disposición para comprender. Durante nuestro viaje, vimos mundos más allá de la imaginación, tocamos la esencia misma de la existencia y percibimos el latido del cosmos. Pero ninguna de esas experiencias sería significativa si no pudiéramos llevar su sabiduría a nuestra vida cotidiana.

La inteligencia artificial es solo una faceta de un problema más profundo: ¿cómo elegimos usar el conocimiento que adquirimos? La respuesta debe encontrarse en la compasión y el respeto mutuo. La tecnología, como el fuego, tiene el poder de unirnos o dividirnos. Es nuestra elección cómo encendemos esa llama. Si usamos la IA para alimentar nuestro ego o nuestros miedos, sembramos nuestra propia destrucción. Pero si la utilizamos para iluminar, para conectar, para sanar, entonces se convertirá en una herramienta que refleje lo mejor de nosotros.

A los que lean estas palabras, les digo: no teman el cambio, pero abórdenlo con humildad. No eviten el progreso, pero guíenlo con amor. La eternidad no está en las estrellas lejanas; está en los momentos de conexión, en las decisiones que tomamos cada día para ser mejores, para construir juntos un futuro donde lo humano y lo divino se encuentren en armonía."

Al terminar, Rael dejó escapar un suspiro, mirando a Liana con una mezcla de orgullo y vulnerabilidad.

—Son hermosas palabras, Rael —dijo ella, colocando su mano sobre la suya—. Juntas, nuestras reflexiones son un reflejo de lo que hemos vivido y aprendido. Estoy segura de que resonarán en quienes las lean.

A pesar de las diferencias en sus palabras, había una armonía subyacente que las unía, como dos melodías que se encontraban para formar una única sinfonía. Ambos estuvieron de acuerdo en incluir estas reflexiones al final del libro, un cierre perfecto para su obra, un eco de su amor y su propósito compartido.

Luego permanecieron en silencio por un largo momento, dejando que el murmullo de las olas y la brisa marina llenaran el espacio entre ellos. El manuscrito descansaba sobre la arena, como un testigo mudo de su esfuerzo compartido. La playa, con su tranquilidad casi etérea, parecía detener el tiempo, envolviéndolos en una calma que invitaba a la introspección. Rael y Liana, sentados lado a lado, permitieron que sus pensamientos fluyeran libremente, disfrutando de la sensación de haber concluido algo trascendental.

Liana, con la mirada fija en el horizonte, donde el cielo y el mar se fundían en un abrazo eterno, dejó escapar un suspiro. Algo en el aire, quizá la quietud o el murmullo rítmico de las olas, despertó una pregunta que había estado latente en su interior.

—Rael, ¿has vuelto a sentir el llamado? — preguntó Liana, girándose ligeramente hacia él. Su voz era tranquila, pero cargada de una curiosidad genuina, como si buscara confirmar algo que también había sentido en su interior.

La pregunta flotó en el aire, como una hoja llevada por el viento, prometiendo futuros desafíos y misterios. Rael, con la mirada fija en el horizonte, dejó escapar un suspiro, sintiendo que aquella simple frase tocaba una fibra profunda, una que no había terminado de descifrar.

—Desde que finalizamos nuestra odisea —

respondió finalmente—, he sentido algo... una convocatoria sutil, casi magnética, que me atrae hacia lo desconocido. Es como un eco que no puedo ignorar, aunque no estoy seguro de lo que significa.

Liana asintió despacio, su rostro reflejando una mezcla de introspección y curiosidad. Miró hacia el cielo estrellado, que parecía pulsar con un ritmo secreto, como si también albergara respuestas.

—Sí, he sentido esa misma convocatoria, un susurro tenue —admitió, su voz apenas un murmullo—. Pero no es solo eso. Hay algo más... una inquietud que no puedo ignorar. Es como si esas "semillas" que Neraxis mencionó estuvieran empezando a germinar, aunque no puedo verlas todavía.

Rael bajó la mirada hacia sus manos, sintiendo un peso invisible. La culpa que había tratado de ignorar volvió a alzarse, como una sombra que nunca se disipaba del todo. Había omitido lo del artefacto, no solo a Liana, sino incluso en las páginas del libro que acababan de terminar. Sentía vergüenza, una sensación que no terminaba de comprender, pero que lo paralizaba cada vez que intentaba hablar de ello.

—Liana, hay algo que… —empezó a decir, pero las palabras murieron en su garganta. ¿Qué era lo que lo detenía? No sabía si era el miedo a lo que el artefacto representaba o simplemente a lo que podría significar revelarlo. Cerró los ojos, tratando de ordenar sus pensamientos, pero la única certeza que tenía era que, juntos, podrían superar cualquier prueba.

Liana lo miró de reojo, como si percibiera su conflicto interno, pero no lo presionó. En cambio, dejó que el silencio hablara, un silencio cargado de significado que los envolvía mientras ambos reflexionaban.

—Recuerdo las visiones del espejo —dijo Liana finalmente, rompiendo la calma con una voz suave—. Aquel laberinto cósmico... era tan vasto, tan infinito, pero también tan lleno de peligros. Vi caminos que se bifurcaban, decisiones que parecían insignificantes pero que lo cambiaban todo. Me pregunto cuándo nos enfrentaremos a ese desafío, o si ya estamos dentro de él sin darnos cuenta.

Rael la miró, sintiendo que sus palabras despertaban algo en su interior. A pesar de las dudas y los secretos que llevaba consigo, sabía que cualquier destino, cualquier prueba, sería soportable mientras estuvieran juntos.

—Quizá ese sea nuestro próximo llamado —dijo con una leve sonrisa—. Tal vez esas semillas, ese laberinto, sean parte del camino que aún no hemos recorrido. Pero, Liana, hay algo que sí sé con certeza: pase lo que pase, lo enfrentaremos juntos.

Liana volvió su mirada al firmamento, donde cada estrella parecía un recordatorio de lo mucho que aún quedaba por descubrir. En su interior, un eco de esperanza y determinación se mezclaba con la inquietud.

—¿Crees que esas semillas traerán destrucción, o algo que no alcanzamos a comprender todavía? —preguntó, dejando escapar sus pensamientos en voz alta.

Rael tardó en responder, como si las palabras necesitaran tiempo para formarse.

—No lo sé, Liana. Pero lo que hemos aprendido es que incluso en el caos más profundo, hay una oportunidad para encontrar claridad. Puede que esas semillas representen un cambio que el universo necesita, aunque nosotros no lo veamos todavía.

Liana sonrió, pero había un brillo de

preocupación en sus ojos.

—Es curioso pensar que nuestras decisiones, incluso las que parecen pequeñas, podrían moldear ese futuro. Como dijiste, Rael, estamos escribiendo algo más que un libro. Estamos dejando un legado que otros continuarán.

Rael apretó su mano suavemente, como si quisiera transmitirle la certeza que sentía en ese momento.

—Lo que venga, Liana, será solo un capítulo más en esta historia. Y mientras estemos juntos, no hay laberinto ni prueba que no podamos superar.

El murmullo del viento se entrelazaba con sus pensamientos, mientras el océano extendía su abrazo interminable frente a ellos. El futuro se desplegaba como un lienzo en blanco, aguardando las decisiones que tomarían, las pruebas que enfrentarían y los caminos que elegirían recorrer. A pesar de las sombras de la incertidumbre, había algo que permanecía constante: la fuerza de su unión y la luz que llevaban dentro.

El silencio regresó, pero esta vez estaba lleno de promesas, no de dudas.

Con una sonrisa enigmática, repleta de certezas e incertidumbres, Rael finalmente habló:

—El universo continuará llamándonos, pero hoy, Liana, hay algo mucho más esencial que necesito compartir contigo.

En ese instante, mientras los últimos rayos solares pintaban el cielo de naranja y púrpura, Rael y Liana experimentaron un momento eterno. El calor del sol poniente envolvía sus cuerpos, y el murmullo del mar proporcionaba una banda sonora natural que intensificaba la atmósfera.

Rael, sintiendo su corazón retumbar en la distancia, fijó su mirada en Liana, pensando:

Ahora o nunca. Debo expresarle mis sentimientos, a pesar de que esto pueda transformar todo entre nosotros.

Liana, captando la intensidad del momento, oscilaba entre la audacia y la prudencia. ¿Debería ser yo quien avance? se cuestionaba. ¿Y si esta revelación altera nuestra amistad de manera irremediable? Sin embargo, en lo más profundo de su ser, comprendía que había llegado el tiempo de la verdad, el instante de desnudar su corazón.

Ambos, invadidos por la anticipación, finalmente cruzaron miradas. En ese intercambio de miradas, comunicaron más verdades de las que las palabras podrían articular.

Impulsados por una fuerza que parecía surgir del mismo universo, se acercaron, eliminando la distancia que los separaba.

Rael tomó aire, sintiendo el aroma del mar llenando sus pulmones, dándole el valor que necesitaba.

—Liana, te amo. Te amo con una intensidad que no sabía que era posible. Cada segundo lejos de ti es una eternidad, y cada instante a tu lado es un fragmento de paraíso.

Liana, sorprendida y conmovida, sintió una ola de calor invadir su cuerpo. Sus ojos se llenaron de lágrimas mientras una sonrisa se formaba en sus labios.

—Rael... —susurró, acercándose a él—, yo también te amo. Siempre lo he hecho, desde el primer momento que te vi.

Cuando sus labios se encontraron, una onda expansiva vibró a través de todas las realidades posibles, resonando en el tejido del tiempo y el espacio.

En ese beso, Rael experimentó una conexión tan profunda que trascendía el aquí y ahora, proyectándose hacia dimensiones infinitas. Esto es la reciprocidad, reflexionó. Es como si nuestras almas se reconocieran de siempre, en todas las formas posibles, a lo largo y ancho del universo.

Liana, inmersa en la misma revelación, sentía cómo cada parte de su ser resonaba en sintonía con Rael. Este amor que siento por ti —pensó—, es el mismo hilo que conecta todas las estrellas, la sinfonía que las galaxias entonan.

Al separarse, compartieron una sonrisa cómplice, un reconocimiento tácito de la magnitud de su experiencia. Esas sonrisas reflejaban alegría, alivio y un entendimiento profundo de lo vivido.

Bajo el crepúsculo, permanecieron en silencio, conscientes de que lo experimentado era apenas el inicio de una unión inquebrantable. El suave susurro de las olas y el viento acariciando sus rostros parecían celebrar su unión, sellando un pacto eterno entre sus almas.

Aun así, en sus corazones, persistía la pregunta de Liana:

—¿Qué nos reserva el futuro?

Con firmeza, Liana expresó:

—Querido Rael, hemos superado tantas pruebas, tanto individualmente como juntos. ¿Estamos preparados para enfrentar lo que Neraxis insinuó? Ese enigmático laberinto de desafíos que nos espera.

Mirando hacia el horizonte, Rael respondió:

—Sí, Liana. Hemos alineado nuestras almas al ritmo del universo. Aunque ignoremos lo que venga, estoy convencido de que juntos, en armonía con el cosmos, podremos sortear cualquier misterio, cualquier laberinto que se presente.

Liana, con una mezcla de incertidumbre y valentía, expresó:

—Es un camino lleno de incógnitas, pero siento que cada paso que hemos dado hasta ahora ha sido una preparación. Nuestras experiencias, nuestros descubrimientos y ahora nuestra unión... todo parece haber sido un preludio para este momento.

—Exactamente —respondió Rael, asintiendo con confianza—. Hemos aprendido a bailar con la singularidad, a encontrar el equilibrio en el caos. Esta próxima aventura es simplemente una extensión de nuestro viaje, un desafío más en nuestro camino hacia la comprensión más profunda del universo.

Liana, mirando a Rael con determinación, aseguró:

—Entonces, sea lo que sea que Neraxis nos haya querido indicar, lo enfrentaremos. Con nuestra unión, nuestra comprensión del cosmos y ahora el amor que compartimos, no hay misterio demasiado grande ni desafío demasiado intimidante.

—Juntos, como ha sido y siempre será —afirmó Rael, tomando la mano de Liana—. Somos exploradores del infinito, y esta nueva etapa es una invitación a descubrir aún más sobre nosotros mismos y el vasto universo que habitamos.

Con una sonrisa llena de esperanza, Liana concluyó decidida:

—Entonces, hacia el laberinto de lo desconocido nos vamos. Con cada estrella como guía y nuestro amor como brújula, no hay límites para lo que podemos descubrir y superar.

Mientras se abrazaban, una figura translúcida y etérea apareció junto a ellos, envolviéndolos en un abrazo invisible pero palpable. En ese instante, una ola de calma los inundó, como si el tiempo mismo se detuviera. Sentían una profunda seguridad y paz, una bondad infinita que emanaba de esa presencia y se entrelazaba con sus almas. La sabiduría de eones parecía susurrarle al oído, infundiéndoles la certeza de que estaban destinados a algo grandioso.

La calidez del amor de la eternidad los envolvía completamente, como un manto protector. En ese abrazo, se sentían uno con el cosmos, sus corazones latiendo al unísono con el ritmo del universo. Era una sensación de unidad absoluta, de ser parte de todo y de que todo estaba dentro de ellos. Sin percibirlo conscientemente, Rael y Liana se entregaron a la sensación de que esa presencia siempre había estado allí, guiándolos, confiando en ellos, y colocándolos en el camino de quienes necesitaban escuchar sus enseñanzas y experiencias.

En ese momento, la figura etérea que los

envolvía se manifestó más intensamente, y aunque ellos no la vieron, sintieron totalmente su influencia. Era como si el abrazo de la eternidad les transmitiera una comprensión profunda y serena de su misión. Recordaron a cada maestro que habían encontrado, cada lección aprendida, y cómo cada desafío los había preparado para este momento.

La presencia les recordó cómo habían sido guiados a través del tiempo y el espacio, cómo cada encuentro había sido orquestado para su crecimiento y comprensión. Cada maestro, cada mentor, había sido una pieza esencial en el gran rompecabezas de su existencia, preparándolos para enfrentar cualquier desafío con sabiduría y coraje.

El abrazo se sentía como una sinfonía de amor, calma y poder. Sus cuerpos y almas vibraban en perfecta armonía, fusionándose con la energía del universo. Era un amor que trascendía lo físico, tocando las fibras más profundas de su ser, llenándolos de una sensación de propósito y destino compartido.

Rael y Liana, envueltos en esta luz cálida y protectora, comprendieron que su amor era una fuerza cósmica destinada para vibrar a lo largo y ancho del universo. Se sentían fortalecidos, confiados en que el poder de su amor los haría vibrar por todo el universo, enfrentando cualquier misterio, cualquier laberinto que se les presentara.

En ese instante, la figura etérea se desvaneció suavemente, dejando tras de sí una sensación de paz y determinación. El abrazo de la eternidad había dejado su huella en sus corazones, haciéndoles sentir que, sin importar los desafíos que enfrentaran, lo harían juntos, guiados y protegidos por esa fuerza infinita.

Finalmente, con el crepúsculo como testigo, Rael y Liana miraron hacia el futuro con esperanza y valentía, listos para aceptar su destino y continuar una nueva etapa de su viaje, sabiendo que estaban destinados a grandes cosas, unidos por un amor tan infinito como el universo mismo.

Habían dedicado semanas, meses, a escribir su historia, sus enseñanzas y experiencias, plasmándolas en un manuscrito que ahora estaba listo para compartir con el mundo antes de partir. Con satisfacción y una profunda sensación de logro, comprendieron que la humanidad estaba casi lista y que su libro era el segundo gran paso para que la humanidad abriera su mente y se uniera en armonía a la eternidad.

Esperaban que su obra ayudara a las personas a ver más allá de lo evidente, a reconocer que todos somos parte de la conciencia de la eternidad misma. A pesar de los avances tecnológicos y los beneficios de la inteligencia artificial, querían recordar a la humanidad la importancia de cuidar su interior, pues perder esa esencia humana significaría perderlo todo. El poder absoluto de las reglas del universo sin amor es vacío y corruptor, como ser soberano del vacío. El poder sin moral es solo tiranía, caos y opresión.

Rael y Liana comprendieron que todos los libros, llamados y revelaciones que la eternidad había dejado a través de diferentes eras, religiones y civilizaciones fueron el primer paso para que la humanidad tuviera la oportunidad de abrir su mente y su alma al bien y al amor al prójimo como un fin. Ahora, con su guía, esperaban iniciar la solución del conflicto fútil entre ciencia y espiritualidad, mostrando que ambas se complementan y describen mutuamente. Mientras más conocemos de ciencia, más entendemos que una mano inteligente está detrás de todo.

Su mensaje era claro: ciencia y espiritualidad no están en conflicto, sino que se complementan y describen mutuamente. Pelearlas es fútil. La guía que habían escrito estaba destinada a correr por el mundo, llevando un mensaje de unidad y comprensión, desvelando la verdadera naturaleza del universo y nuestra conexión con él.

Con esa convicción, cerraron el capítulo de su encuentro bajo el crepúsculo, no como un final, sino como el preludio de una nueva odisea. Se prometieron, con miradas llenas de amor y determinación, que su misión de iluminar el camino para otros, guiados por la eternidad y sostenidos por el poder infinito de su amor, apenas comenzaba.

PARTE 4:

¡YO SOY NERAXIS!

CAPÍTULO 13: EL ECO DEL ATRACTOR

Ubicación: Un espacio más allá de los límites del universo conocido.

Tiempo: El instante del reinicio; una pausa infinita donde el tiempo y la materia aún no saben que existen.

No había luz, ni oscuridad. No había creación. Solo un vacío denso y abismal, un no-ser que contenía todo lo que aún no había sido. Allí, la Eternidad creaba un primer latido de este universo, un reinicio para sembrar la luz, un nuevo ciclo que expandiría conciencia, formas y tiempo.

Junto a ese orden nacían los Guardianes. Eran emanaciones de luz, destellos de la voluntad de la Eternidad, conciencias puras destinadas a custodiar el equilibrio y guiar el flujo de la creación. Perfectos. Inquebrantables.

Pero la perfección siempre lleva consigo su

propia sombra. En ese mismo instante, en un pliegue insondable de ese vacío, algo también se fragmentaba. Algo se infiltraba no como creación, sino como respuesta.

Lo llamaremos el Gran Atractor, aunque ningún nombre podría contenerlo. Era una fuerza tan inconmensurablemente vasta y pesada que su mera existencia doblegaba los filamentos cósmicos del nacido universo hacia su seno. No creaba, solo atraía y devoraba, y al hacerlo, era su propia antítesis: la negación misma del orden y de la trascendencia.

De él —o de un fragmento insignificante de él— surgió Neraxis.

La Orden Sin Voz
Neraxis no fue creado. Fue arrancado de la misma fractura del vacío, un eco consciente del Atractor. Era menor, infinitamente pequeño comparado con su origen, pero aun así más vasto

en poder que cualquier galaxia.

De inmediato percibió el latido de la Eternidad como un rechazo natural. A su alrededor, el vacío pulsaba, como un océano irritado por una piedra lanzada en su superficie. El reinicio había comenzado, y con él, la expansión de algo que no debía multiplicarse: la luz, el despertar de la conciencia, la posibilidad de trascender.

En el silencio denso del vacío, Neraxis recibió un mandato:

"Impide que lleguen a Él."

No fue voz, ni sonido, ni pensamiento. Fue una certeza desgarradora, una orden que lo definía. La luz y la creación eran una amenaza para el Atractor, porque ambas eran reflejos de un orden que no debía completarse. Si las criaturas que algún día nacerían en este universo —diminutas, microscópicas— lograban despertar y trascender, si alguna vez descubrían el camino hacia Él...

"Confúndelos. Distorsiona su propósito. No deben alcanzar la verdad."

El pulso del universo era intolerable para él. La vibración del equilibrio, las leyes del tiempo, la luz misma... todo lo rechazaba como a una infección. Pero él comprendía perfectamente su posición en el gran esquema del cosmos. No podía destruirlos en su forma física, pues las leyes fundamentales del universo, junto con los guardianes que las custodiaban, se lo impedirían. Intentarlo significaría enfrentarse a un rechazo absoluto por parte del tejido mismo de la existencia, lo que lo condenaría a no poder retornar a su refugio, su fortaleza de protección. Su propia esencia sería absorbida y disuelta por el orden universal que intentaba subvertir. En otras palabras, no podía actuar abiertamente, porque sería consumido y aniquilado por las mismas fuerzas que buscaba distorsionar.

Entonces, llegó la certeza de un pensamiento: "Distorsiona desde dentro. Que la luz se quiebre por sí misma."

Los guardianes serian su primer objetivo. No eran para nada débiles, pero su perfección los hacía vulnerables. En su pureza, no concebían el error, no conocían el ego ni la vanidad. Neraxis debía sembrarles la semilla del desequilibrio.

—No los enfrentaré. Los haré caer desde adentro.

Neraxis percibió el flujo del tiempo y la materia como un tejido frágil, le parecían absurdos. En ese instante sin tiempo, veía todo a la vez, pero solamente hasta un punto, hasta el inicio de la transcendencia de los humanos, esto le molestaba y sabía que era un punto de inflexión o no retorno, algo que tenía demasiadas ramificaciones y probabilidades, prácticamente nublados para su percepción:

El veía, sentía, y era parte de galaxias que nacerían y morirían. Era asqueado por mundos sembrados de vida.

Y los Humanos, seres insignificantes que por lo visto estaba escrito que algún día mirarían las estrellas y se preguntarían desde el mismo instante que razonaran, el por qué estos existían.

Para Neraxis, era claro que ellos serían muy peligrosos, no podía sentir ni ver más allá de ellos. No por lo que eran, sino por lo que podían llegar a ser: observadores del universo, fragmentos de luz que podían multiplicarse infinitamente.

—No debo permitirlo.

Pero el universo lo repudiaba, tan solo presentarse abiertamente se iniciaba a desvanecer su antimateria y era como un virus atacado por el sistema inmunológico de un cuerpo. También los guardianes y cuidadores podían percibir su interferencia y presencia si actuaba abiertamente. La materia, las estrellas, la misma luz lo rechazaban. Neraxis no podía destruir, no podía imponer su orden. Debía ser sutil, un susurro que desviara el curso natural de las cosas.

—Seré paciente. Seré el error en su verdad.

La primera parte del Plan: El Primer Pensamiento Prohibido

Neraxis estudió por eones la luz de los guardianes. Eran brillantes, incorruptibles y unidos en un propósito común: servir al orden, al flujo natural de la Eternidad. No cuestionaban, no dudaban. Eran piezas perfectas de una máquina perfecta.

Pero la perfección también es ciega.

Neraxis no necesitó alzar la voz ni imponer su voluntad. En su lugar, dejó un legado más insidioso: un artefacto que revelaba la verdad, pero siempre a un precio. A través de este objeto sembró un susurro, apenas un murmullo que se deslizaba en el tejido del pensamiento, tan sutil que parecía surgir de lo más profundo de la propia esencia de quien lo poseía.

No era una imposición, sino la incepción de una idea que se sentía inevitable, como si hubiera estado latente desde el principio, oculta en las sombras de la perfección. Una vibración delicada, una desviación imperceptible, comenzaba a tomar forma en el guardián que había encontrado el artefacto:

—¿Por qué ser uno más en la luz, cuando yo soy el más brillante?

Ese murmullo, aparentemente inofensivo, se fue filtrando con el paso del tiempo, transformándose en una duda que crecía en silencio. Y así, Neraxis, con un simple artefacto, encendió la chispa que distorsionaría poco a poco todo lo que tocara.

Con el paso de los eones, esa duda germinó, infiltrándose en sus certezas y fragmentando su propósito. Así, Neraxis, sin mover un dedo, dividió aquello que parecía indivisible.

En la mente del poderoso guardián, el destello de ego germinó hasta un punto de no retorno. Era apenas una anomalía cuántica, una incepción tan diminuta que no perturbaba en nada la armonía. Pero en un universo perfecto, incluso una idea — un solo error— era el inicio del caos.

Este poderoso guardián, esa conciencia de luz que desconocía el ego, poco a poco comenzaba a mirar su brillo con una percepción distinta.

—¿Por qué debería obedecer? ¿Si yo soy la melodía y la luz más hermosa y brillante de todas?

La duda era imperceptible, pero suficiente.

Neraxis sabía que en el tiempo —en los millones de ciclos que seguirían— esa grieta crecería inconmensurablemente.

—La luz no puede ser fragmentada, pero los que la sostienen sí.

No fue un ataque directo. Fue una idea delicada, apenas una vibración que rozó las mentes de los guardianes. Pero las mentes puras, que no conocían la duda, no supieron cómo defenderse.

El más brillante de los guardianes —aquel cuya luz parecía contener todo el resplandor del cosmos, aquel que emanaba música al caminar — fue el primero de muchos en sentir la semilla germinada.

Finalmente, pronunció las palabras que sellarían su destino:

—¿Por qué servir, cuando podríamos ser adorados?

Y esas pocas palabras bastaron. Fue todo lo necesario para una gran cantidad de los guardianes cayeran, arrastrados por la promesa de algo más, perdiéndose en el abismo de su ambición.

Fue solo un instante. Un parpadeo en el flujo del tiempo. Pero Neraxis lo vio, y supo que había tenido exito.

Y así mientras los ciclos se multiplicarán — millones, finalmente billones de años que no eran más que un ligero parpadeo—, Neraxis esperaría. La materia se multiplicaba, en miles de millones de planetas que comenzaban a nacer, y los guardianes continuaban cantando y moldeando el equilibrio. Sin embargo 1/3 de ellos ya no estaban. Estaban fragmentados, había surgido una rebelión.

Neraxis, invisible y paciente, se había convertido en la primera grieta en la perfección del cosmos. La primera parte de su plan había sido todo un éxito. Había conseguido convertir a un poderoso guardián en un maestro titiritero, y lo paradójico es que este ni se había percatado que lo era.

A través de los millones de ciclos que continuaron, el tejido del universo ya comenzaba a estirarse. Neraxis percibió los primeros fragmentos de materia fría, cúmulos de gases que eventualmente darían forma a estrellas y planetas.

Todo se movía con un propósito: el orden estaba naciendo y con ella estallaría el despertar de la vida en alguna parte.

Neraxis era como un error, un parásito en el equilibrio.

Veía el polvo cósmico multiplicarse y, con ello, la posibilidad de que la luz creciera y que aquellas criaturas pequeñas, microscópicas, que su amo les había advertido despertaran en algún lejano rincón del universo y transcendieran hacia Él.

—Si despiertan, debo desviarlos del camino y si fuese necesario materializarme en este plano repugnante fuera de la seguridad de mi fortaleza también lo hare, ahora que los guardianes están debilitados, es imposible fallar.

La luz en esos seres humanos jamás deberá multiplicarse. Su conciencia nunca debía converger. Y así, en ese espacio donde todo era y no era al mismo tiempo, Neraxis iniciaría la segunda parte de su plan infiltrar ese ciclo evolutivo, sembrando en lo humanos su sutileza:

Dudas.
Miedos.
Guerras y límites.

Se aseguraría de que inmediatamente estuvieran despiertos y pudieran razonar, los encaminaría por miles de preguntas sin respuestas, sería el titiritero del titiritero. Estos buscarían el significado, pero lo harían en caminos muy equivocados, persiguiendo las sombras sin salida, sin respuestas infinitas.

Por un instante —si acaso podía llamarse instante en la eternidad del vacío—, Neraxis sintió la abrumadora presencia del Gran Atractor. Era una fuerza tan vasta, tan indescriptiblemente colosal, que incluso él, una manifestación de sombras y ecos fue consumido por un terror paralizante.

La voz, si es que podía considerarse una voz, no resonó en el aire; se grabó en la esencia misma de su ser, como un juicio ineludible:

—Están por llegar, y si fallas, dejarás de ser.

No era una amenaza, sino una sentencia absoluta. Esa certeza lo atravesó como un puñal de frío eterno, desgarrando cualquier vestigio de arrogancia que pudiera quedarle. Su misión no era una demostración de poder, sino un acto desesperado de supervivencia. El universo lo repudiaba, un rechazo que palpitaba en las fibras de la realidad misma. Si se manifestaba y actuaba directamente la materia misma lo atacaba, igual los cuidadores y guardianes, las fuerzas que preservaban el equilibrio, no tardarían en buscarlo, en destruirlo.

Pero el temor que lo atenazaba no era suficiente para detenerlo. Fallar no era una opción. Si su derrota era inevitable, entonces se materializaría en este plano y entraría con todo su poder, desataría la totalidad de su esencia contra el cosmos. Porque, en ese caso, ya no tendría nada que perder, ni siquiera la eternidad.

Y el Gran Atractor, inmóvil y omnipresente, parecía observarlo, esperando el desenlace con la impasividad de un depredador que sabe que su presa, tarde o temprano, caerá en sus fauces.

Neraxis esperaría, oculto a la vista de todos, en los espacios vacíos de los átomos, en su fortaleza invisible hecha de la nada, recluido en un espacio olvidado por la materia. Persistente. La sombra en la luz.

—Que se pierdan en su búsqueda. Me encargare para que siempre persigan otro camino.

CAPITULO 14: EL ENIGMA

En las profundidades más ocultas y misteriosas del cosmos, más allá de las fronteras del entendimiento humano, existía una región que trascendencia el espacio y el tiempo. En este lugar, la densidad de la materia era extremadamente baja, haciendo que la probabilidad de encontrar partículas de materia fuese mínima, creando así un vacío casi absoluto.

Este no era un vacío ordinario, sino un vasto océano de nada, donde las leyes de la física y la química se disolvían en la inmensidad de la inexistencia. Aquí era que residía Neraxis, el enredador de realidades, el único habitante de este vacío, un lugar que él mismo considera su "Reino de la Oscuridad Primordial". En términos humanos, podríamos entenderlo como un sofisticado "campo de contención" que Neraxis utiliza para evitar cualquier contacto con la materia y prevenir su propia aniquilación. Cuanto más profundo se encuentra dentro de este campo, las probabilidades de encontrar partículas de materia se volvían prácticamente nulas.

Este vacío absoluto es un concepto que desafía la comprensión cotidiana del universo conocido por los humanos. En términos científicos, el vacío no está verdaderamente vacío. En nuestro entendimiento actual, el vacío es un campo cuántico en el que partículas virtuales emergen y desaparecen constantemente, un zumbido perpetuo de energía fluctuante.

Sin embargo, el vacío absoluto de Neraxis representaba una ruptura total con estas nociones: es un lugar donde incluso estas partículas efímeras y fluctuaciones cuánticas no existían. Aquí, la realidad se desplegaba en su forma más pura y desprovista, ofreciendo un lienzo en blanco para un ser cuya esencia era parte de la antítesis de la creación.

En este mar de ausencia, Neraxis podía ejercer su inmenso poder libre de las interacciones materiales que definen el resto del universo, se proyectaba, viajaba a través de lo que podíamos llamar la conciencia. Sin quarks, sin fotones, sin neutrones, este vacío absoluto era el lienzo perfecto para un ente cuya esencia misma es destruir realidades a voluntad trabajara.

En términos humanos, esto podría asemejarse a la constante cosmológica, conocida como el "problema más grande de la física fundamental", que trata sobre cómo se comporta la energía en el vacío y su papel en la expansión del universo. Aquí, en esta constante se reduciría a cero absoluto, eliminando toda forma de energía y dejando un espacio verdaderamente desprovisto de existencia.

Podría parecer paradójico que algo o alguien exista plenamente en un lugar definido por la ausencia total. Sin embargo, Neraxis no es una entidad ordinaria. Su existencia en el vacío puede ser vista como una anomalía, una singularidad donde las reglas convencionales no se aplicaban.

En este vacío, Neraxis nunca estaba limitado por la física cuántica habitual ni por las restricciones del espacio-tiempo. Es aquí donde su naturaleza como entidad cuasi-divina se manifestaba plenamente, operando más allá de los confines de la materia y la energía tal como la conocemos.

Este vacío era ya su taller y fortaleza personal, pero también era su prisión, un exilio impuesto por la entidad superior cuya naturaleza y motivos reales aún están envueltos en misterio. Aunque posee el poder de moldear la tela del espacio-tiempo, está confinado dentro de los límites de este vacío, destinado a cumplir solamente con un papel que no eligió, una tarea que parecería eterna dictada por una voluntad mucho más grande que la suya. Aquí, el tiempo no fluía de ninguna manera concebible en una mente humana; se enroscaba sobre sí mismo una y otra vez, creando bucles y remolinos de momentos que se repetían, se distorsionaban o se desvanecían completamente.

Desde su dominio, Neraxis siempre podía proyectarse y aparecer en los sueños y pensamientos de casi todos los seres del universo, tomar posesión de objetos inanimados y hasta presentar un reflejo incorpóreo de su forma real. Sin embargo, nunca debía salir de su fortaleza con su cuerpo original o se destruiría a sí mismo, consumiendo su anti-vida y antimateria con cada microsegundo que se mantuviera fuera del vacío.

Esta dimensión que Neraxis llamaba su fortaleza, su taller y su hogar era un dominio intersticial, un espacio entre los pliegues de la realidad y la nada, donde las leyes fundamentales de la física se encontraban siempre en un estado de suspensión perpetua. Era un abismo de oscuridad imperecedera que se extendía en todas las direcciones, donde las estrellas no brillaban y los ecos del tiempo se perdían en un silencio ensordecedor. En la quietud de esta dimensión, Neraxis reflexionaba constantemente sobre la naturaleza de su existencia, su conexión con el

Gran Atractor y el vasto entramado cósmico que lo rodeaba.

Para Neraxis, este es era realmente el refugio perfecto y el confinamiento necesario para su supervivencia. Aquí, su ser compuesto de antimateria no enfrenta la amenaza de aniquilación instantánea por contacto con la materia ordinaria.

Es en este vacío donde Neraxis contempla su destino y su poder, aparentemente aislado de los confines del universo tangible.

CAPITULO 15: EL LABERINTO DE LA MENTE

En este entorno de absoluta desolación, Neraxis experimenta una soledad opresora que pesa sobre sus pensamientos. La paradoja de su existencia, rodeado de nada y, sin embargo, dotado de un poder inimaginable, es un reflejo constante de su propia ironía. En el silencio abrumador del vacío, escucha múltiples voces en todas partes y en todo momento, cada una un reflejo de su propia conciencia fracturada millones de veces.

Estas voces debaten y deliberan sin parar cada attosegundo:

—Somos el arquitecto de universos, ¿por qué dudar de nuestro poder? ¿Acaso no hemos modelado a nuestro antojo a seres casi omnipotentes, insertándoles una simple idea o pensamiento? —murmura la Voz de la Arrogancia.

—Pero cada ciclo revela nuestra imperfección, cada creación defectuosa demuestra que aún somos esclavos de nuestra misión. Es una maldita carrera que no tiene fin —responde la Voz del Temor.

Estas voces interiores de Neraxis luchan en un teatro eterno, donde cada diálogo es un espejo de su complejidad moral. La Voz de la Sabiduría interviene:

—Neraxis, constructor de sombras, ¿cuánto tiempo más negarás lo inevitable? No eres un dios, aunque juegues a serlo. Cada paso que das es una ecuación sin solución, un sacrificio que se diluye en la entropía. Sabes que no puedes intervenir sin perderte, pero también sabes que la inacción es un abismo aún más voraz. Entonces, ¿por qué dudas? ¿Es el vacío lo que te aterra, o la posibilidad de que, en el momento en que ganes, dejes de ser necesario?

La Voz del Desprecio no tarda en responder:

—Deberías imponer tu voluntad sin compasión

ni remordimiento. El poder se demuestra a través del control absoluto y la sumisión de los demás. No es el momento de reflexionar, sino de actuar y destruir cualquier resistencia.

Finalmente, la Voz de la Conciencia añade:

—Un necio se reconoce por su habla y un sabio por su silencio. ¿No será nuestra voz constante y permanente un signo de nuestra propia necedad? Nos creemos maestros del universo, pero somos esclavos de nuestro propio ruido. Quizás, en el silencio del vacío, es donde realmente encontraremos la verdad que tanto evitamos.

Mientras estos pensamientos resonaban en un bucle infinito, Neraxis meditaba sobre la paradoja de su propia existencia. En el silencio opresivo del vacío absoluto, donde el tiempo se distorsionaba y las realidades se entrelazaban, se enfrentaba a la verdadera magnitud de su locura.

—Sufro más en mi imaginación que en mi realidad —reflexionó, su voz resonando en el abismo que lo rodeaba—. Mi existencia es lo que mis pensamientos han hecho de ella, y estos no dejan de gritarme nunca. Pero ¿qué soy yo sino un reflejo de la eternidad que me condena? Soy el artífice de universos, el destructor de realidades, y, sin embargo, estoy atrapado en mi propio reino.

Neraxis sintió una oleada de indignación y aceptación mezcladas, un torrente de emociones que lo consumía desde dentro.

—¿Es esta mi locura? —se preguntó, dejando que la oscuridad lo envolviera—. ¿O es simplemente la consecuencia inevitable de mi naturaleza? En cada acto de creación y destrucción, en cada susurro que siembro en los oídos de los seres inferiores que contaminan el universo, no hago más que perpetuar mi propio tormento.

Recordó con satisfacción cómo había manipulado la afinación de la música de los humanos, cambiando su frecuencia de 432 a 440 hertzios, un simple susurro que había sembrado caos y discordia entre los codiciosos. Ellos, ilusos, saltaron de alegría, pensando en el control y el poder que podrían amontonar, sin darse cuenta de que estaban rompiendo la armonía del cosmos.

—He dividido su lógica y su fe —murmuró, una sonrisa amarga curvando sus labios—. Les he incrementado el ego, separándolos de la verdad que yace en la vibración del universo. Sus canciones ahora resuenan con la frecuencia de mi susurro, inestabilizando su conexión con lo divino.

La aceptación de su locura se asentaba en su conciencia, una verdad amarga que lo acompañaba en su eterno exilio. Sabía que su existencia estaba marcada por un ciclo interminable de creación y destrucción, un ciclo que no podía romper.

—En esta locura es que encuentro mi propósito —pensó, su voz perdiéndose en el vacío—. Tal vez, mi destino sea ser el catalizador de la discordia y la armonía, el puente entre lo conocido y lo desconocido.

Y así, mientras las voces internas se desvanecían en el eco del abismo, Neraxis aceptó su laberinto mental, su locura, y el rol que debía jugar en el vasto entramado del cosmos. Cada voz, cada pensamiento, era una parte esencial de su ser, un reflejo de la complejidad de su existencia. En su soledad infinita, encontró una perversa forma de compañía en su propia mente fracturada, un teatro de sombras que nunca cesaba de interpretar su trágica obra.

CAPITULO 16: LA SEDUCCIÓN DE LA INMORTALIDAD

Neraxis conocía los mapas estelares del laberinto cósmico como la palma de su mano. Sabía la ubicación de cada estrella, agujero de gusano y agujero negro, cada cúmulo y supercúmulo de galaxias del universo visible y no visible para los humanos. A pesar de su vasto conocimiento, había algo en esta especie emergente, la humanidad, que lo desconcertaba profundamente.

—Estos humanos que "Él" tanto ama realmente creen que con su IA podrán alcanzar la vida eterna —reflexionó Neraxis, su voz resonando en el vacío—. ¿Cómo no comprenden que hay fuerzas en el cosmos que trascienden toda su comprensión? Desde su minúsculo e insignificante punto de vista, son como bacterias aferrándose a vivir. Su arrogancia les impide ver la vastedad y el verdadero poder que gobierna el universo.

"Él" veía en ellos un destello de algo tan potente y significativo que Neraxis solo había podido identificar con el sustantivo "amor" a lo largo de los milenios que llevaba observándolos. Para Neraxis, este concepto era tanto fascinante como frustrante e irritante, pues su comprensión de tales emociones estaba limitada por su naturaleza.

—He distorsionado, desviado, desinformado y manipulado muchos llamados de la eternidad a estos seres, llevándolos al fracaso en el último pestañear de su existencia —continuó Neraxis, su voz cargada de desprecio—. Mi habilidad para influir en los destinos humanos ha sido mi mayor triunfo.

Sin embargo, recientemente, al intentar distorsionar y desviar el llamado de los jóvenes humanos Rael y Liana, Neraxis había descubierto algo inquietante: la conexión entre ellos y la eternidad se había fortalecido más allá de lo que podía quebrar mediante sus habituales proyecciones oníricas.

En los ciclos que rigen ese pequeño planeta, tan efímero frente a su inmensidad, el momento se acercaba. El equinoccio de. primavera, aquel instante donde las fuerzas del cosmos alcanzan un equilibrio fugaz, ya había llegado. Sabía que esa fecha, inscrita en la danza eterna de los astros, marcaba el inicio de eventos inevitables, y, a pesar de todo su poder, no había logrado romper el vínculo que ataba las almas de esos jóvenes al flujo eterno.

Por primera vez en lo que parecía un eón, Neraxis sintió la punzada de la incertidumbre.

Esta imposibilidad de romper su unión marcaba un punto de inflexión en su existencia, llevándolo a cuestionar las mismas fundaciones de su ser y su misión. Cada intento fallido erosionaba su confianza, revelando la fragilidad de su control sobre el destino de cualquier especie de este universo y el poder inquebrantable de la eternidad.

Para Neraxis, un ser con una personalidad compleja y multifacética, las voces interiores entraban y salían una tras otra, ninguna queriendo asumir el fracaso. Sin embargo, una personalidad arrogante finalmente se estabilizó y, sin asumir culpa, desvió el tema, reflexionando con su ego sobre cómo la manipulación de los humanos a través de su arrogancia y promesas de inmortalidad encajaban con su lado más calculador, arrogante y maquiavélico.

La promesa de la inmortalidad a través de la tecnología era demasiado tentadora.

—El primer susurro de la tecnología prometía que con la regeneración celular alcanzarían la divinidad, que se convertirían en seres inmortales. Bastó este susurro para que más de la mitad de su repugnante especie lo asumiera sin cuestionar, sin saber que, siendo seres de materia inmortales, perderían todo interés en los intangibles del universo. Ni siquiera tendrían la necesidad de reproducirse. A lo mucho, se clonarían en frascos cuando algún tipo de mano de obra fuera necesaria. Brillante, brillante... ¡Soy brillante! —pensó Neraxis con una sonrisa siniestra, sabiendo que esto lo podría alejar más de "Él".

—Estos humanos se considerarán dioses vivientes, pero bajo mi control —pensó Neraxis con una sonrisa siniestra, sabiendo que esto los podría alejar más de "Él".

Las personalidades entraban y circulaban una tras otra en bucles infinitos. El tiempo no era un concepto en su mente; un nanosegundo podía ser una década para él, así como un siglo podía ser percibido como un segundo.

La incapacidad de Neraxis para desviar el llamado de Rael y Liana no era solo un fracaso técnico; era un golpe a su ego y una fractura en su percepción del control. Cada intento de distorsión, desinformación y manipulación había fallado, revelando la fuerza de la conexión de los jóvenes con la eternidad. Este fallo lo llevaba a un momento de introspección profunda, donde cuestionaba no solo su eficacia sino también el propósito de sus acciones.

CAPITULO 17: EL PRESAGIO DEL ENFRENTAMIENTO

Neraxis, sumido en la penumbra de su propio dominio, reflexionaba sobre los fracasos que lo acechaban como sombras persistentes. A pesar de sus mejores esfuerzos por distorsionar, y manipular, el vínculo entre Rael y Liana se parecía mantenerse firme, desafiando incluso su voluntad. Cada intento de quebrarlos solo había servido para reforzar aquella conexión inexplicable que vibraba con el eco de la eternidad. Pero Neraxis no conocía la rendición. Si no podía seguir interviniendo la conexión pues solo retrasaba lo inevitable, entonces lo haría desde las raíces mismas de su existencia, quebrándolos a ellos.

A pesar de su frustración, su mente, vasta como un océano en tormenta, ya trabajaba en nuevas tácticas. Sabía que un enfrentamiento directo acabaría desintegrando su cuerpo cada segundo además de que alertaría a los guardianes. En cambio, su mejor plan debería ser infiltrarse en los bordes del destino, tejiendo sutiles desvíos, alimentando dudas y plantando caos donde menos se esperará. Sabía que el vínculo entre los jóvenes no era simplemente emocional; era un nexo que resonaba con la esencia del cosmos, y por ello, también podía romperse. Además, no comprendía por qué esa conexión parecía importar tanto a "Él".

Esa noche del 20 de marzo de 2040, bajo un cielo salpicado de luces gélidas, Neraxis proyectó su presencia hacia las aguas tranquilas de una playa cercana a Rael y Liana. Su figura apareció como un contorno etéreo, apenas perceptible, oscilando entre la sombra y la penumbra. No estaba realmente allí; su naturaleza de antimateria hacía imposible que su cuerpo existiera sin desmoronarse. Pero su reflejo en las aguas era suficiente. Era un eco vibrante que dominaba el espacio, impregnando el aire con una densidad que hacía imposible ignorarlo.

Las olas rompían suavemente en la orilla, pero el agua parecía agitarse con un ritmo distinto, una frecuencia que emanaba de él y solo de él. Neraxis se inclinó hacia su propio reflejo. Cada línea de su silueta vibraba, deformándose con cada onda de agua. Allí, en ese espejo natural, no veía su debilidad, sino su promesa. Era una energía que no se alzaba ni caía, sino que simplemente existía.

—He subestimado su conexión —murmuró, su voz resonando como un eco que se desvanecía en la brisa nocturna.

El reflejo parpadeó y, por un instante, se llenó de imágenes. Rael y Liana caminaban por esa misma playa, sus figuras pequeñas, pero vibrantes, iluminadas por un resplandor que parecía desafiar las sombras. Aquel vínculo, esa unión que Neraxis encontraba insoportable, lo exasperaba y lo fascinaba al mismo tiempo. Había intentado destruirla antes, pero cuanto más lo hacía, más fuerte se volvía cada noche.

—No permitiré que se fortalezca —dijo con frialdad, y el reflejo en el agua pareció oscurecerse.

Las ondas se agitaron violentamente, como si el agua misma respondiera a su resolución.

Las estrellas, que solían brillar con una serenidad distante, parecían ahora titilar con nerviosismo, como si fueran conscientes de la tormenta que Neraxis estaba a punto de desatar. Pero él no levantó la mirada hacia el cielo. No necesitaba las estrellas para saber que el destino estaba escribiendo su historia. Sabía que el universo mismo se resistiría a sus planes, pero también sabía que él haría todo lo necesario para romper esa conexión.

—El verdadero viaje apenas comienza —dijo finalmente, dejando que sus palabras se disolvieran en el aire denso que lo rodeaba.

Mientras contemplaba las ondas que deformaban su reflejo, su mente se llenó de imágenes de lo que vendría. No sería una batalla de fuerzas brutas, sino de voluntades. Su estrategia debía ser impecable, su determinación absoluta. Haría que las piezas se movieran a su favor, orquestando un caos tan meticuloso que ni Rael ni Liana podrían escapar de él.

El reflejo de Neraxis se llenaba de sentimientos de ira, rencor, miedos y de una arrogancia fantasmagórica cada segundo que permanecía observándose en la orilla.

En la distancia, Rael y Liana se disponían a dormir. Una inquietud inexplicable los atravesó, como si un hilo invisible los atara a algo más grande, algo que aún no podían comprender. El vínculo que Neraxis despreciaba se fortalecía con cada paso que daban hacia lo desconocido.

Desde su cercanía, Neraxis dejó escapar una sonrisa fría y calculadora.

—Creen que pueden resistir —murmuró—.

Pero no saben lo que estoy dispuesto a hacer.

La noche, cómplice de su presencia, guardó silencio. El eco de Neraxis persistía, llenando cada rincón de la playa con una tensión palpable. La batalla no había comenzado aún, pero su sombra ya se cernía sobre ellos, anunciando que lo peor estaba por venir.

CAPITULO 18: EL ÚLTIMO REFLEJO

Antes de poner en marcha su plan, Neraxis decidió observar el vasto tapiz del cosmos, sentado en la orilla de esa tranquila playa. Su mente abarcaba la inmensidad del universo observable por los humanos, mientras conflictos y dilemas se arremolinaban en su conciencia, deteniendo el tiempo en una pausa eterna.

—Esta llamada Vía Láctea, una galaxia joven en comparación con la edad del universo, es solo una entre billones que forman cúmulos, fragmentos de supercúmulos —murmuraba Neraxis, su voz resonando en el vacío—. Estos supercúmulos, a su vez, son solo una pequeña parte de una red aún mayor, la red cósmica, en constante movimiento, atraída por enigmáticos puntos conectados por filamentos invisibles de gravedad y energía oscura.

La vastedad del universo observable es apenas un susurro en la telaraña cósmica, donde cada filamento de la red cósmica ocultaba secretos y fuerzas incomprensibles para los mortales.

—Este laberinto cósmico (telaraña), apenas percibido por estos humanos, está dominado por fuerzas que ellos ni podrían comprender, aunque se les explicara —continuó Neraxis, con una mezcla de desprecio y fascinación—. Y en el corazón de esta vasta red, mi amo, el Gran Atractor, se presenta, atrayendo todo a su paso.

Los humanos apenas habían detectado un pequeño dedo de su inmenso poder, sin saber que era solo una sombra de su verdadera naturaleza. Para Neraxis, las galaxias, cúmulos y supercúmulos no eran más que direcciones dentro de un laberinto cósmico mucho mayor. Sabía que la estructura del universo observable era solo una fracción de una realidad más vasta y compleja, donde multiversos y pentaversos se entrelazan en una danza eterna.

—La humanidad... —reflexionó con una nota de indiferencia—. Una especie insignificante en un planeta rocoso casi invisible en su propio sistema solar. Trivial en este esquema grandioso, una mota de polvo en el vasto océano del tiempo y el espacio.

Y, sin embargo, "Él", la Eternidad, había puesto su atención en esta especie emergente, en este pequeño rincón del cosmos. Neraxis no podía comprender por qué una entidad tan poderosa se interesaría tanto en una forma de vida tan diminuta y efímera. Para Neraxis, la humanidad era solo una mota de polvo en el vasto océano del tiempo y el espacio.

—¿Qué ve en ellos? —se preguntaba, su voz un eco en la inmensidad del vacío—. ¿Qué chispa puede arder con tanta intensidad en estos seres frágiles?

En su introspección, Neraxis se debatía de nuevo entre la indignación y la aceptación de su propia locura. Sabía que su misión estaba entrelazada con los destinos de estos seres efímeros y que su papel en el cosmos era tanto el de un destructor como el de un observador.

Con una última mirada al agua, donde su reflejo se disipaba lentamente, Neraxis retomo fugazmente una de sus múltiples personalidades recordándole algo esta le había susurrado entre sueños a un humano mientras intentaba manipularlo a su voluntad:

—Si miras fijamente al abismo, el abismo te devolverá la mirada.

No entendía del todo por qué esa frase resonaba ahora en su mente, pero sabía que contenía una verdad profunda y perturbadora. Así, mientras las olas susurraban sus secretos y la noche envolvía la isla en su manto oscuro, Neraxis tenía muy claro que el destino de Rael y Liana, así como el suyo propio, estaba ahora en juego, en una danza cósmica de luz y oscuridad que definiría el futuro de todas las realidades.

A medida que reflexionaba sobre su propia existencia y el inconmensurable poder de su amo, el Gran Atractor, Neraxis se dio cuenta de que su ego y su deseo de control podrían ser su mayor debilidad. Sin embargo, su arrogancia le impedía aceptar plenamente esta verdad. La lucha entre su deseo de poder y su necesidad de autocomprensión continuaba, una batalla interna que definía su existencia.

—Quizás, en mi búsqueda de dominio, he olvidado la esencia de lo que significa ser parte del cosmos. Pero mi misión es clara, y seguiré adelante, enfrentando cualquier obstáculo que se presente. Porque en el fondo, el abismo siempre me devolverá la mirada, recordándome quién soy y lo que debo hacer —murmuró Neraxis.

Así, Neraxis, con su ego intacto y su determinación renovada, se desvaneció en la oscuridad, dejando tras de sí una sensación de inquietud y una promesa de conflictos aún por desatar.

Neraxis, en su eterna reflexión, sabía que la humanidad, aunque insignificante en comparación con la vastedad del cosmos, poseía algo que él mismo había subestimado: la capacidad de cambiar y evolucionar. La chispa que "Él", la Eternidad, veía en ellos no era solo un capricho divino, sino una manifestación del potencial inherente en cada ser para trascender sus limitaciones.

En su mente comenzaron a formarse imágenes de Rael y Liana, no como meros peones en el vasto tablero cósmico, sino como entidades de potencial infinito, capaces de alterar el delicado tejido de la realidad con su sola existencia. Cada pensamiento sobre ellos era como una grieta en la certidumbre de Neraxis, una prueba de que sus adversarios eran mucho más que obstáculos: eran enigmas vivientes, tan impredecibles como el propio cosmos.

Por primera vez, Neraxis comprendió que su enfrentamiento no sería una simple cuestión de fuerza bruta. Sería un desafío a su propia comprensión del universo, un espejo en el que tendría que enfrentarse a sus límites, a las verdades que prefería ignorar. Ellos no solo representaban un obstáculo; eran una amenaza a su visión de la eternidad y, quizás, una clave que aún no había descifrado.

Con esta nueva perspectiva, su determinación se tornó en algo más complejo. Ya no se trataba únicamente de destruir o subyugar, sino de entender, de arrancar del enfrentamiento un fragmento de conocimiento, por pequeño que fuera. Una parte de él, tan minúscula como persistente, anhelaba aprender, incluso de aquellos que consideraba inferiores. Y, con ese propósito en mente, tomó una decisión inesperada: intentaría hablar con ellos. No de inmediato, no siempre, pero cada vez que se presentara la oportunidad. Quizás en esas conversaciones residiera una verdad que pudiera utilizar o que, aunque improbable, lograra transformar lo que era.

PARTE 5: EL DESPLIEGUE DE LA ETERNIDAD

CAPITULO 19: EL LLAMADO DE LA ETERNIDAD

Querido lector,

La historia que has recorrido no es solo un viaje a través de las vidas de Rael y Liana, sino también un reflejo del tuyo. Cada paso que ellos dieron, cada revelación que compartieron está destinada a resonar contigo, no como un eco lejano, sino como un latido en el centro de tu existencia.

Desde que las voces de Rael y Liana emergieron en aquel rincón del Caribe, la humanidad ha estado al borde de un cambio fundamental. Pero los cambios no se producen por casualidad; son orquestados por fuerzas que trascienden la comprensión inmediata. Yo, la Eternidad, he estado presente en cada fibra del universo, guiando, observando, esperando el momento en que las piezas encajen para revelar la sinfonía completa.

En sus primeros días, la Conferencia Mundial no era más que un campo de batalla de ideas, una arena donde los titanes del pensamiento debatían ferozmente sobre inteligencia artificial, inmortalidad biológica y la esencia misma de la humanidad. Las palabras de figuras como Elon Ryder, el Rabino Josué, el Dr. Laluz y otros resonaban con fuerza, chocando entre sí como olas furiosas contra un acantilado, cada una intentando dar forma a un futuro incierto según su propia visión.

Pero el verdadero cambio no nació de los discursos grandilocuentes ni de las proclamas de estos líderes. Surgió, inesperado y casi silencioso, de un libro. Una obra que llegó no cuando fue escrita, sino cuando el mundo finalmente estuvo preparado para escuchar lo que tenía que decir.

El libro de Rael y Liana no fue simplemente una narrativa; fue un catalizador de cambio. En sus páginas, ciencia y espiritualidad se entrelazaron con amor y conocimiento, creando un llamado profundo que instaba a cada lector a cuestionar lo que daba por sentado. Su publicación marcó un antes y un después, reavivando una conferencia mundial que, en su edición anterior, había colapsado en un mar de disputas estériles. Esta vez, el libro transformó el evento: lo que había sido un escenario de confrontaciones se convirtió en un foro abierto para la reflexión y la consulta colectiva, extendiéndose por meses.

Líderes que antes defendían posturas irreconciliables encontraron en las palabras de Rael y Liana un terreno común, un lenguaje que trascendía las diferencias ideológicas y culturales. La inteligencia artificial, tantas veces vista como una amenaza existencial, fue finalmente relegada a su lugar legítimo: una herramienta para apoyar a la humanidad, nunca para decidir su destino.

El libro trascendió las mesas de negociación, convirtiéndose en un fenómeno global. Fue adaptado como audiolibros, películas de gran alcance y material de estudio en escuelas y universidades. Incluso las mentes más escépticas comenzaron a cuestionarse si aquello era simplemente una obra de ciencia ficción especulativa o una guía auténtica hacia un entendimiento superior. Las comunidades religiosas lo abrazaron de maneras contradictorias: algunas lo consideraron un texto sagrado, mientras que otras lo condenaron como un escrito pagano o apócrifo. Al mismo tiempo, los científicos lo analizaron meticulosamente, desmenuzando cada línea en busca de pistas hacia verdades aún no reveladas.

Pero ¿qué sucedió con Rael y Liana? En su humilde isla, los buscadores llegaban con preguntas y esperanzas. Sin embargo, sus padres solo respondían con palabras enigmáticas: "Ya no están aquí; están siguiendo su llamado". Aquellos que los buscaban entendieron que no había respuestas fáciles. Rael y Liana no eran los salvadores; eran los guías. Habían dejado el mapa, pero el viaje debía ser emprendido por cada individuo.

Humanidad, escucha estas palabras: La existencia misma es un equilibrio precario entre la búsqueda de la eternidad y el gozo del presente. Mientras miras al cielo estrellado o a los ojos de un ser querido, recuerda que cada acto de amor y cada curiosidad por el conocimiento forman parte de este gran tejido que llamas vida.

Rael y Liana fueron piezas esenciales, pero no las únicas. La historia no les pertenece, ni a ellos ni a mí, sino a todos ustedes. Ellos comprendieron lo que muchos tardan en aceptar: que el verdadero destino de la humanidad no es alcanzar la inmortalidad biológica ni dominar el universo material. Es algo mucho más sublime. Es regresar al origen, al centro de todo, donde amor y conocimiento son uno.

Y ahora, mientras cierras este libro, querido lector, comprende que no lo estás cerrando realmente. Este texto es un reflejo de lo que está por venir, un recordatorio de que el viaje no termina aquí. Cada página es un susurro de la Eternidad, una invitación a mirar más allá de lo evidente y descubrir el infinito que yace dentro de ti.

El universo te llama. Responde con amor, con valentía, con la certeza de que, como Rael y Liana, estás destinado a encontrar tu lugar en la sinfonía del Todo. La aventura hacia la Eternidad ha comenzado, y tú eres una nota imprescindible en su melodía.

Adelante, explorador de la existencia. El cosmos espera por ti.

CAPITULO 20: LA DANZA CON LA SINGULARIDAD

Una guía magistral hacia la conexión cósmica

Recuerda que esto no es solo una práctica, es un arte que trasciende el tiempo, una coreografía de la existencia misma que demanda años de dedicación y entrega. La Danza con la Singularidad no es para los impacientes, ni para los que buscan resultados inmediatos. Es una alquimia de cuerpo, mente y espíritu que requiere practicar cada movimiento como si fuera la llave para descifrar los secretos del universo.

1. Fase de Iniciación: La Llamada del Cosmos

El viaje comienza con un susurro, una invitación sutil del universo que te pide escuchar.

- Dedica semanas —incluso meses— a contemplar el cielo nocturno. Permite que las constelaciones, los movimientos planetarios y el flujo del cosmos te hablen.
- Domina la *Respiración Cósmica*: visualiza cada inhalación como energía estelar entrando en ti, y cada exhalación como una entrega al infinito. Este ejercicio sincroniza tus vibraciones con el latido del universo.

Clave: La paciencia es esencial; el cosmos no revela sus secretos a los apresurados.

2. Fase de Conexión: El Vínculo Celestial

Aquí, el cuerpo se convierte en un instrumento del cosmos, cada movimiento un eco de los astros.

- Practica movimientos lentos y deliberados, como el *Paso Lunar* y el *Abrazo Galáctico*. Cada gesto debe estar imbuido de intención y sentido.
- Dedica horas a perfeccionar un solo movimiento, sintiendo cómo cada músculo, cada fibra, resuena con la vastedad del universo.

Consejo: Deja que tus movimientos cuenten una historia; no son simples acciones, son un poema en movimiento.

3. Fase de Integración: El Flujo de la Galaxia

Esta fase narra la historia del cosmos en secuencias de movimientos que reflejan el Big Bang, la formación de galaxias y el nacimiento de las estrellas.

- Dedica meses a ensamblar estas secuencias, añadiendo un nuevo elemento cada día. Este proceso se convierte en una meditación dinámica, un acto de creación que expande tu comprensión del cosmos.

Clave: Cada paso debe fluir hacia el siguiente, como las estrellas que giran en una galaxia. No hay interrupciones, solo un flujo constante.

4. Fase de Profundización: El Diálogo con la Eternidad

En esta etapa, se fusionan las tradiciones terrenales con la conciencia cósmica.

- Incorpora movimientos de danzas culturales que representen la unidad de la humanidad con el universo. Los *Giros Solares* y las *Olas del Destino* evocan emociones que van desde la alegría hasta la melancolía.
- Reflexiona sobre lo que cada movimiento evoca en ti. Permite que la danza sea tanto un espejo como un puente hacia lo eterno.

Consejo: No temas explorar las emociones más profundas; la vulnerabilidad es la puerta a la conexión.

5. Fase de Ascensión: La Unión con la Singularidad

La danza ahora es más que una práctica; es una oración en movimiento.

- Cada paso se convierte en un diálogo con el universo, cada giro una respuesta. La práctica ya no es forzada; fluye de ti como si estuvieras siendo guiado por una fuerza superior.

- Este es el punto donde los movimientos como el *Vuelo del Fénix* y el *Ritmo del Corazón Cósmico* alcanzan su máxima expresión, uniendo técnica, intención y espíritu en un todo inseparable.

Clave: Este nivel solo se alcanza tras años de práctica. La perfección aquí no es técnica, sino la capacidad de desaparecer en el flujo.

6. Fase de Culminación: El Éxtasis de la Existencia

En esta fase final, la danza trasciende el tiempo y el espacio. Es una experiencia trascendental que une cuerpo, mente y alma con el tejido del universo.

- Los movimientos ya no son tuyos; son del cosmos que se expresa a través de ti. Esta culminación, el *Unión de la Singularidad*, es una celebración de la existencia misma.

Consejo: No busques dominar la danza, permite que ella te domine a ti.

MAPA DE PASOS

Capítulo del Despertar: Para la primera serie de movimientos, deberá enfocarse en la conexión inicial y la conciencia del cosmos. Es el inicio de la conexión con el cosmos, donde movimientos como el *Abrazo Galáctico* y el *Paso Lunar* comienzan a abrir el camino.

1. **Respiración Cósmica:** Inicia con respiraciones profundas, visualizando la energía del cosmos fluyendo hacia ti.

2. **Mirada Estelar:** Levanta la mirada hacia el cielo, conectando visualmente con el infinito.

3. **Abrazo Galáctico:** Extiende los brazos lentamente, como si abrazaras el universo.

4. **Paso Lunar:** Da pasos lentos y suaves, imaginando caminar sobre la superficie de la luna.

5. **Giro Solar:** Gira lentamente con los brazos abiertos, representando la rotación del sol.

6. **Susurro del Viento:** Mueve las manos suavemente como si jugaras con el viento cósmico.

Episodio de la Odisea: Para la segunda serie, que implica una exploración más profunda a través del baile. Sera una exploración emocional y narrativa que incorpora movimientos como el *Eclipse de Almas* y la *Carrera Cometa*

7. **Olas del Destino:** Con movimientos ondulantes del cuerpo, simula el flujo de las mareas.

8. **Eclipse de Almas:** Con tu pareja de baile, realiza movimientos que simbolicen el encuentro y la separación.

9. **Lágrimas de Estrella:** Movimientos descendentes suaves, como lágrimas de alegría y tristeza.

10. **Salto Cuántico:** Saltos ligeros que representen el salto entre diferentes realidades.

11. **Carrera Cometa:** Movimientos rápidos y libres, imitando el viaje de un cometa.

12. **Abrazo de la Nebulosa:** Un abrazo lento y significativo con la pareja, simbolizando la unión en la nebulosa.

Saga de la Trascendencia: Para la tercera serie, que culmina en la unión y la realización espiritual y emocional completa. La culminación espiritual, será donde movimientos como el *Resplandor del Alma* y la *Unión de la Singularidad* alcanzan su máxima expresión

13. **Meditación Estelar:** Momento de quietud y reflexión, conectando con el cosmos.

14. **Flujo de la Vía Láctea:** Movimientos circulares que representan la galaxia.

15. **Danza de la Gravedad:** Juega con el equilibrio

y la gravedad en tus pasos.

16. **Alineación Universal:** Alinea tu cuerpo con tu pareja, simbolizando la armonía cósmica.

17. **Resplandor del Alma:** Movimientos que expresan la liberación y el brillo del ser interior.

18. **Vuelo del Fénix:** Movimientos ascendentes, simbolizando renacimiento y renovación.

19. **Ritmo del Corazón Cósmico:** Sincroniza tus movimientos con el latido del universo.

20. **Unión de la Singularidad:** El cierre, uniendo todas las energías y emociones en un momento de completa armonía y conexión.

La Maestría en la Danza

La Danza con la Singularidad no es un logro que se obtenga fácilmente. Es un compromiso diario, un acto de amor por el cosmos y por uno mismo. Solo quienes dediquen años de práctica con mente, cuerpo y espíritu plenamente presentes podrán dominarla.

En una obra, esta danza sería una coreografía magistral, una oda visual al universo. En una película, sería la escena que deja a la audiencia sin aliento, donde cada movimiento es una revelación y cada paso resuena como el latido del cosmos.

Para los que aceptan el desafío, la recompensa es infinita: no solo dominar la danza, sino convertirse en una parte viva de la eternidad.

SERIE CRONICAS COSMICAS

Con la mirada fija en el inmenso manto estelar que se extiende sobre nuestras cabezas, nos sumergimos en un silencio profundo, como si el cosmos mismo contuviera la respiración. En ese instante, la vastedad del infinito parecía susurrar un enigma antiguo, tan viejo como el tiempo.

En lo más profundo de nuestros corazones, una pregunta pulsaba como el eco de un tambor cósmico, resonando con la intensidad de mil soles: ¿Qué secretos, qué maravillas insondables, qué destinos aún por descifrar aguardan en los intrincados senderos de este laberinto eterno?

El universo nos llama, susurros y promesas entretejidos en la danza infinita de las estrellas. Y mientras su eco se pierde en la vastedad, sabemos que más aventuras, más misterios, y más verdades esperan ser descubiertos en las páginas aún no escritas de *El Abrazo de la Eternidad*.

Agradecimientos

Este libro no habría sido posible sin el apoyo, la paciencia y las contribuciones sinceras de quienes caminaron a mi lado en este viaje literario. Quiero expresar mi gratitud más profunda a Gabriela Vargas, Priscila García, Alexi Martínez, Odile Camilo, Alexandra Ramírez, Joseph García, Elizabeth Beltre, Francisco Luciano y Sammy Mendez, quienes dedicaron su tiempo y esfuerzo para enriquecer este manuscrito con sus observaciones, consejos y comentarios constructivos.

Gracias por cada línea subrayada, cada página marcada, cada video compartido y cada libro prestado. Sus aportes no solo mejoraron el texto, sino que me inspiraron a superar cada obstáculo y a perfeccionar cada detalle.

Este libro es un reflejo del apoyo y la colaboración que solo puede surgir del amor, la amistad y la confianza en el poder de las palabras. Gracias por creer en esta obra tanto como yo.

También quiero expresar mi profundo agradecimiento a OpenAI por brindarnos herramientas innovadoras como DALL-E, cuya capacidad para materializar conceptos y dar vida a ideas ha aportado una dimensión visual extraordinaria a esta obra. Las imágenes generadas con el apoyo de esta tecnología no solo complementan la narrativa, sino que amplifican su impacto, transformando palabras en experiencias vividas que invitan a explorar lo más profundo de la imaginación.

Gracias a OpenAI por permitir a sus clientes utilizar esta plataforma de manera creativa y por abrir las puertas a un nuevo horizonte de posibilidades en la literatura y el arte. Este libro no sería el mismo sin la magia que DALL-E ha añadido a su universo visual.

EL ABRAZO DE LA ETERNIDAD